KB112021

RBDM 금연법

RBDM 금연법

초판 1쇄 인쇄	2015년 01월 08일		
초판 1쇄 발행	2015년 01월 17일		

지은이	홍 동 표		
펴낸이	손 형 국		
펴낸곳	(주)북랩		
편집인	선일영	편집	이소현, 김진주, 이탄석, 김아름
디자인	이현수, 김루리, 곽은옥	제작	박기성, 황동현, 구성우
마케팅	김회란, 이희정		
출판등록	2004. 12. 1(제2012-000051호)		
주소	서울시 금천구 가산디지털 1로 168, 우림라이온스밸리 B동 B113, 114호		
홈페이지	www.book.co.kr		
전화번호	(02)2026-5777	팩스 (02)2026-5747	

ISBN	979-11-5585-460-0 03810(종이책)
	979-11-5585-461-7 05810(전자책)

이 도서의 국립중앙도서관 출판예정도서목록(CIP)은 서지정보유통지원시스템 홈페이지(http://seoji.nl.go.kr)와 국가자료공동목록시스템 (http://www.nl.go.kr/kolisnet)에서 이용하실 수 있습니다.
(CIP제어번호: 2015000788)

국교육문화재단 연구총서2

RBDM
금연법

홍동표 지음

언제가는 꼭 담배를 끊고 말겠다는 막연한 생각은 집어 치워라

북랩 book Lab

땀으로 씻어내고 폐를 정화시켜 정신에너지로 담배를 끊는다

내일이면 늦다. 오늘 당장 금연하라!
후회 없이 살아갈 제1조건이다

인류가 만든 문명 중 인류의 건강에 가장 해악을 끼치고 있는 것이 담배, 담배연기와 담배 피우는 습관·중독이다.

한동안 한국사회에 회자되던 귀태(鬼胎)란 말이 있다. 본래는 '귀신에게서 태어난 아이'를 말한다. 이를 토대로 재해석하면 '태어나지 않았어야 할 인간의 출생'을 뜻한다. 그렇다면 담배(cigarette, tobacco)는 '귀태담배'다. 인류에게 담배는 '만들어서는 안 되는 물건'임과 동시에 '저주받은 인류문화'인 것이다. 앞으로 담배의 해악은 귀태를 넘어 혐오의 단계로 접어들고 혐오를 넘어 곧 인류의 재앙으로 다가올 것이다.

인간의 목숨을 앗아간 것으로 따지면 '나치'나 '파쇼', 일본의 '군국주의'가 헤집고 간 자리는 어림도 없다. 중세유럽에 창궐한 흑사병도 흡연으로 죽어가는 사람들의 숫자를 감당하지 못한다. 앞으로 죽어갈 인류의 숫자는 끝을 모른다. 오호 통재라! 이리 나쁜 담배가 아직 인류의 손에 의해 만들어지고 매매되어 피워지고 있는 현실을….

많은 학자들은 폐암뿐만 아니라 거의 모든 종류의 암을 다 일으킬 수 있는 주범으로 흡연을 지목하고 있다. 양초는 자신의 몸을 살라 주위에 빛을 주지만 인간은 자신의 몸을 살라 자신을 병들게 하고 주위에 피해를 주고 있다. 지렁이도 피해가는 독성니코틴을 인간은 죽음의 물질임을 알면서도 피운다. 원시의 극치이고 패악의 극점이다.

이제 결론은 분명하다. 담배는 반드시 끊어야 한다. 흡연은 단지 습관이고 중독이기 때문에 본인의 의지와 결단으로 끊을 수 있다. 좌고우면(左顧右眄)으로 시간만 보내서는 안 된다. 담배 끊는 것은 내일로 미룰 일이 절대 아니다. 오늘 당장 하지 않으면 머지않은 장래에 당신의 인생에서 땅을 치며 후회할 날이 올 것이다.

오늘 만약 당신이 금연을 결심한다면 당신의 인생에서 가장 빛나고 잘한 일이 될 것이다. 또한 당신의 인격과 경쟁력을 한 단계 끌어 올릴 것이다. 나를 위해, 가족을 위해, 나아가 국가와 인류 모두를 위해…. 흡연자들의 결단을 촉구한다.

'RBDM 금연법'의 어의는 Running(달리기, 유산소운동)의 R, Bathing(반신욕, 씻기)의 B, Drinking(폐 니코틴의 배출)의 D, Meditation(명상, 우주의 氣받기)의 M을 합한 것이다. 'RBDM 금연법'을 우리말로 바꾸자면 "운동으로 땀을 내어 닦고, 폐와 몸속의 니코틴을 씻어내어, 명상(정신) 에너지로 담배를 끊는다."는 의미이다.

'RBDM 금연법'의 특징을 더 축소하여 정의하자면 '오로지 우주의 에너지(氣)와 죽기를 각오한 의지만'으로 담배를 끊는 것이다. 모든 종류의 금연약물·금연보조제·금연기구 등을 배제하고 오직 운동과 명상을 통한 에너지로써 금연하는 것이다. 흡연자의 '의지'만 있으면 금연할 수 있는 '금연법'이다.

'RBDM 금연법'은 담배를 여러 번 끊으려다 실패한 사람들을 대상으로 한다. 물론 처음 금연을 시도하려는 초심자는 더 환영하고 성공할 가능성이 더 높다. 담배를 끊으려고 이 방법 저 방법을 모두 사용해 보았고 금연을 위한 약품과 보조제와 금연기구 등 할 수 있는 방법을 모두 동원해 보았지만 끊지 못한 사람들이라면 'RBDM 금연법'을 마지막으로 선택할 필요가 있다.

'RBDM 금연법'은 인간의 '정신에너지'를 발현시켜 그 에너지(氣)의 힘으로 담배를 끊게 하는 방법으로, 담배 피우는 사람의 '몸'과 '정신력'만 있으면 되는 금연법이다. 혼자서 할 수 있고 누구나 성공할 수 있다. 대신 그 금연의 정신 에너지(氣)를 얻기 위해서는 자신의 최면(催眠)과 구도(求道)의 노력이 필요하다.

필자도 엄청난 골초였다. 하루 2갑이 평균이고 술자리가 이어지면 3~4갑이었다. 그 골초가 어떻게 담배를 끊었을까? 늦둥이 막내딸이 태어나고 얼마 안 된 1993년 5월 8일 어버이날을 'D데이'로 정해 금연에 성공했으며 그 이후로 나는 금연전도사로서 살아오고 있다. '흡연자들에게 담배를 끊게 하는 것을 인생의 가장 큰 행복'으로 알고 살아가고 있다.

직장에서건 사회생활에서건 담배 피우는 사람을 만나면 언제나 금연하기를 집요하게 강권하거나 설득하였다. 어떤 경우 흡연자와 싸움 일보 직전까지 이르는 경우도 있었다. 경찰청 국회연락관으로 국회에 출입할 때(1991~1997), 국회의원들에게 금연을 전도하기도 하였다. 그때 금연을 전도하여 끊은 분들이 강삼재·김상현·서청원·홍사덕 의원 등이다. 당시 이주일 의원에게도 금연을 권하였으나 그분은 내 이야기에 귀를 기울이지 않았다. 그 분이 그때만 끊었어도 그렇게 일찍 돌아가시지는 않았을 것이다. 매우 안타깝게 생각한다.

국립과학수사연구원에 근무할 때는 금연프로그램을 만들기도 하였다. 프로그램이라야 시설을 견학하는 분들을 위해 말기 폐암 환자의 폐와 건강한 폐를 표본으로 만들어 비교·전시한 것에 불과했음에도 의외로 반응이 좋았다. 그것을 본 분들은 대부분 금연을 심각하게 고민하거나 담배 피우는 것을 중단하였다.

경찰서·지방청·경찰청에 근무할 때도 직원들을 상대로 금연을 적극 전도하였고, 특히 전·의경들에게 담배를 끊으면 2박 3일의 외박을 보내주는 등 적극적인 금연전도를 하였다. 이렇게 하여 금연시킨 사람이 줄잡아 몇 백 명을 족히 넘을 것 같다. 퇴직하고 보니 전도할 사람도 만나는 사람도 적어졌다.

이제 'RBDM 금연법'이란 책을 만들어 금연전도를 계속해 나가기로 하였다. 이 책을 읽고 담배를 끊는 사람이 많이 나왔으면 좋겠다. 금연을 결심하는 것만으로 당신은 담배를 끊을 수 있고 이미 인생에 있어 절반의 성공을 한 것이나 마찬가지다. 당신의 금연결단은 자신에게 혁명을 가져다 줄 것이고 후회 없는 삶을 영위할 수 있는 바탕이 될 것이다. 이 책을 읽는 분들은 누구나 당장 담배를 끊고 금연을 전도하는 '반전의 당신'이 될 수 있을 것임을 믿어 의심치 않는다. 'GO COLD TURKEY(어느 날 갑자기 담배를 끊어)'로 'GO LUNG SAFE(병든 폐가 살아난)'의 대열에 합류하기 바란다.

담배를 피우는 것은 중독된 습관일 뿐이다. 흡연자의 대뇌에 똬리를 틀고 박혀 있는 흡연의 기억을 지워야 한다. 그 기억만 지우면 그 나쁜 중독과 습관에서 벗어날 수 있다. 청소년기에 담배를 피우는 것은 다 자라지 못한 새싹과 다름없는 어린 세포에 제초제나 고엽제를 뿌리는 것과 같은 행위이다. 만물의 영장이라는 인간이 스스로 자라고 있는 자신의 어린 장기에 독초의 연기와 악마의 진액을 넣을 수 있단 말인가? 그것은 신의 저주이고 자학의 정점이다.

그 현장을 보고도 말리지 못하는 어른들이 있다면 잘못된 일이다. 자살하려는 자를 말리지 않는 행위와 같다고 할 수 있다. 담배 피우는 청소년들이 담배의 해악을 알게 된다면 그들은 분명히 담배를 끊을 것이다. 그들이 담배를 끊으면 삶의 질과 학업의 성취도가 한 단계 향상될 것이다. 우리나라 청소년의 흡연율이 높다는 것은 어른들이 청소년들에게 관심을 덜 가졌기 때문이라고 생각한다. 어른으로서 청소년들에게 사랑을 쏟고 인류의 가르침을 다했다면 청소년들의 흡연율이 이렇게까지 높지는 않을 텐데…. 안타까운 일이다.

이 책은 나의 골초로부터의 탈출경험과 국립과학수사연구원에 근무(1997~1999)하면서 수많은 시신들의 부검을 통하여 흡연한 사람들의 신체적 변화를 체험하고 금연이 왜 필요한가에 대한 깊은 성찰과 연구의 결과물이다. 'RBDM 금연법'은 필자 자신이 금연을 수행한 과정을 바탕으로 그 골격이 세워졌으며, 금연과 관련한 의학적인 사항은 국립과학수사연구원 박사들의 도움을 받았다. 좀 더 과학적인 이론으로 금연 방법에 접근하려고 노력하였다.

나의 안전을 위한 연구활동에 물심양면으로 지원해 주시고 있는 세란병원 홍광표 원장님, 전자랜드 홍봉철 회장님과 LA에서 금연자료를 가지고 필자를 찾아주신 Steve Kyu Cho 님에게 감사드린다.

　　끝으로 이 책이 널리 읽혀 'RBDM 금연법'으로 금연하는 사람이 많아지기를 기대한다. 부디 금연에 성공하여 나와 같은 금연전도사가 되고 대한민국을 '니코틴'과 '타르' 청정지역으로 만드는 데 일조하기를 희망한다.

2015년 1월 국회도서관에서

홍동표

제1부

담배의 여러 해악들

니코틴의 정체

우리나라는 헤로인이나 대마는 마약으로 분류하여 단속하고 있지만 그보다 6배나 중독성이 강한 담배의 니코틴은 마약으로 분류하지 않고 있다. 대한민국의 담배와 마약류관리법은 역설적이다. 니코틴이라는 이름은 1590년대 초반 프랑스 리스본 주재대사 '장 니코(Jean Nicot)'에 의해 프랑스에 전파되었다는 이유에서 'nicotiana'라는 학명이 붙고 'nicotine'이라는 물질명이 생겨난 것으로 알려져 있다. 이후 중세 유럽에서 담배는 만병통치약으로 미화되는 과정을 거쳐 인류가 담배문화(생산)를 탄생시키는 계기가 된다.

담배 한 개비에는 10㎎의 니코틴이 들어있고 한 번 흡연 시 1~3㎎이 몸에 흡수되고 반감기는 2시간이다. 즉 니코틴의 화학 반응에 있어서 흡수된 니코틴의 농도가 인체에서 처음 농도의 반으로 감소되기까지는 2시간이 걸린다. 그러나 흡수된 니코틴의 일부는 몇 년이 지나도 인체에 계속 남아있게 된다. 입과 기도를 통하여 연기로 폐에 들어간 니코틴은 타르와 함께 허파꽈리에서 액체로 변하여 피를 통하여 흡연자의 뇌와 전신에 퍼진다. 우리 몸에 들어간 니코틴은 혈압을 5~10mmHg 상승시키고 맥박을 10~20회 증가시키게 된다. 또한 심박출량 감소·관상동맥 혈류 감소·피부혈관 수축 등 신체에 많은 변화를 일으킨다. 이러한 몸의 빠른 변화가 인체에 악영향을 끼치게 되고 인간을 병들게 하는 것이다.

니코틴은 단편적으로 쾌감·즐거움 등에 관련한 신호를 전달하여 인간에게 행복감을 느끼게 하는 신경전달물질인 도파민을 분비시키고, 일시적으로 기억력과 작업수행능력을 상승시킨다. 하지만 이 중독성이 폐의 허파꽈리를 못 쓰게 만들어 인간을 파멸에 이르게 한다. 니코틴은 기체로 인체에 침입하여 폐의 허파꽈리에서 액상(액체)으로 변하여 혈관을 통해 7~9초에 뇌로 전달되어 1분 내에 쾌감을 느끼게 하고, 이와 같은 신속성은 헤로인주사를 직접 투여하는 것보다 빠르다.

　니코틴은 식물의 2차 대사물질이다. 농촌에서 담배경작자들에 의하여 재배된 담배는 건조과정을 거친 후 담배회사에 납품된다. 담배회사들은 이를 복잡한 재가공 과정을 거쳐 담배로 만들어 시중에 판매하게 된다. 그러나 담배의 제조과정에서 잎담배만으로 판매되는 상품의 담배를 제조하는 것이 아니다. 나쁘고 사악한 담배회사들은 흡연자들에게 니코틴의 중독성을 확실하게 각인시키기 위해 암모니아·향료·감미료·유제놀·멘솔·코코아·설탕 등 다른 물질을 넣어 담배를 제조하기도 한다. 특히 암모니아와 설탕은 니코틴 중독성을 강화시키는 데 결정적인 역할을 하는 것으로 알려지고 있다.

　담배라는 식물의 니코틴은 강한 생리작용을 나타내는 알칼로이드(사람이나 동물에 약리작용을 나타내는 물질)의 일종으로 가지과 식물의 잎에 주로 존재한다. 화학적으로 유기 화합물로 분류할 수 있고 동물이나 인간의 말초신경을 흥분시키거나 마비시키는 물질이다. 담배의 주성분인 니코틴은 실온에서는 상당한 휘발성을 지니며, 빛이나 공기와 접촉하면 쉽게 산화되어 갈색으로 변한다. 담배 피우는 사람들의 손가락과 피부가 갈색으로 변하는 것도 니코틴의 산화작용 때문이다.

　흡연자들을 자세하게 관찰하면 얼굴이 황색 또는 갈색을 띠게 되는데, 니코틴의 성분이 산화현상으로 인해 인체의 밖으로 나타나게 되는 것이다. 왼손의 검지와 중지 또는 오른손의 검지와 중지에서 니코틴 냄새가 나거나 노랗게 변색된 손가락의 소유자들은 십중팔구 담배를 피우는 사람들이다. 흡연자의 얼굴색도 황색 또는 황갈색인 경우가 많은데 담배의 니코틴이 폐와 허파꽈리에만 영향을 미치는 것이 아니라는 것을 증명하고 있다. 또한 니코틴은 곤충에 대한 신경독성이 있기 때문에 곤충들이 싫어하는 물질이므로 농약의 원료가 되기도 한다. 일부 국가에서는 이러한 담배의 신경독성을 활용하여 담배를 농약의 대체물로 활용하기도 한다.

니코틴의 농도가 높아지면 큰 독성이 있어 생명체를 죽일 수 있음은 물론이다. 니코틴의 독성이 생명체나 인간에게 과다하게 투입되었을 경우 니코틴 급성중독에 이르게 된다. 니코틴의 독성은 가장 강하다는 청산(靑酸)과 비교하여 결코 약하지 않다. 니코틴은 과수나무나 농작물의 해충을 방제하는 농약의 원료가 되고 급격하게 인체에 작용하게 되면 수 분 내에 사망에 이르게 할 수 있다.

이는 니코틴이 생명체의 자율신경을 빠르게 흥분시키고, 혈압을 급격하게 하강시키거나, 일시적 호흡곤란을 일으켜 생명체를 실신시키며 급기야는 호흡마비를 일으켜 사망케 하는 것이다. 담배연기 속의 니코틴과 타르는 호흡 기관의 예민한 조직들을 손상시키고 가래가 생기게 하기도 하며 폐의 허파꽈리조직을 파괴하거나 허파꽈리의 기능을 정지시키기도 한다.

흡연자들이 담배 끊기가 어려운 것은 니코틴 의존·중독성에 있다. 니코틴 의존과 중독을 해결하는 방법은 흡연을 중단하면 된다. 하지만 흡연 중단은 말처럼 쉽지 않다. 흡연자들이 담배를 끊게 되면 금단증상이 나타나게 되기 때문이다. 금연을 생각하는 분들 중에는 약품이나 금연보조제에 의존하는 것을 예정하고 있는 분들이 있다. 금단증상의 완화를 위해 니코틴패치를 사용하기도 하고 금연약품이 개발되고 있지만 그 효과에 대하여는 아직 검증되지 않아 논란이 있고 또한 부작용도 많은 것으로 알려지고 있다.

십 수 년 전까지만 해도 담배 니코틴의 독성에 대하여 잘 알려지지 않았는데, 그것은 정부는 세수를 위해 흡연의 해독에 대하여 눈을 감고, 담배회사들은 자신들의 이익극대화를 위해 세상에 알리지 않고 숨겨왔기 때문이다. 1970년대 들어 과학자들과 의학자들에 의해 담배에 독성이 있다는 것이 증명되면서부터 담배의 해독성이 일반인들에게 알려지게 되었다.

니코틴은 그 자체로는 발암 원인이 되지 않는다고 알려져 있지만 담배를 싼 종이와 담배가 타면서 발생하는 타르 등의 성분과 합성되면 곧 발암물질로 변하게 된다. 이러한 현상은 많은 과학자들과 의학자들에 의해 확인되고 있는데, 최근에는 폐암의 원인이 되는 것은 말할 것도 없고 거의 모든 암의 원인이 되고 있다는 것이 증명되고 있다.

즉 담배가 연소하면서 각종 발암 화학성분이 합성되고 이것이 폐를 통하여 인간의 몸에 급속하게 전달되는 니코틴과 타르에 의하여 발암의 원인이 되는 것이다. 담배연기는 기도를 통해 폐로 들어가 갈색의 끈적끈적한 조그만 덩어리로 되면서 폐 조직과 인체의 장기에 붙어버린다. 이 조그만 덩어리가 곧 폐암과 기타 암의 원인이 되는 것이다.

니코틴에 중독되어 흡연을 계속하면 암, 심장 질환, 만성 폐 질환 등 수많은 질환에 노출된다. 한국인의 각종 암과 성인병 환자들의 대부분은 흡연이 원인이 되어 발생되고 있다고 한다. 이렇게 나쁜 흡연을 시작하는 이유는 도대체 어디에 있는 것일까? 흡연을 시작하고 지속하는 이유는 사람에 따라 다양하다. 대개 최초의 흡연은 흡연에 대한 호기심과 친구 등의 권유로 시작하게 된다고 한다. 일시적인 호기심과 친구들과의 장난 등으로 일생의 건강과 생명에 해로움을 주는 흡연을 하게 되다니 아이러니가 아닐 수 없다.

남자의 경우 군 입대와 동시에 흡연을 시작하는 사례도 많다. 대부분의 사람들이 담배를 처음 피우면 기침·구토·어지러움 등이 발생하지만 담배회사들이 담배의 중독성을 빨리 흡연자의 몸에 배게 하기 위해 비밀리에 넣은 암모니아와 설탕성분에 의해 곧 내성이 생기게 된다. 담배에 내성이 생기면 이러한 기침·구토·어지러움 등의 증상이 사라진다.

내성을 얻은 흡연자는 시간이 지나고 중독의 양에 따라 적당한 각성 효과를 얻기 위해 더 많은 담배를 피우게 된다. 흡연이 장기화되어 기침·감기·피부색의 변화·목소리 변성 등의 폐해가 발견되어 끊으려 하지만 이미 니코틴과 타르에 중독된 후다. 이때부터 흡연자들은 끊어야지~ 끊어야지~ 하면서 몇 차례의 금연시도와 실패를 반복하게 된다.

중독된 흡연자가 오랫동안 피우던 담배를 끊으면 불쾌감, 우울감, 불면, 과민성, 불안, 집중력 저하 등의 금단증상이 나타나게 되어 금연하려고 노력하지만 실패하게 된다. 그러나 이러한 금단증상 때문에 금연을 하지 못한다는 것은 결국 흡연자들의 의지가 약하거나 담배의 해독성에 대한 지식이 부족한 탓이다. 아무리 니코틴에 중독된 흡연자라 할지라도 자신의 폐가 망가지고 있는 현실을 똑바로 알 수 있다면 담배를 곧 끊게 될 것이다.

담배의 중독성

1989년 미국의 전 공중위생국(Office of the Surgeon General) 국장 에버렛 쿠프(Everett Koop)는 담배의 해독성에 대하여 언급하면서 "담배를 외국에 수출하는 것은 곧 질병과 불구와 죽음을 수출하는 것과 다를 바 없다"고 말했다. 일본의 환경사회학자 토다 키요시는 담배를 '구조적 폭력'으로 간주해 담배 회사를 '죽음의 상인'이라 부르고, 담배의 생산·판매·소비를 테러에 비유했다. 이러한 담배라고 하는 구조적 폭력이 전 인류에게 확산된 역사는 400년이 넘는다. 심지어 일부 유럽에서는 담배가 만병통치약으로 잘못 전달되기도 하였다. 그러나 담배의 해악이 밝혀지는 데는 그리 오랜 세월이 걸리지 않았다.

문제는 흡연자들이 담배의 해악에 대해 잘 알고 있으면서도 담배를 피우고 있다는 데 있다. 대부분의 흡연자들이 한 번쯤 금연을 결심하고 시도하지만 성공하지 못하는 이유가 니코틴의 중독성 때문이다. 미국의 한 연구결과에 따르면 흡연자의 80% 이상이 금연을 원하고 매년 35%가 금연을 시도하고 있지만 단지 5% 이하만 금연에 성공한다고 한다. 이렇게 담배에 중독되기는 쉬워도 담배를 끊는 것은 어렵다. 담배를 피우지 않던 사람이 일단 1개비의 담배라도 피우게 되면 담배의 중독성으로 인해 약 85% 이상이 흡연을 계속하게 되고 결국 매일 10~20개비 이상의 담배를 피워야 생활이 가능한 만성 흡연자가 되며 장기화될수록 담배를 더 많이 흡입하게 되는 중독성이 계속된다.

1929년 미국의 리치몬드에서 처음으로 담배를 제조하여 세계적인 담배제조회사로 성장한 필립모리스컴퍼니에서 연구원으로 일했던 빅터 드노블 박사는 1994년 4월 "1980년대 초 필립모리스는 동물 실험을 통해 니코틴의 중독성을 확인했으며, 이를 논문으로 발표하려던 자신을 해고했다"고 미 의회에서 증언했다. 그는 "담배는 슈퍼 중독 물질이며 완전히 금지시켜야 할 상품"이며 "아세트알데히드(acetaldehyde)가 뇌 속으로 들어가 코카인과 유사한 물질로 바뀌게 되고 니코틴까지 함유된 담배는 더 중독성이 강하다"고 증언하고 있다. 아세트알데히드는 독성 물질로 1급 발암물질이다. 아세트알데히드는 체내에 정말 위협적인 무서운 성분인데 혈관을 통해 온몸으로 퍼져 나가면서 구토, 두통 등의 증상이 나타나는 물질이다.

미국 국립약물중독연구소(National Institute on Drug Abuse, NIDA) 보고서에 따르면 대마초의 중독성은 담배의 1/6 수준이다. 담배의 중독성이 대마초의 6배에 이른다는 사실에 눈을 감고 있는 것이 현실이다. 학계는 물론이고 심지어 담배회사에서도 니코틴이 중독물질이라는 것에 동의하고 있다. 최근 초등학생 1,200여 명을 4년 동안 추적 조사한 연구에 따르면, 놀랍게도 '민감한 아동은 담배 한 대만 피워도(연기만 들어 마셔도) 이틀 내에 중독성이 생길 수 있다'는 연구결과가 나왔다. 더구나 담배회사에서는 그 중독성을 높이기 위해 암모니아·향료·감미료·유제놀·멘솔·코코아·설탕 등 다양한 물질을 첨가하기도 한다는 사실에 경악을 금치 못한다.

이 중 문제되는 것은 암모니아라는 성분이다. 암모니아는 담배의 알칼리 pH(농도) 수치를 높이려고 넣는다고 한다. 농도(pH) 수치가 높은 물질은 몸에 빠르게 흡수되기 때문이다. 암모니아는 담배를 피우면서 몸에 흡수되는 니코틴이 빠른 속도로 뇌에 전달될 수 있도록 하는 매개체다. 미국에서 공개된 담배회사 내부 문건에 따르면 암모니아 농도와 담배 판매량은 정확히 비례한다는 것을 알 수 있다. 미국 필립모리스사의 '말보로'는 암모니아 농도가 올라가면서 판매량도 수직 상승했다는 통계가 있다. 암모니아의 성분이 중독성을 높였다는 결정적 증거이다.

담배회사들이 맛을 위해 첨가했다고 주장하는 설탕과 코코아도 담배 중독성과 밀접한 연관이 있다는 지적이다. 이들 담배회사들은 중독성을 높이기 위한 연구소를 설치하여 운영하고 있다. 이 연구소에서 인간에게 중독성을 높일 수 있는 물질을 찾아내고 방법을 연구하여 담배에 적용하는 것이다. 설탕을 태울 때 나오는 '아세트알데히드' 성분은 니코틴 중독 작용을 강화한다. '아세트알데히드'는 빙초산으로 불리기도 하는데 강한 자극성 냄새를 가지고 있으며 악취와 공해의 원인이 되는 물질이다.

담배의 중독성을 더하기 위하여 코코아도 넣는 것으로 알려지고 있다. 코코아에도 기관지 확장기능을 하는 '테오브로민'이 들어있는데 담배의 중독성을 높이려는 목적이다. 테오브로민은 카카오에 들어있는 대표적인 알칼로이드(현재 250종 이상의 것이 알려짐), 초콜릿의 독특한 쓴맛과 향을 내는 성분으로서 성질이 카페인과 비슷하다. 카페인은 우리가 잘 알고 있듯이 중추신경을 자극하는 일종의 흥분제로 이뇨효과가 있고 피로회복의 효력이 있으며 편두통에도 효과가 있다고 한다. 테오브로민은 약리효과가 있어서 혈액 흐름과 신장기능과 호흡계를 자극하게 되는데 심장박동수를 증가시키며 이뇨효과도 있다. 이것을 넣는 이유는 바로 중독성을 강화시키기 위한 담배회사들의 꼼수다.

인간의 생명을 담보로 돈벌이에 급급한 담배회사들의 음모에 분노하지 않을 수 없다. 이러한 담배회사들의 패륜에 가까운 행패는 흡연자들에게 패악과 테러에 가까운 행위다. 돈을 벌기 위해서 인간의 생명을 볼모로 하여 흡연자들을 죽음으로 내몰고 있는 것이다. 이러한 담배회사들의 돈벌이에 급급한 패악의 행위들은 인류의 이름으로 심판받아야 할 것이고 그러한 날이 서서히 오고 있다. 각국에서 담배의 해독성에 관련한 소송이 진행되고 있으며 승소 가능성이 커지고 있다. 정부에서 진정으로 국민의 건강을 위한다면 부탄과 같이 담배의 제조와 판매를 금지하는 법안을 제정하고, 할 수만 있다면 담배를 대마초에 버금가는 마약으로 분류해야 될 것이다.

담배는 왜 나쁜가?

담배가 얼마나 나쁜 것인가를 설명하는 것 자체가 부끄럽다. 마치 '똥은 똥'이라는 것을 설명하려는 것과 같기 때문이다. 너무나 당연한 설명을 들어야 하는 독자들도 불편하기는 마찬가지일 것이다. 그래도 금연 수행자들의 금연 의지를 강화시키기 위해 금연전도사는 설명해야 한다.

담배를 태우면 그 연기 속에 약 4,800가지의 악성 화합물이 발생하게 되며 그중 건강에 가장 나쁜 것은 니코틴·일산화탄소·타르(목초를 태울 때 흐르는 진 같은 것)라고 할 수 있다. 이 중에서 흡연자들이 담배의 해독에서 빠져 나오려 해도 마음대로 할 수 없게 만드는 것이 니코틴이다. 이 니코틴이 담배의 의존·중독성의 원인이 되고 암모니아와 코코아 같은 첨가물은 의존·중독성을 강화시키는 것이다.

일산화탄소는 더 나쁜 물질이다. 인간을 만성 저산소증에 빠지게 하여 피로해지게 만들며 서서히 죽어가게 만드는 물질이다. 일산화탄소는 무색, 무취의 기체로서 사람의 폐로 들어가면 혈액 중의 헤모글로빈과 결합하여 산소공급을 가로막아 심한 경우 사망케 하는 물질이다. 산소결핍에 민감한 중추신경계(뇌, 척추)가 영향을 받아 두통·현기증·이명·가슴 두근거림·맥박수 증가·구토가 일어나게 된다.

타르도 나쁘기로 말하면 니코틴이나 일산화탄소 못지않다. 타르는 발암물질들을 포함하는 수많은 독성물질을 함유하고 있기 때문이다. 이러한 담배의 독성물질과 해악물질들이 아직까지도 인간에 의하여 그 독성여부조차 알아내지 못한 것도 있다. 아직 담배의 해독성이 모두 밝혀진 것이 아니며 아직도 그 해독에 대하여 연구가 진행되고 있는 것으로 보아야 한다.

아무튼 이러한 수많은 독성해악물질들로 인해 5~10년의 흡연 경력을 가진 사람은 담배를 끊고 나서도 5~10년은 지나야 비흡연자와 같아지게 된다니, 담배의 해악성을 설명할 때마다 놀라게 된다. 폐와 폐의 허파꽈리로 들어간 니코틴과 타르는 담배를 끊고서 기관지의 섬모운동에 의해 가래로 변하여 빠져나오는 데 20년이 걸린다는 것이 호흡기 내과 의사들의 공통된 의견이다.

인간은 왜 담배를 만들고 생산하게 되었을까? 필자가 금연전도사가 된 이후 풀리지 않는 의문이 "왜 인간은 담배를 만들어 인류를 이처럼 공포의 대상으로 몰아넣었느냐?"는 것이었다. 아직도 그 의문은 풀리지 않는다. 다만 새로운 해악물질들이 담배에서 발견될 때마다 놀라고 있을 뿐이다.

우리는 시중에서 사먹는 채소류에서 잔류농약성분이 검출된 것 자체만으로 분노하며 놀라고 있다. 그러나 채소에 남아 있는 농약의 수십 배에 달하는 발암물질이 존재하는 담배를 피우는 사람에 대하여는 별로 놀라지 않는다. 아니, 그 담배를 스스로 피우면서 마음의 위안을 찾는다는 사람도 있으니 세상은 참 모순 덩어리가 아닐 수 없다.

이제까지 담배에서 발견된 중금속 중 폴로늄-210과 납-210은 발암물질이다. 흡연에 의한 피폭은 허용차라고 하지만 폐에 이르면 문제가 달라지는데 허파꽈리의 피폭량은 허용치의 수백 배에 이른다. 담배연기에 포함되어 있는 중금속은 담배경작에 사용될 수 있다는 농약이나 토양에서 비롯된 것으로 추정되고 있으나 담배를 피우는 데서 합성되었을 경우를 배제할 수 없다. 따라서 통상의 흡연자들은 중금속에도 노출될 수밖에 없다.

대표적인 중금속으로는 구리(Cu)·납(Pb)·망간(Mn)·베릴륨(Be)·비소(As)·셀레늄(Se)·수은(Hg)·아연(Zn)·철(Fe)·카드뮴(Cd)·크롬(Cr) 등이 있다. 마치 원소주기율표(週期律表, periodic table)를 보고 있는 느낌이다. 니켈·납·베릴륨·비소·카드뮴과 크롬이 발암물질로 지정된 것은 물론이고 이들 악성 중금속 물질에 의한 발암 가능성은 흡연을 하고 있는 환자에 따라 적게는 15%에서 많게는 69%에 이른다고 하는 연구결과가 발표되고 있으니 놀라지 않을 수 없다.

이들 중금속들은 한번 우리 몸속에 들어오면 배출되지 않는다는 게 더 심각한 문제인데 이들은 두고두고 인간의 신장·골·혈액·간·췌장·위장·심장 등에 질환을 일으키게 될 것이다. 담배연기 속의 방향성 아민은 방광암의 원인이며, 다환성 방향족 탄화수소(polycyclic aromatic hydrocarbon, PAH)는 폐암·방광암·전립선암·위암·간암·악성 림프종 등을 유발한다는 것은 오늘날 갑자기 알려진 것이 아니다. 그중 벤젠은 백혈병과 재생불량성 빈혈 등의 원인으로 국제암연구소에서 Group 1(인체 발암물질)로 분류하고 있는 최고로 위험한 물질이다. 또한 알데히드는 인체발암 추정물질(Group 2B)로서 대표적인 발암물질이다.

최근 담배회사들은 '저 타르'·'저 니코틴'이 마치 인체에 전혀 해독을 미치지 않는 것처럼 선전하며 판매에 열을 올리고 있다. 점차 흡연율이 떨어지게 되자 '저 니코틴'·'저 타르'는 인체에 안전하다는 메시지를 전달하고 있는 것이다. 또한 박하향(menthol) 등을 첨가하여 담배 맛을 순하게 하는 것도 그들의 해묵고 가증스러운 상술이다.

1994년 6개의 미국 거대 담배회사들은 599가지의 첨가제를 담배에 사용한다고 공식적으로 발표했으며, 한 가지 담배에는 30~150종류의 첨가제를 사용한다고 한다. 이 중 감초 등의 습윤제는 방광암과 허파꽈리와 기관지의 만성폐쇄성폐질환(chronic obstructive pulmonary disease, COPD; 호흡기 질환의 일종으로, 담배연기 흡입에 의해 발생하는 폐의 비정상적인 염증반응)의 원인이 되며 박하는 담배 내 발암물질을 활성화시킨다고 한다.

'담배연기의 pH(농도)가 높을수록 니코틴의 흡수가 잘 되는 것'을 잘 아는 담배회사들은 건강을 의식하는 흡연자들의 구매력을 확보하기 위해 '저 니코틴'·'저 타르' 담배를 개발하고 홍보하지만 실제로는 흡연자들의 중독에 열을 올리고 있는 것이 사실이다. 즉 기계로 측정하게 되는 타르와 니코틴의 양은 줄었지만 실제 활성 니코틴은 줄지 않았으며, 담배회사들은 니코틴 중독에 힘을 쓴다는 사실을 알아야 한다.

한국의 담배회사(KT&G)도 별반 다를 게 없다. KT&G의 주식은 외국인들이 더 많이 소유하고 있어 순수하게 한국 회사라고 보기도 어렵다. KT&G가 영업을 잘하여 이익이 많이 나게 되면 외국인들이 더 많은 이득을 보게 되는 구조이다. 담배를 피워 '세금을 많이 낸다'는 애연가의 '애국자'라는 변명도 더 이상 설득력을 잃는다.

금연 수행자들을 가장 곤혹스럽게 하는 니코틴에 대하여 더 자세하게 알아보자. 니코틴은 폐와 허파꽈리에만 영향을 미치고 그 밖의 장기에는 영향을 거의 미치지 않을 것이라고 흡연자들은 믿고 싶을 테지만 실은 인체의 모든 조직에 영향을 미친다. 심지어 머리카락과 손톱 더 나아가 피부에까지 영향을 미친다.

니코틴이 우리 몸에 흡수되면 식욕이 감퇴되고, 우리 몸의 수분을 빼앗아 혈관 내의 혈장 부피가 줄어들고 농도가 높아지게 되어 항이뇨 호르몬(antidiuretic hormone, ADH)의 분비를 촉진시킨다. 또한 우리 몸의 면역조절과 항염증 효과를 가지고 있으며 인체의 단백질과 지방을 분해하고 에너지를 만드는 역할을 하는 스테로이드 호르몬의 분비를 촉진시키는데, 이는 몸에 니코틴과 타르라는 독성이 들어왔다는 것을 의미한다.

니코틴은 또한 교감신경계의 흥분으로 방출되는 물질인 카테콜아민(catecholamine) 등의 호르몬 분비를 증가시키는데, 이는 니코틴이라는 독성·중독물질이 몸에 들어옴으로써 비상이 걸린 것을 의미한다. 니코틴은 또 혈관수축과 혈압상승을 일으키고, 급성 중독 시 구토·복통·설사 등을 유발할 수 있다. 니코틴은 담배를 흡입 시 7~9초면 뇌에 도달하며 흡수된 니코틴은 주로 간에서 대사되어 '코티닌'으로 변하게 된다. 이 과정에서 간의 기능은 약화된다.

이 밖에도 담배연기에는 청산가스·합성수지·합성섬유·염료·살충제·방부제·소독제 등 화학제품연료가 포함되어 있어 피부에 닿으면 발진이 생기고 체내에서는 소화기와 신경계통에 장애를 주며, 특정 유해물질인 페놀(phenol)의 한 형태인 '클로로페놀(chlorophenol), 살충제나 좀약 등에 쓰이는 '디클로로페놀(dichlorophenol)' 등의 발암물질이 함유되어 있다. 또한 페놀류는 피부점막을 부식시키기 때문에 소화기계 점막의 염증·복통·구토·호흡마비 등의 급성 중독을 일으킬 수 있는 반 인류(생명) 물질이다.

니코틴은 뇌에 작용해 탐닉성을 가진 신경전달물질인 도파민을 많이 배출시킴으로써 일시적으로 기분을 좋게 하는 듯한 착각을 하게 하여 중세 유럽의 의사들은 이러한 니코틴을 만병통치약으로 잘못 소개하였는데 이것이 담배문명을 만드는 계기가 되었을 것으로 필자는 분석하고 있다. 니코틴은 또한 세로토닌·아세틸콜린·노르에피네프린 등의 분비를 촉진시켜 잠깐 동안 기억력과 작업수행능력을 좋게 하기는 하지만 장기적으로는 인간의 폐를 못 쓰게 만들고 인간을 패망·패악으로 몰고 가는 악마의 물질이다.

니코틴은 허파꽈리의 기체교환 시에 혈액에 녹아 체내로 흡수, 혈관을 타고 어느 약물보다 빨리 두뇌로 전달되는 특성을 가지고 있다. 흡연피해는 남성보다 여성이 더 심하다. 여성은 본질적으로 체력이나 신체기능 등 모든 조건이 남성보다 약하기 때문에 독성이나 병균에 대한 저항력이 현저하게 떨어지기 때문이다. 흡연여성들은 폐경기를 2~3년 앞당겨지고 주름살이 생기고 빨리 늙는다. 피부의 노화를 방지하여 빨리 늙고 싶지 않은 여성들은 오늘 당장 담배를 끊어야 한다.

담배연기와 암(癌)

암을 이야기할 때 그 원인으로 제일 많이 거론되고 있는 것이 담배와 담배연기이다. 의사들은 암인자(癌因子)로 담배연기를 공통으로 지적한다. 의사들은 담배연기로 인한 가장 큰 폐해로 폐암을 들고 있으나 그것에 그치지 않고 그 밖의 다른 암의 원인도 되기도 한다. 많은 예방의학과 의사들에 의하여 흡연은 폐암의 직접적인 원인이 되는 것은 물론 인후암·구강암·식도암·신장암·방광암·췌장암·위암의 원인으로 밝혀져 있으며 심지어 자궁경부암의 원인도 된다고 지적하고 있다. 담배연기에는 4,800여 가지의 유독 화학물질이 들어있고 '니트로소아민' 등 발암물질도 수백 가지가 들어있다고 한다.

흡연이 암의 원인이 된다는 사실은 1950년 미국의 의학자인 와인더와 그레이엄에 의해 처음으로 보고된 이후에 여러 의학자들에 의해 지적되고 확인되었다. 다음해 영국인 학자에 의해 담배를 피우지 않는 사람들의 폐암발생률이 10만 명당 7명인 데 비해 피우는 사람들은 90명으로 13배가 높다는 사실을 밝혀냈다.

또한 담배연기를 흡입하는 순간 직접적으로 흡입자의 폐에 직격탄을 날리고 담배연기 속에 들어있는 많은 유독물질들은 흡입자의 몸속에 흡수되어 혈관을 타고 흡입자의 몸 전체를 돌아다니며 그 독성물질이 가지고 있는 것을 이용해 모든 해악과 손상을 입혀 여러 종류의 암을 일으킨다. 말하자면 담배연기는 암을 만들기 위해 인간이 만들어 낸 가장 효과적인 '암 제조물질' 또는 '암 발생물질'이라고 할 수 있다.

담배연기는 암을 만드는 데 가장 능력 있고 효과적인 전천후 발암물질이다. 또한 담배연기는 생명을 갉아먹는 죽음의 오염물질인 동시에 반 생명물질인 셈이다. 흡연자 자신의 생명만 갉아 먹지 않고 타인의 생명까지도 갉아먹는 최악의 '생명단축제'이다. 간접흡연의 결과로 연결되기 때문이다. 담배연기는 담배를 피우는 흡연자 자신의 삶에서 반드시 후회할 날이 오게 될 '후회 촉진제'인 동시에 땅을 치고 통탄할 '통탄 촉진제'라 할 수 있다.

담배만 피우지 않았더라면 폐암을 비롯한 5대 암(대장암, 폐암, 위암, 췌장암, 갑상선암) 발생확률을 제로에서 멈추게 되거나 현저하게 줄일 수 있을 테지만 흡연자들은 담배 피우기의 강행으로 항상 암 발생의 위험 속에 살고 있는 것이다. '흡연자들은 모든 암의 발생에 노출되어 있는 것이 아니라 방치되어 있다'고 봐야 한다. 5대 암(대장암, 폐암, 위암, 췌장암, 갑상선암)이 발생하지 않는 것이 오히려 이상하지 않을까?

폐암과 그 밖의 암에 걸릴 가능성이 있음을 알면서 그래도 참기 힘드니 피워야 한다면 폐암과 기타 암의 미필적 고의범이라고 할 수 있다. 자신의 몸에 발생하는 폐암과 기타 암의 미필적 고의뿐만 아니라 타인의 몸에 발생하는 암에 대한 미필적 고의범도 되는 셈이다.

흡연은 폐암에 노출되는 것은 물론이고 후두암에 걸릴 가능성 8배, 구강암에 걸릴 가능성 5배, 식도암에 걸릴 가능성이 4배로 높아지며 방광·췌장·신장암에 노출될 확률도 피우지 않는 사람에 비하여 두 배 정도로 높아지게 된다고 한다. 담배를 피우는 행위는 자신의 몸에 대한 학대이자 미필적 고의에 의한 살인행위나 다름없다. 그 행위는 더 나아가 가족과 주위 사람들에게도 간접적인 살인행위를 하고 있는 것이나 마찬가지다.

자신의 생명에 대한 살해행위를 '자살'이라고 부른다. 그렇다면 흡연행위는 자살행위이다. 타인의 생명에 대한 살해행위를 살인이라고 부른다. 그렇다면 흡연은 남의 생명에 대한 간접적이고 장기적인 행위일지라도 일종의 살인행위나 마찬가지인 셈이다. 흡연은 장기적이고 간접적인 미필적 고의에 의한 살인행위라고 볼 수 있다. 다만, 고의가 특정되어 있지 않은 것이 특징이라면 특징이다.

나의 경우도 흡연과 암 발생이 관련이 있을 것이란 생각을 하였지만 나는 암에 걸리지 않을 것이란 막연한 믿음으로 흡연을 했던 부끄러운 시기가 있었다. 가끔 오른쪽 폐에서 경고의 통증이 오고 있었지만 그것조차 무시하고 흡연의 습관에서 벗어나지 못하고 금연을 제때 하지 못한 아주 후회스러운 과거를 가지고 있다.

그 후 정밀검사결과 폐암은 아니라는 진단을 받고 가슴을 쓸어내린 경험이 있다. 그리고 늦게나마 끊게 된 것은 내 인생에 있어 대변화의 신호탄이고 최고의 선물이었다. 담배를 끊고 나서 대학원에 진학하였고 진급도 하였으며 집도 마련하는 계기가 되었던 것이다. 흡연 중단으로 가족과의 관계가 좋아졌으며 직장동료들이나 친구들과의 관계도 개선되었다. 담배를 끊고 금연전도를 시작하였으며 그것은 많은 사람과의 인간관계를 선순환관계로 만드는 계기가 되었다.

복잡 다양한 현대를 살아가면서 암을 걱정하지 않는 사람이 있을까? 그런데도 담배가 전체 암의 유력한 원인이 된다는 데에 대하여는 의문을 표시하는 흡연자들이 많다. 담배가 암 발생과 관련이야 있겠지만 반드시 암을 일으키는 것은 아니라고 생각하는 흡연자들이 의외로 많다는 데 놀라지 않을 수 없다. 이러한 생각을 하는 사람들은 암 발생과 흡연과의 관계가 눈에 보일 정도의 차이는 없다고 주장하고 있다. 말하자면 오기와 패망의 자신감이다. 흡연을 계속하기 위한 하나의 변명일 뿐이다.

나도 담배를 한창 피울 때 그런 오기의 말을 내뱉은 부끄러운 적이 있었으므로 이해가 가는 말이다. 나의 흡연 시 주장과 일치했던 말이기도 하다. 필자가 금연전도사가 되어 담배 피우는 선배나 후배가 있어 담배의 해독을 이야기하며 금연을 권하면 대부분 "글쎄, 하기는 해야 할 텐데⋯.", "며칠만 더 피고⋯.", "곧 끊을 예정이다⋯."라는 반응이 많았다.

그러나 일부 흡연자들은 정색을 하면서 금연전도에 반박을 하는 분들도 있다. 그럴 때는 "언젠가는 내 이야기에 동의할 날이 올 것이다. 당신을 위해 담배를 끊으라는 이야기가 아니다. 당신의 가족과 당신을 알고 있는 사람들을 위해 금연을 권고하는 것이다"라고 우회적으로 둘러대고 마는 경우도 있다.

그런데 어떤 사람은 싸울 기세로 험악하게 나오는 경우도 있다. "당신이 뭔데 남 하는 일에 '감 놔라 배 놔라' 하느냐? 당신이나 안 피우면 됐지.", "별 사람 다 보겠네. 남이야 암 덩어릴 먹건 말건." 그럴 땐 얼른 "죄송합니다. 그러나 담배는 끊어야 합니다." 하고 만다. 만약 거기서 한마디가 더 나가면 이내 싸움이 되고 말기 때문이다. 그래도 다음 날이 되면 또 그 사람에게 금연 전도를 계속한 경험도 있다.

우리나라에서 최초로 한국금연운동협의회를 창립하여 금연운동을 실시한 김일순 동 협의회 명예회장은 "담배는 벤조피렌·벤조안트라센 등 이미 밝혀진 발암물질만 20여 종이 들어있는 발암물질덩어리이다"라고 단호하게 말한다. "담뱃진의 진득진득한 성분인 타르 속에 주로 들어있는 이 발암물질들은 자동차배기가스에도 들어있다." 우리나라를 비롯하여 선진국에서 현재 큰 물의를 일으키고 있는 물질들이다. 니켈·폴로늄 등 발암성 중금속도 함께 들어있다.

흡연 시 타르는 연기 상태로, 극히 작은 입자로 변하여 폐 조직 깊숙하게 들어가 폐 세포에 붙어버린다. 폐 세포에 붙어있던 타르는 흐르는 피에 섞여 온몸으로 퍼져 몸 조직 여기저기에 달라붙게 된다. 더러는 오줌이나 대변에

섞여 몸 밖으로 나오기도 하지만 세포조직 깊숙하게 달라붙은 타르는 절대로 몸 밖으로 배출되지 않는다. 담배를 피우면 발암물질이 되는 벤조피렌·벤조안트라센 등과 니켈·폴로늄 등 발암성을 가진 중금속을 바르거나 붙이고 살고 있는 것과 같다고 할 수 있다.

담배 한 개비를 피우면 0.5g 기준으로 변한 성분이 320㎎ 정도 들어가 있다. 이러한 수치는 한 사람의 흡연자가 하루 한 갑을 피운다고 가정하면 3,600㎎의 타르와 6,400㎎의 유해가스를 흡입하는 것과 같다. 하루 한 갑의 담배를 1년 동안 피웠다면 1,314,000㎎의 타르와 2,336,000㎎의 유해가스를 흡입하게 되고 10년 동안 담배를 피워왔다면 13,140,000㎎의 타르와 23,360,000㎎의 유해가스를 흡입한 것이다.

이를 kg으로 환산하면 13.1kg의 타르를 흡입한 것이며 23.3kg의 유해가스를 스스로 흡입한 것과 같은 양이다. 20년을 피우면 타르 26.2kg과 46.6kg의 유해가스, 30년을 피우면 39.3kg의 타르와 69.9kg의 유해가스, 40년을 피우면 52.4kg의 타르와 93.2kg의 유해가스, 50년을 피우면 65.5kg의 타르와 116.5kg의 유해가스를 흡입하게 되는 것이다. 이쯤 되면 사람의 몸무게를 훨씬 넘어서게 되어 폐암에 걸리지 않더라도 몸은 망신창이가 되어 있을 것이고 살아있어도 살아있다고 할 수 없는 각종 병마에 시달리고 있을 것이다.

많은 의사들은 담배의 독성과 해악에 대하여 입이 닳도록 이야기한다. 발암물질이 사람의 몸속에 들어오면 바로 암이 되는 것은 아니지만 인체에 들어와 몸속의 효소에 의해 산화되고 대사되면서 비로소 일반세포가 암세포가 될 수 있게 변화시키는 물질이 된다. 이때 발암성 물질을 대사시키는 효소의 양이 사람마다 다르기 때문에 똑같이 담배를 피워도 사람에 따라 암에 걸릴 수도, 걸리지 않을 수도 있는 것이라고 설명한다. 그러나 이러한 요행을 바라기에는 너무 위험한 도박이라고 말한다.

담배는 그냥 사람의 몸에 나쁜 정도가 아니고 아주 흉악한 발암물질로 보아야 한다는 것이 많은 의사들의 소견인 것이다. 하루에 한두 개비 정도를 피우면 되지 않겠느냐는 사람도 있다. 이에 대해 의사들은 "31빌딩에서 떨어지나 63빌딩에서 떨어지나 결과는 마찬가지일 것"이라고 설명하고 있다. 담배는, 아니 "담배연기는 발암물질 덩어리임에 틀림없다"는 것은 상식을 넘어 진리이다.

나의 폐 나이는?

나의 폐 나이는 몇 살이나 될까? 담배 피우는 모든 사람들의 궁금증일 것이다. 필자가 알고 있는 지인 중에 서울 은평구 갈현동에 살고 있는 엄모 씨는 올해 마흔 살이다. 나의 금연전도와 권유에 의해 병원에서 폐활량 검사를 받았다. 20년간 담배를 피웠던 그는 2014년 10월에 폐 연령이 68세라는 병원의 진단을 받고 깊은 시름에 빠져 있다. 폐 나이가 68세라면 이제 겨우 10살인 딸과 7살인 아들, 그리고 37살인 아내를 두고 있는 가장으로서 책임을 다하지 못할 것이라는 두려움 때문이다.

그는 매년 정기 건강검진에서 폐에 이상이 없다는 진단을 받아왔지만 "폐 건강 나이가 70세에 가까이 왔다"는 병원의 판정을 믿을 수가 없었다. 그는 나를 만난 이후 등산을 하면서 담배를 끊었다. 그는 담배를 끊은 후 점차 몸의 활력을 되찾고 있으며 가끔씩 병원에 들러 폐활량 검사를 받는데 조금씩 좋아지고 있다고 한다. 꾸준하게 운동을 하며 폐활량을 늘려 가면 머지않아 정상적인 폐활량을 찾게 될 것이고 악화되었던 건강도 점차 회복될 것이다.

폐의 이상 유무를 알아내는 방법은 흉부 X선 촬영에 의존하고 있다. 그러나 이 촬영은 폐질환의 유무만 알 수 있지 폐의 건강과 나이에 관하여는 알수 없었다. 최근 들어 폐 건강을 체크하여 폐 연령을 측정하고 이를 건강검진

항목으로 추가하고 있는 병원이 늘어나고 있다. 이들 병원은 폐의 나이를 1초 동안 내뱉는 호흡의 양(FEV1; 노력호기량)으로 측정한다. 이 호흡의 양이 많으면 젊은 폐로 판정받을 수 있으며, 적으면 늙은 폐로 판정받게 된다.

'노력호기량(forced expiratory volume)'은 '초당 호기공기량'이라고도 하며 전 폐활량을 다 호기(산소와 이산화탄소를 바꾸는 것)해 내는 데 4초 이상 걸리면 폐쇄성 폐질환을 의심할 수 있다.

흡연은 폐의 노화에 결정적인 원인을 제공하고 있다. 인간은 20대를 최고점으로 하여 점점 폐기능이 저하되는데, 담배를 피우면 저하 속도가 두 배 이상 빨라진다. 서울의 모 종합병원에서 건강검진을 받은 3만 명 가운데 담배를 피운 사람들은 안 피운 사람들에 비해 5.5배나 폐 이상 소견(폐암의심질환)을 받았다. 현재는 끊고 있으나 과거에 피웠던 사람들도 안 피웠던 사람들보다 3.7배 많은 이상소견을 받았다.

폐 기능에 이상이 왔다는 신호는 호흡곤란으로 시작된다. 숨을 쉬는 게 예전 같지 않다든가 조금만 걸어도 숨이 가빠진다든가 하는 증상이 나타난다. 이를 의학계에서는 만성 폐쇄성 폐질환이라고 한다. 결핵 및 호흡기학회(대한결핵협회; Korean National Tuberculosis Association)의 한 조사에 따르면 20년 이상 담배를 피운 45세 이상 성인 3명 중 1명꼴로 이 만성 폐쇄성 폐질환이 나타나고 있다는 사실을 밝혀냈다.

만성 폐쇄성 폐질환은 담배연기에 장기간 폐가 노출될 때 염증이 생겨 폐의 허파꽈리와 기관지가 좁아지면서 숨이 차게 되는 병을 말한다. 얼마 전까지 만성 기관지염과 폐기종(폐 세포벽이 파괴되면서 공기주머니가 생기는 질환)으로 구분했으나 최근에는 이 모두를 만성 폐쇄성 폐질환으로 부르고 있다. 이 질환을 가진 사람들은 길을 걷는다든가 계단을 오를 때 또는 등산·운동을 할 때 숨이 차고 기침과 가래를 동반하는 경우가 많다.

천식과 증상이 비슷하지만 만성 폐쇄성 폐질환은 장기간 담배를 피운 경험이 있는 중년기 이후에 나타나는 것이 특징이다. 이들은 1초 동안 내뱉는 호흡의 양이 건강한 사람의 1/2 이하로 뚝 떨어지게 된다. 폐의 건강이 악화되고 있다는 증상이 있다거나 폐의 나이가 60대 이상으로 떨어졌다는 진단을 받았다면 당장 금연을 단행해야 하고 이를 원상으로 되돌리는 것은 어렵지만 달리기·수영·자전거 타기 등 숨이 차오를 수 있는 운동을 꾸준하게 하면 서서히 증상이 호전된다. 즉 유산소운동을 꾸준하게 하고 금연을 확실하게 실천하면 만성 폐쇄성 폐질환은 나을 수 있다.

그러나 공기가 나쁜 곳에서의 유산소운동은 오히려 상태를 악화시킬 수 있으므로, 공기가 맑고 신선한 곳에서 유산소운동을 해야 한다는 것을 항상 염두에 두어야 한다. 공기 중의 이산화황·이산화질소·오존·일산화탄소·납·산성공기(스모그) 등도 폐에 담배연기와 맞먹는 악영향을 주고 있기 때문이다.

폐에 영향을 주는 것은 공기만이 아니다. 비만도 폐의 활동을 많이 저하시키는 것 중 하나이다. 체지방이 많아지면 폐의 활동이 현저하게 둔해지고 폐가 산소를 체내에 공급하는 것이 어려워진다.

필자가 국립과학수사연구원에 근무할 때의 경험이다. 건강한 폐와 건강하지 못한 폐를 표본으로 보면 그 차이를 확실하게 볼 수 있다. 백문이 불여일견이었던 셈이다. 국립과학수사연구원에는 원래 폐암으로 사망한 사람의 폐가 포르말린 용액에 표본으로 만들어져 있었다. 그 폐의 단면도를 보면 흡연의 폐해를 눈으로 확인할 수 있다. 그러나 그 표본이 너무 오래되어 식별이 곤란 하였다. 새로운 표본을 만들어 교체하기로 하고 관계자들과 상의를 하였다.

국립과학수사연구원에 오는 사람들은 정상적으로 생을 마감하지 못한 분들이다. 사고 또는 사건으로 유명을 달리하게 된 분들이다. 건강한 젊은이인데 사고를 당한 사람도 오고 폐암 환자였던 분이 사고를 당하여 오기도 한다.

건강한 젊은 사람의 폐와 폐암 환자였던 사람의 폐를 더 선명하게 하기 위한 표본을 만들게 되었다. 연구원에서 그들의 부검을 모두 끝낸 후 유가족들의 동의를 얻어 폐암의 비교표본을 만들었음은 물론이다.

건강한 폐와 건강하지 못한 폐는 확연하게 달랐다. 그 폐의 표본을 본 관람자들은 담배를 피우던 사람이라면 적어도 한 번쯤 금연을 생각하게 하였다. 나의 지인들 중 몇몇은 그 충격의 폐를 직접 목격하고 금연을 결심하기도 하였다. 그 표본은 아마 인터넷에 나와 있는 폐암의 흉측한 모습의 사진과 거의 같다고 할 수 있다. 담뱃갑에 금연 경고 문구를 쓰기보다 말기 폐암 환자의 폐 사진을 게시하면 금연 효과가 더 클 것이다.

폐의 가장 중요한 조직은 허파꽈리라고 할 수 있다. 허파꽈리(alveola)는 기관지 끝가지와 연결되며, 폐 내에서 가스교환이 이루어지는 기관을 말한다. 허파 속 기관지 맨 끝에 포도송이처럼 붙어 있는 공기주머니다. 0.1~0.2mm 크기의 주머니 3~5억 개로 구성되며, 숨을 들이마시면 부풀어 올라 면적이 2배 정도로 더 넓어진다. 공기와 혈액 사이의 기체교환은 혈액-공기관문을 통해 이루어지는데, 이는 기체의 확산 거리를 짧게 하여 산소와 이산화탄소의 교환이 쉽게 이루어지게 하는 인체 조직이다.

담배를 피우게 되면 니코틴과 타르에 의하여 허파꽈리가 메워지게 된다. 흡연 기간이 길어지게 되면 모든 허파꽈리는 거의 기능을 할 수 없을 정도가 된다. 흡연자가 자기 자신의 몸을 학대하고 있다는 것은 바로 이 현상을 방치하고 있다는 사실을 말한다. 허파꽈리가 제 기능을 할 수 없도록 스스로 만들고 있는 것이다. 이것은 자기 자신의 학대를 넘어 자살이나 파멸에 이르게 하는 것이나 다름없다.

그래도 폐의 주인이 계속 흡연을 계속하면 폐도 주인을 위하여 마지막까지 폐의 기능을 하기 위하여 폐의 조직에 구멍이 숭숭 뚫리는 현상이 나타나게 되는데 이것이 폐기종의 일종이다. 폐 세포(허파꽈리)벽이 파괴되면서 공기주머니가 생기는 이러한 현상은 허파꽈리가 제 할 일을 못하게 되자 폐가 그 역할을 대신하기 위하여 자연스럽게 생기게 되는 현상이다. 폐암은 이러한 현상이 오기 전에 발생되기도 하지만 폐기종의 발생 후에 암으로 발전되기도 하는 것이다.

폐 건강의 중심인 허파꽈리의 건강을 위해서 금연은 필수적이고, 금연 의지를 끝까지 지키는 것은 자신과 가족 그리고 인류 모두를 위한 미덕이다. 금연을 할 수 있는 절제의 미덕이 지켜진다면 다음으로 나쁜 공기의 흡입을 가능한 한 하지 말아야 한다.

나쁜 공기란 오염된 실내의 공기·악취와 분진이 포함되어 있는 공기·자동차매연과 같은 오염된 공기 등을 말한다. 그래야 폐의 허파꽈리의 건강을 지킬 수 있다. 대기오염도 견디기 어려운 시대가 왔는데 거기에다 담배까지 피우는 것은 폐를 혹사시키는 차원을 넘어 죽음으로 몰고 가는 자살행위나 다름없는 것이다.

환경과 흡연

환절기에 많이 나타나는 증상 중 하나가 기침이다. 2주 이상 지속되는 기침은 단순한 호흡기 질환이 아닐 가능성이 크기 때문에 정밀검사가 필요하다는 것이 전문가들의 의견이다. 경희대 호흡기내과 박명재 교수가 말하는 호흡기 질환의 이모저모를 들어보자.

폐렴은 호흡기가 바이러스나 곰팡이 등 미생물에 감염되어 폐에 염증이 생기고 기침과 함께 고열·호흡곤란·피로감을 동반하는 것이다. 폐의 가장 중요한 기능 중 하나가 산소와 이산화탄소를 교환하는 것인데 폐포

[허파꽈리라고 부르며 기도(airway)의 맨 끝부분에 있는 포도송이 모양의 작은 공기주머니가 염증 때문에 액체로 가득차면 가스교환(산소와 이산화탄소의 교체)이 잘 이루어지지 않는다. 폐렴을 방치하게 되면 호흡부전으로 사망하게 된다. 호흡기가 결핵균에 감염되면 폐결핵에 걸릴 수 있다. 기침이 주요 증상이지만 객혈·흉통·발열·식욕부진·소화불량 등 전신증상을 동반하기도 한다.

폐기종은 만성 폐쇄성 폐질환(COPD) 환자들이 흔히 겪는 문제다. 담배연기 등 유해가스를 들이마셔서 폐포가 과도하게 팽창된 상태를 말한다. 기침뿐 아니라 호흡곤란·천명음(쌕쌕거림)·가래 등이 주요 증상이다. 만성 기관지염도 COPD 환자에게 잘 나타나며, 폐기종과 원인 및 증상이 비슷하다. 다만, 폐포가 아니라 기관지에 점액이 과도하게 쌓인다. 두 질환 모두 폐기능이 더 이상 떨어지지 않도록 금연과 운동을 하면서 기관지 확장제나 가래제거제 등으로 증상을 조절해야 한다.

드물게 나타나는 현상으로 폐 조직이 딱딱하게 굳는 폐 섬유화증도 있다. 원인이 명확하게 밝혀지지 않았고 뚜렷한 치료법도 없다. 유전적 요인이나 흡연·바이러스 등 환경적 요인으로 인해 폐에 염증이 생겼다가 회복하는 과정에서 섬유세포가 과도하게 증식하여 섬유화가 생긴다.

청색증(저산소증 때문에 입술 주변이 파래지는 것), 곤봉지(만성적인 저산소증 탓에 손가락 끝이 둥글게 되는 것) 등이 나타날 수도 있다. 나의 지인 중 항상 입술 주변이 파랗고 손가락 끝은 구부러져 있는 사람이 있었다. 나는 그에게 그 원인을 설명하면서 금연을 강요하였지만 그는 내 말을 귀담아 듣질 않았다. 그는 나의 끈질긴 설득에도 불구하고 담배를 끊지 않았다. 몇 년이 지난 지금 병원신세를 지고 있음은 물론이다.

저산소증은 호흡기능의 장애로 숨쉬기가 곤란하여 체내 산소 분압이 떨어진 상태로, 동맥혈 가스검사를 시행했을 때 산소 분압이 60mmHg 미만이거나 산소 포화도가 90% 미만일 경우를 의미한다. 심폐기관의 주요 역할은 인체 내 조직(세포)으로 산소를 전달하고 대사 부산물인 이산화탄소를 제거하는 것이며, 이는 세포 단위에서 효율적인 에너지 대사체계를 제공하는 데 매우 중요하다.

저산소증이 발생하면 세포에서는 필요한 산소가 모자라게 되고, 저산소증이 매우 심한 경우에는 더 이상 세포 삼투압을 유지할 수 있는 에너지 생성이 불가능해지므로 세포가 부어오르다 사멸하게 된다. 그러한 증상으로 손가락이 굽는 곤봉지 증상이 나타나며 입술이 파래지는 청색증이 생기는 것이다. 이러한 환자들은 당장 흡연을 중지하여야 하며 끊지 못한다면 강제수용소에 가두어서라도 담배를 끊게 하여야 한다. 즉시 입원시켜 치료받도록 해야 한다. 이러한 환자들을 방치하면 곧 사망에 이르게 될 수 있다.

옛날 어른들은 흡연을 함에도 불구하고 폐암으로 사망하게 된 경우가 그리 많지 않았다. 나의 판단으로는 아마 환경적인 요인이 많이 작용했을 것이라는 결론이다. 필자의 외할아버지도 담배를 매일 한 갑 정도 피우시고 소주를 매일 드셨지만 94세까지 사셨다. 그렇게 나쁜 담배를 평생 피웠는데 어떻게 장수를 할 수 있었단 말인가?

외할아버지의 고향은 충청북도 괴산군 감물면 이담리 잉어수라는 곳이다. 그 동네는 앞으로 남한강의 줄기가 되는 달천이 흐르고 사방이 높은 산으로 둘러싸인 산골이다. 그 환경이 만들어낸 아주 청정했던 공기를 말하지 않을 수 없다. 그 지역의 공기를 오염시킬 만한 오염원은 주변에 없었다. 집도 흙으로 지었고 방안의 벽지도 한지였다.

그곳에서 평생을 살아오신 외할아버지 허파꽈리의 건강은 어떠했을까? 담배를 하루 한 갑씩 즐기셨으니 그리 좋지는 않았을 테지만 폐기종이나 폐암과 같은 폐질환에 걸리지는 않으셨다. 허파꽈리의 건강까지 해칠 만큼의 나쁜 공기는 아니었다는 이야기이다. 자동차가 다닐 수 있는 도로도 멀리 있었고 공장도 없었다. 농사만이 할아버지의 생업이었기 때문에 다른 화학적으로 오염된 공기는 단 한 모금도 마시지 않을 수 있어 흡연 습관에도 불구하고 할아버지의 폐는 그런대로 견딜 수 있었고 허파꽈리의 건강도 지켜질 수 있었다. 그래서 천명(天命)을 다 하신 걸로 필자는 분석하고 있다.

그러나 지금 우리가 살고 있는 대한민국의 공기의 환경은 어떠한가? 현대인의 필수품이 된 자동차와 그 자동차가 뿜어내는 배기가스는 좋든 싫든, 알게 모르게 우리 폐의 허파꽈리의 건강을 해치고 있다. 거기에다 전국 방방곡곡에 세워지고 있는 공장에서 발생하고 있는 화학물질에 오염된 공기와 같이 살아가고 있는 것이 현실이다. 그리고 세계의 공장이라고 하는 중국에서 밀려오는 공해물질과 사막에서 몰려오는 황사는 어떤가?

얼마 전 신문에는 북경스모그마라톤대회가 화제가 될 정도였다. 마라토너들이 마스크를 착용하고 뛰는 모습은 북경이 사람이 살 수 있는 곳인가 하는 의문을 갖기에 충분했다. 어디 그뿐이랴…. 우리의 생활공간에서 생기는 먼지는 어쩌고…. 그것만으로도 우리 폐의 허파꽈리가 건강하게 살아가기 어려운 세상이 되었다. 다만 지역에 따라 그 오염된 공기를 마시는 양이 사람에 따라 적거나 크거나 하는 차이밖에 없을 것이다.

이렇게 볼 때 현대인은 자신의 선택과는 상관없이 오염된 공기를 마시며 살 수밖에 없다. 이는 현대인이 겪어야 하는 비극이라고 할 수 있다. 이런 원초적 비극을 안고 살아가면서 일부러 담배흡연이라는 극도의 반(反) 허파꽈리의 물질, 반 생명 물질을 의도적으로 우리의 폐 속에 흡입한다면 우리의 폐는 어떻게 되겠는가? 주인이 계속적으로 타르와 니코틴의 주입을 강행한다면 폐는 극단적인 조치를 취할 수밖에 없을 것이다.

주변의 오염된 공기를 마시는 것을 처리하기도 바쁜데 거기다가 담배연기라는 독성물질을 강제주입하다니, 허파꽈리의 건강이 유지될 수 있을까? 그것은 불가능하다. 현대인의 생래적(生來的) 비극이다. 옛날에는 좋은 공기 속에서 담배연기의 해악 정도는 허파꽈리가 견딜 수 있었지만 현재의 오염된 공기만으로도 허파꽈리의 능력은 한계에 부딪치고 있는 것이다. 이것이 담배를 끊어야 하는 이유이다.

최악의 청소년 흡연

"담배 피운 지 얼마나 됐어요?"

16~17세쯤 되어 보이는 학생에게 내가 물었다. 그는 말이 없었다. 고등학생 같았다. 두어 모금 신경질적으로 담배를 빨고 흘끔 째려보고는 얼른 자리를 떴다. 귀찮다는 표정이었고 왜 묻느냐는 표정이었다.

"아니, 담배는 나쁘니까 안 피우는 게 좋다는 말을 하려고 했어요. 나도 피웠던 것을 많이 후회하고 있어요. 어린 나이에 담배를 피우면 20년 빨리 죽는다고 합니다. 오늘부터 담배를 끊으세요."

나는 그가 듣거나 듣지 않거나 그의 뒤통수에 대고 말했다.

2014년 무더운 여름날 은평도서관 2층 옥상 흡연장소에서 있었던 일이다. 그가 내 말로 담배를 끊지 않았을지는 몰라도 담배를 피우면 나쁘다는 것은 다시 한 번 더 알게 되었을 것이다. 성인보다 청소년이 담배를 피우는 것이 더 나쁜 이유는 성장이 덜 된, 여리디 여린 새싹 같은 청소년의 폐와 허파꽈리에 치명적인 손상을 주기 때문이다.

청소년기에 담배를 피우기 시작하면 평균 수명이 20년 정도 줄어든다는 통계가 있다. 2013년 기준 신생아의 기대수명이 남자 78.5세, 여자 85.1세인 것을 감안하면 남자는 58.5세 여자는 65.1세에 사망에 이르게 된다. 흡연 시 발생하는 약 4,800여 종의 유해물질에 노출되었기 때문에 생기는 당연한 생명 감소이다.

일산화탄소, 이산화탄소, 니트로사민, 질소화합물, 시안화수소, 암모니아, 니코틴, 타르, 석탄산, 폴로늄 210(방사선 물질), 비소, 크레졸, 사이나, 벤조피렌, 아크롤레인 등이 특히 생명을 단축시키는 것으로 알려져 있다. 이 중 일부 물질은 제초제로도 사용되고 있으며 일부는 농약으로 사용되는 물질이다. 그중 일부는 공업용으로도 사용되는 것도 있다.

청소년기에 피운 담배는 생명을 단축시키는 역할만 하는 것이 아니라 폐암을 비롯하여 심장병, 호흡기질환 등의 직접적인 원인이 되기도 한다. 아직 커가고 있는 연약한 성장세포에 독약이나 제초제를 뿌리는 것과 같다. 왜 청소년에게 강제적으로라도 담배를 끊게 해야 하는지를 설명해주는 이유다.

청소년들은 담배에 대한 유해의 정도를 어른들처럼 잘 모른다. 그냥 동료들이 피우니까 덩달아 피우는 것이 보통이다. 그 막대한 피해에 비하여 너무 안타까운 일이다. 도시락을 싸가지고 다니면서라도 청소년들의 흡연을 막아야 하는 이유다. 금연을 전도하다가 그 청소년으로부터 얻어터지더라도 담배의 해악을 알려 담배를 끊게 하여야 한다.

우리나라 청소년들의 흡연율은 세계 2위에 올라 있다. 이러한 청소년들의 흡연율은 우리나라의 국가경쟁력에도 영향을 미친다. 청소년들의 흡연은 곧 청소년들의 대뇌 기억세포들을 죽게 만들고 청소년들의 창의력을 현저하게 감소시키기 때문이다.

청소년이 담배를 피우게 되는 원인 1위는 호기심이라고 한다. 그 호기심 때문에 담배를 사거나 얻어서 피워보게 된다고 한다. 2위는 친구의 권유다. 말하자면 나쁜 친구의 자연스럽고 강력한 추천과 권유에 의해 흡연의 유혹에 빠지게 되는 것이다. 3위는 '담배 피우는 모습이 멋져 보여서'로, 멋진 배우들이 담배를 피우는 모습의 사진을 광고에 싣거나 TV에서 그런 장면을 내보내서는 안 되는 이유다. 청소년들은 쉽게 유명인들을 따라하는 모방성이 있기 때문이다.

청소년기에 담배에 빠지는 것은 수명을 짧게 할 뿐만 아니라 흡연 청소년의 미래조차 불투명해지게 되는 것이다. 미성년자의 경우에는 신경조직의 연결 등 신경 발달이 아직 성장과정에 있는데, 미처 완성되기 전에 니코틴과 타르 같은 물질로 인한 자극을 받게 되면 정상적인 발달이 이루어질 수 없다.

또한 과민한 자극으로 말미암아 여러 가지 비정상적인 형태로 성장될 수 있고, 산소공급 장애와 칼슘흡수 저하는 골격 형성에 지장을 초래하여 골다공증이나, 키가 크는 데도 지장이 있다. 미성년자는 담배로부터 보호되어야 하고 중고생들의 호기심에서 생길 수 있는 담배 피우기 장난은 그들의 건전한 신체 발달을 위해 절대로 피하여야 한다.

인제대 서울백병원 가정의학과 금연클리닉 서홍관 교수팀이 수년 전 "청소년의 흡연율에 대해 설문조사를 실시한 뒤 설문에 참여한 청소년들의 소변검사를 실시한 결과, 실제 흡연율과 설문조사 흡연율 사이에 큰 차이를 보였다"고 밝혔는데 학생들이 자신이 담배 피우는 것을 숨기고 있기 때문이란다.

서울시내 남자 인문계 고교생(1~3학년) 306명과 여자 실업계 고교생(2,3학년) 325명을 대상으로 설문조사를 하니 흡연율이 20%가 넘는 것으로 조사되었으나 소변검사로는 31.4%가 담배를 피우고 있는 것으로 조사되었다고 한다. 실제로는 담배를 피우는데 설문조사에서는 거짓말을 하고 있다는 것을 보여주는 것이다. 열 명 중 세 명이 피운다는 이야기인데 이 정도면 과연 심각한 수준이라고 할 수 있다.

청소년 흡연은 본드 등의 약물남용이나 폭력·성폭행 등 비행행동으로 발전하는 시작점(gateway)의 역할을 하며, 더 나아가 마약 등 불법적 약물사용과 비행·범죄행동들을 촉발하기 쉽다. 흡연 청소년들은 비흡연 청소년들에 비해 학교생활과 학업적응에 어려움을 겪으며, 폭행 등 반사회적 행동을 하기 쉽다.

또한 의사소통이나 자기주장 등 행동기술의 부족이 나타나기도 한다. 권위에 대해 반항적 태도를 보이며, 학교생활과 학업성취에 대한 참여도가 낮고, 강간·강도·폭행·절도 등 범죄와 방화·기물파손 등 파괴적 행동을 저지르기 쉽다.

심리적으로는 자존감과 자기효능감이 낮고, 우울한 경향이 있다. 스트레스에 매우 취약하고 충동성과 감각추구 성향이 높아, 일상적인 적응과 학업 수행의 효율성을 기대하기 어렵다. 또한 우울과 스트레스 등 부정적 정서의 해소를 위해서 흡연을 유력한 대안으로 생각하므로 흡연에 대해 지나치게 높은 긍정적 태도가 있다. 또한 가족 구성원이 약물사용과 반사회적 행동을 하는 경우가 많고, 부모의 양육기술이 부족하며, 비행행동에 대한 부모의 부적절한 관용이 있고, 가족자체가 와해되거나 해체될 위험을 항상 안고 있는 경우도 있다.

일반적으로 흡연 청소년들은 낮은 자존감과 인내심, 저하된 성취감과 무기력, 지나친 자극추구와 반사회적 태도, 과대한 외적 통제 지향, 만성적 불행감, 불안, 우울, 부모와의 불화, 그리고 학업에서의 지각된 높은 스트레스 등의 여러 심리적 특징을 나타낸다.

흡연 청소년들은 일상생활의 스트레스에 대한 대처기술과 대처자원이 빈곤하며, 자기조절과 자기통제 능력이 빈약한 것이 일반적이다. 심리적으로 정기적이고 상습적인 청소년 흡연자들은 비흡연자에 비해 외향성과 감각추구성향, 충동성이 높고 쉽게 권태감을 느끼며 단조로움을 피하려는 경향이 강하다.

청소년들을 대상으로 아동기의 감각추구 점수를 측정하고, 그 아동들의 청소년기에 흡연, 음주, 그리고 대마초 사용을 측정해 상관관계를 밝히는 종단적 연구를 실시했다. 연구결과 아동기의 자극추구 성향은 약물사용 청소년들이 약물을 사용하지 않는 청소년들에 비해 높았고, 나아가 청소년 발달과 약물사용의 관계를 매개하는 것으로 나타났다.

대학생들의 경우도 남녀 공통적으로 자극추구 점수가 흡연율과 상관이 높은 것으로 나타났다. 충동성이 높은 청소년들을 상대로 흡연예방교육은 건전한 흥미와 쾌감을 느낄 수 있는 스포츠와 운동을 활용하는 것이 효과가 있다는 것이 밝혀졌다.

우울증은 흡연자들에게 흔히 나타나는 증상이며 우울한 흡연자들은 우울하지 않은 흡연자들에 비해 금단증상이 나타나기 쉽고, 금연에 성공할 확률이 낮으며 재발하기 쉽다.

남자 흡연자는 권태감해소와 자극추구가, 여자 흡연자는 부적절한 정서의 완화가 흡연의 주요 동기다. 청소년흡연의 주요한 사회적 특징은 또래 집단의 압력에 의해 시작된다는 것이다. 또한 주요동기가 재미, 성인생활에 대한 동경, 동료들과의 동조, 멋지게 보여서, 공부나 가족관계 갈등으로 인한 스트레스 등이다.

부모와 형제 등 가족의 흡연은 청소년들이 흡연할 수 있는 확률을 증가시키며, 이렇게 형성된 흡연에 대한 왜곡된 시대와 태도, 신념과 사고체계는 흡연의 시작과 유지에 영향을 미친다. 자녀에게 금연을 시키기 위해서는 부모가 먼저 금연해야 한다.

해악의 증거들

우리가 무심코 피워 문 담배로 인하여 피해를 보는 것은 폐와 허파꽈리뿐만이 아니다. 담배의 해악은 인체 전반에 미친다. 필자의 경우 국립과학수사연구원에 근무 당시 그 폐해의 정도를 몸으로 직접 체득할 수 있었다. 손톱에서 머리카락까지 영향을 미치고 심지어 인간의 가장 중요한 장기인 대뇌에까지 영향을 미치고 있다는 사실에 놀라지 않을 수 없었다.

그 원인은 담배연기가 허파꽈리에서 혈액 속에 녹아 인체의 어디라도 들어갈 수 있는 데서 찾을 수 있다. 그러니 담배로 인한 해독은 모든 인체에 미치게 되는 것이다.

필자가 국립과학수사연구원에 근무할 때는 담배를 끊은 지 4년이 지나고 있는 때였다. 한 동료와 친하게 지내고 있었는데 그 동료가 담배를 피우고 있었다. 그 동료에게 금연전도사로서 금연설교(?)를 하다가 "담배를 끊으면 현금 10만 원을 주며 별도로 술도 한 잔 사겠다"는 제안을 하였다. 물론 '금연한 기간이 한 달이 넘었을 경우에 해당될 경우'라는 단서조항이 있었다.

금연유지가 한 달 이상 지속되면 금연에 성공하였다고 할 수 있다. 물론 본인의 확고한 의지만 있다면 말이다. 그도 나의 금연전도에 마음이 동했는지 금연을 약속하였다. 그러한 약속을 한 후 나는 약속을 한 것조차 잊어버리고 말았다.

한 달여가 지난 어느 날이었다. 그 동료가 "홍 선배! 내가 담배를 끊은 지 한 달이 되었으니 약속을 지켜야 한다"고 했다. 문제는 "담배를 정말로 끊었을까?" 하는 의문이었다. 직장에서는 안 피운다고 해도 퇴근 후 피울 수도 있는 문제였다. 물론 그의 인격을 믿을 수도 있었겠지만…. 그래도 명색이 '국립과학수사연구원(당시에는 '국립과학수사연구소'였다)'에서 근무하고 있는데 이를 과학적으로 증명하고 싶었다.

어떻게 증명할 수 있을까? 그 방법을 찾아보기로 했다. 우선 법과학부장에게 나의 고민을 상담했다. 법과학부장은 "피를 뽑아 조사하면 된다"고 했다. 그러나 "피를 뽑으면서까지 조사를 할 수 없다"는 문제를 이야기했다. "이 문제는 개인적인 인격 문제도 있고 하여 비밀스러운 방법이 좋겠다"는 의견을 제시하였다. 법과학부장은 "그럼 그의 사무실에서 본인의 머리카락 한 개(올)를 수집해오라"고 했다.

나는 그 이야기를 듣자마자 그의 사무실로 향했다. 가서 시치미를 뚝 떼고 이런저런 이야기를 하면서 머리카락을 찾았다. 그런데 청소를 한 아침이라 그런지 머리카락 한 올 발견할 수 없었다. 점심을 먹고 오후가 되었다. 오후에 올라간 그의 사무실에서도 머리카락을 찾을 수 없었다.

할 수 없이 꾀를 내었다. "고배! 난 요즘 머리가 많이 빠지는데 말이야." 하면서 머리를 손가락 사이에 넣어 움켜쥐고 당겼다. 당연히 두세 개의 머리카락이 뽑혀 나왔다. "고배는 어때?"라고 하자 그도 나처럼 머리를 당겼고 머리가 몇 올 뽑혀 나왔다.

('고배'는 그의 별명이다. 정확하게 말하면 성이 고 씨이기 때문에 '고 후배'의 준말이자 내가 그를 부르는 애칭이 되었다.)

내 아이디어는 성공했다. 이제 그의 머리카락과 나의 머리카락만 섞이지 않으면 되었다. 한참 만에 그가 딴전을 피우는 틈을 이용해 머리카락 두 올을 가져 오는 데 성공했다. 어렵게 취득한 머리카락을 곧 법과학부장에게 가지고 갔다. 법과학부장은 "이것을 분석하려면 아무리 빨리 해도 이틀은 걸리니 결과는 3일 후에 주겠다"고 했다.

'고배'는 내 사무실까지 찾아와 약속을 지키라고 성화였다. "오늘 저녁이 딱 좋겠다. 술 한 잔 사시오." 고배가 말했다. "지난번에 갔던 돼지갈비집이 괜찮지?" 고배는 못을 박았다.

퇴근 후 고배와 나는 동료 몇 명과 같이 돼지갈비 집으로 갔다. 물론 법과학부장도 동행했다. 법과학부장은 다른 의미의 증인이었다. "고배의 금연을 축하한다"며 몇 순배가 돌았다. 법과학부장도 "진짜 끊기 어려운데 참 잘 끊었네. 국과수에 온 보람 있다"며 축하해 주었다.

"고배! 그런데 말야." 나는 이때다 싶어 나의 속내를 꺼냈다. "만약 고배가 금연하지 못한 것이 발각되면 곤란한데… 책임질 수 있어?" 내가 고배한테 술잔을 건네며 말했다. "홍 선배! 무슨 말을 그렇게 해. 내가 확실하게 끊지도 않고 홍 선배한테 술을 언어먹겠어?"라면서 오히려 화를 냈다. "알았어. 얼마나 됐지?" 내가 물었다. "오늘 딱 한 달 됐다니까." 고배가 말했다.

나는 지갑에서 10만 원을 꺼내 고배에게 건네면서 말했다. "이것 말이야.

위반 시 열 배가 되는 것 알지?" "열 배가 아니라 백 배라도 좋지." 고배가 돈을 주머니에 넣고 입가에 미소를 띠며 말했다. "법과학부장! 고배 얘기 들었지? 증인 서야 돼!" 내가 말했다. 우리는 서로 사무실 분위기도 이야기하며 기분 좋게 마시고 헤어졌다.

3일이 지났다. 결과가 나오는 날이다. 출근하여 회의를 마친 후 사무실에 돌아왔을 때 법과학부장으로부터 인터폰이 왔다. "홍 박사! 큰일 났어. 빨리 올라와." 이상한 조짐이었다. 정말로 끊은 게 사실이구나 생각하면서 2층으로 올라갔다.

문을 열고 들어서니 법과학부장 외에 다른 직원도 함께 있었다. "고배가 거짓말을 했네." 법과학부장이 말했다. "그런데 뭐가 큰일 나?" 내가 물었다. "담배만 중독인 것이 아니고 다른 약물의 중독도 의심돼." 법과학부장이 말했다. "설마…." 내가 그럴 리 없다는 표정으로 말했다.

"담배는 매일 피우는 것으로 기록되고 있고 다른 약물은 항생제 계통입니다." 법과학부장과 같이 있던 직원의 말이었다. "심각한 상황인가?" 내가 직원에게 물었다. "항생제 계통의 약물이 한 달 이상 기록되고 있는 것은 문제입니다." 직원이 나가고 법과학부장과 나는 이 사태의 해결방법을 숙의했다. 우선 항생제에 대하여 알아보기로 했다.

우리는 고배를 일단 불렀다. 고배가 법과학부장실로 왔다. 법과학부장이 먼저 입을 뗐다. "고배! 우선 오해하지 말고 들어봐. 최근 병원에서 약 3개월 치료받은 적 있어?" 법과학부장이 물었다.

그러자 고배는 깜짝 놀라며 "아니, 그것을 어떻게 알았어?"라며 되물었다. "다 아는 방법이 있지…." 이번엔 내가 웃으면서 말했다. "무슨 병의 치료였어?" 법과학부장이 물었다. "응, 허리디스크를 수술하여 통증이 계속되어 약을 먹었는데 이제는 다 나았어! 그래서 며칠 전 홍 선배가 술을 사 술 마신 것이야." 하면서 껄껄 웃었다.

그러자 나와 법과학부장은 누가 먼저랄 것도 없이 "담배는?" 하고 물었다. "으핫핫하!" 고배는 또 박장대소하며 껄껄 웃었다. "오늘은 내가 살게, 퇴근 후 돼지갈비집에서 만납시다." 하면서 법과학부장 사무실을 나갔다.

고배는 눈치 빠르게 우리가 '머리카락'(확신을 가졌는지의 여부는 알지 못한다)으로 자신의 거짓말을 알았다는 것을 이해한다는 뜻이었다. 고배의 장난스런 해프닝이 들통 나는 순간이었다. 그 후 그는 담배를 끊었다.

이렇듯 담배를 피우면 니코틴이 머리카락에 실시간으로 입력되고 있었다. 그리고 니코틴은 실시간으로 인체의 모든 부분에 영향을 미치고 있다. 우리는 보통 폐에만 어느 정도 손상을 주고 다른 장기에는 전혀 문제가 없을 것으로 알고 있지만 실제로는 인체의 모든 곳에 담배 폐해의 그림자가 기록되고 손상의 흔적이 남게 되는 것이다. 여기에 내가 목격한 또 하나의 확실한 증거가 있다.

내가 국립과학수원연구원에 오기 전 나 자신과 약속한 것이 하나 있었다. 그것은 바로 인간의 죽음에 대한 법의학을 완벽에 가깝게 터득을 하자는 것이었다. 2년 동안 근무하는 동안에 인간의 죽음과 법의학에 대하여 전부를 알기는 어렵겠지만 그래도 일선에 나가 수사하는 데 도움이 되는 것이라면 무엇이든 배우고 싶었기 때문이다.

국립과학수사연구원에 오는 시신들은 정상적으로 생을 마감한 사람들이 아니고 '범죄' 또는 '불의의 사고'로 오게 되지만 각자 죽음의 원인이 다르고 사연이 달라 어떤 원인으로 왜 어떻게 죽음에 이르게 되었는가를 연구하고 싶었기 때문이다. 시간이 날 때마다 부검현장에 가는 경우가 많았다. 담배를 피운 사람의 뇌와 담배를 피우지 않은 사람의 뇌를 비교해 보겠다.

국과수에 시신이 오는 이유는 '사망원인'을 규명하기 위한 것이다. 그 사망원인을 알기 위해서 가장 먼저 확인하는 것이 뇌의 이상 유무다. 인간의 뇌는 눈·코·입 등의 기관과 완벽하게 분리되어 있다. 즉 뇌는 별도의 그릇에 담겨 있다. 뇌가 담겨 있는 그릇은 깔때기같이 생겼으며 뇌관(척수)이 목으로 내려가고 다시 등줄기를 타고 몸으로 내려간다.

뇌 부검의 순서는 머리의 두피를 벗긴 다음에 뇌를 싸고 있는 외벽을 톱으로 자르고 대뇌의 아랫부분(깔때기의 아랫부분)을 떼어내 골의 이상 유무를 확인하는 절차를 거친다. 그 방법은 골을 약 5㎜의 두께로 잘라 뇌의 손상·충격·이상 여부를 확인하고 이상이 있는 경우 채증(사진촬영 등)을 한 뒤 원상회복(원래 있던 위치에 고스란히 담아 꿰매는 것을 말함)시키는 것이다.

여기서 내가 이야기하고 싶은 것은 담배를 피운 뇌와 담배를 피우지 않은 뇌의 색 변화에 대한 것이다. 부검하기 위하여 두피를 벗기고 의료용 특수톱으로 동그랗게 절단하여 여는 방법을 택한다. 그 사람의 뇌를 여는 순간 담배를 피웠던 사람인가, 담배를 피우지 않은 사람의 뇌인가 하는 것을 알 수 있다. 초보자인 나의 눈으로도 확연하게 구분할 수 있었다.

담배를 피웠던 사람의 뇌의 색깔은 노랗게 변하여 있었고 어떤 뇌는 흑갈색으로 보이는 경우도 있었다. 색깔이 진해질수록 담배를 오래 그리고 많이 피웠다는 증거이다. 반면에 담배를 피우지 않았지만 사고사로 이곳에 온 사람들의 뇌의 색깔은 하얀 백자색에 실핏줄만 보이는 상태였다. 뇌의 색깔이 이렇게 변하는데 과연 담배를 피우고 싶겠는가? 각자 상상에 맡긴다.

담배를 피우는 사람의 뇌는 뇌세포가 현저하게 줄어들어 있었다. 그것은 니코틴이 두뇌의 세포를 손상시키기 때문이다. 나는 '골빈 사람'이라는 이야기를 믿지 않는 사람이었다. 그런데 그 줄어든 뇌의 크기를 확인하고 골빈 사람의 존재를 확인할 수 있었다. 머리의 용적에 비하여 뇌의 크기가 줄어들어 있었다. 뇌세포의 생성속도보다 사멸속도가 빨랐기 때문이다.

이런 것을 가지고 '골빈 사람'이라고 한다는 것을 알았다. 담배를 많이 피우는 사람 중에 치매 환자나 알츠하이머 환자가 많이 존재한다는 사실도 알았다. 그러한 증상은 기억력이 줄어드는 것에서 찾을 수 있다. 흡연은 기억력에도 엄청난 영향을 미친다. 흡연자들이 비흡연자들에 비해 일상적인 기억력이 2/3 수준으로 떨어진다는 연구결과가 나왔다. 이것은 뇌의 색깔과도 무관하지 않다는 것을 증명하고 있다.

영국 노섬브리아대학교의 연구팀은 흡연자들이 매일 기억의 거의 1/3을 잃어버린다고 발표했다. 톰 헤퍼넌 박사는 지능지수(IQ)에 차이가 없는 흡연자와 담배를 끊은 자, 흡연 경험이 전혀 없는 자를 대상으로 과거 기억과 미래계획 기억을 테스트했는데, 그 결과 평균 기억률이 흡연자는 59%, 담배를 끊은 경우는 74%, 흡연 경험이 없는 자는 81%로 나타났다.

이러한 결과는 흡연으로 뇌세포가 죽어가기 때문이다. 한창 공부할 시기인 청소년들이 담배를 피우지 말아야 할 증거고 이유다.

담배의 해로움은 여기서 멈추지 않는다. 얼마 전, 담배를 피우면 남성의 성적 능력이 현저하게 저하되지만 담배를 끊으면 성적 능력이 나아진다는 연구결과가 나왔다고 로이터 통신이 보도했다. 연구팀은 65명의 흡연자를 선정해 이들에게 니코틴 패치를 나눠주고 8주간 금연 프로그램에 참여하게 했다. 참가자 중 45명은 결국 금연에 실패했지만 20명은 프로그램 이후에도 1주일 이상 담배를 피우지 않았다.

연구팀은 이 20명의 남성들이 이전보다 발기능력이 좋아지고 성적 자극에 민감해지는 모습을 보였다고 한다. 발기는 남성의 생식기에 피가 모여들어야 가능한 현상이다. 따라서 흡연자의 경우 담배의 화학 성분이 혈관을 좁게 해 발기부전을 겪을 확률이 일반인보다 두 배가량 높은 것으로 나타나고 있다. 이번 연구결과는 '영국 비뇨기학 저널'(BJUI) 최신호에 게재됐다.

담배를 피우는 부모 밑에서 자라는 자녀들은 중이염이나 난청 같은 귓병에 더 쉽게 걸릴 수 있다는 연구결과가 나왔다. 호주 퍼스 텔레톤 소아건강연구소 연구팀은 간접흡연이 아이들의 귀 감염질환과 매우 밀접한 연관성이 있다고 호주의학저널을 통해 발표했다.

이번 연구결과 아이들의 약 20% 이상이 1~2세 사이 최소 3번 이상 귓병을 앓았다. 또한 귓병에 의해 청력이 손상된 아이들이 학업능력이 떨어지고 성인이 돼서 여러 가지 사회적 상황에 대한 적응력이 저하하는 것으로 나타났다.

연구팀은 "간접흡연은 호흡기 경로 속 세균이 오래 머물게 해 면역계를 억제할 수 있다"면서, "아이들에게 간접흡연 노출을 줄이는 것이 중요하다"고 강조하고 있다. "당신의 아이들이 위험하다. 담배는 본인과 가족들에게 독이다."

폐암! 가장 무서운 질병

현재 '에볼라' 공포가 지구촌을 휩쓸고 있는 중이다. 미국에서는 라이베리아에 머물다 돌아온 한 명이 에볼라 확진 판정을 받고 숨진 데 이어 이 환자를 치료하던 간호사 2명도 감염된 사건이 발생하여 에볼라 패닉이 미국을 뒤흔들고 있다.

에볼라 이전에는 에이즈(acquired immune deficiency syndrome, AIDS)라는 후천성 면역 결핍증의 공포가 지구를 휩쓸었다. 아프리카에서 발생한 에볼라 · 에이즈는 똑같이 '에'자 돌림이다. '에'자 돌림의 또 다른 질병이 발생되지 않기를 기대한다.

에볼라는 급성 열성감염을 일으키는 바이러스로, 감염되면 짧게는 2일, 최장 21일간의 잠복기 후, 갑자기 심한 두통, 발열, 근육통, 오심, 구토가 나타난다. 발열이 지속되면서 심한 설사가 발생하고, 대개는 기침을 동반한 가슴통증도 발생하는 전염병이다. 전신성 출혈로 진행하는 것이 특징으로 사망률이 약 60%에 이르는 무서운 병이다.

그런데 인류의 역사에서 이런 질병의 공포가 끊이지 않았다. 중세의 흑사병도 그중 하나다. 아마도 이 에볼라도 머지않아 에이즈와 마찬가지로 곧 에

방약이나 치료법이 나올 것이다. 그리 심각한 인류의 질병이 아닐 가능성이 크다.

그러나 인류에게는 그 질병이 발생한 지 수백 년이 되었지만 아직까지 예방약도 확실한 치료법도 나오지도 않은 질병이 있다. 바로 폐암이다. 폐암은 환자가 폐로 숨을 쉬어야 하는 관계로 그 자체가 큰 고통이다. 다만 생명이 유지되기 위해서는 산소 공급은 계속되어야 하기 때문에 산소를 강제로 공급하는 보조기계가 작동되고 있을 뿐이다.

심장은 인공심장이 있으나 폐를 대신할 수 있는 것은 없기 때문이다. 다른 질병들엔 사이보그(cyborg)로 뇌를 제외한 인간의 장기를 대신할 많은 대체 용품이 개발되었다. 인공심장, 인공관절, 인공눈, 인공다리, 인공손 등이 그 대표적이다. 그런데 폐암은 그럴 가능성조차 없는 질병이다. 그런 의미에서 필자는 폐암이 인류가 탄생된 이래 발생한 모든 질병 중에 가장 무섭고 비인 간적 질병이고 가장 고통스러운 질병 중 하나라고 단정하는 이유다.

다른 암은 마약주사나 신경차단술 등 방법으로 통증을 줄일 수 있어 환자를 돌보는 보호자나 환자가 고통을 덜 받는다. 하지만 폐암은 다른 부위의 암과 달리 '호흡곤란'이란 특유의 고통에 시달려야 한다. 폐의 허파꽈리가 니코틴과 타르에 막혀 숨을 못 쉬게 되었기 때문이다. 숨을 못 쉬어서 눈동자에 핏발이 서기도 하고 환자 자신이 가슴을 치기도 한다. 진통제가 통하지 않는다.

세상의 공기는 옛날과 같은데 무엇 때문에 폐암 환자의 숨쉬기는 이렇게도 어려운 것인가? 사람이 살 수 없는 곳을 '숨이 막히는 곳', '숨을 쉴 수 없는 곳'이라 한다. 폐암 환자의 숨이 막히는 곳, 천명음(숨 쉴 때 쉑~ 쉑~ 나는 소리)과 함께 숨을 쉴 수 없는 곳이 되어 버린다. 차라리 내가 대신 숨을 쉬어 줄 수만 있다면…. 그럴 수도 없어 그곳에 함께 있는 것조차 큰 고역이 아닐 수 없다.

환자는 왜 이렇게 숨이 막히게 되었을까? 그것은 본인이 니코틴과 타르를 날마다 조금씩 폐의 허파꽈리에 넣었기 때문이다. 니코틴의 중독성으로 끊어내지 못한 담배 때문이다. 날마다 뇌의 쾌락을 위해 니코틴과 타르가 폐의 허파꽈리 속으로 들어갈 수 있도록 허용했기 때문이다. 폐의 허파꽈리 속으로 니코틴과 타르가 들어가도록 허락하고 도파민이 가져다 준 잠시의 쾌락을 얻었다. 그것을 우리는 흡연환자의 흡연사유라고 불렀다. 그 결과 환자는 가슴의 갈비뼈가 앙상하게 드러나는 몰골을 하고 숨이 막히는 마지막 골목에 다다른 것이다. 참 안타까운 일이다.

이 숨 막히고 숨 못 쉬는 병은 치료제가 아예 없다. 그리고 숨을 쉬기 편하게 해줄 보조제나 보조기구도 존재하지 않는다. 그 고통을 완화시킬 마약이나 진통제도 사용할 수 없는 이 천형과도 같은 질병! 차라리 죽여 달라고 고통의 아우성을 쳐도 병원에서 해줄 수 있는 것이 없다. 숨이 차올라 잠을 제대로 잘 수도 없어 침대에 앉아 숨을 헐떡거리는 환자의 고통은 글이나 말로서 표현되기 어렵다. 그래서 필자가 이 세상에서 제일 고통스러운 병이 폐암이라고 하는 이유다.

폐암은 치료가 까다롭고 매우 어려운 질환이기 때문에 폐암에 걸리지 않도록 예방하는 것이 가장 중요하다. 폐암의 원인은 90% 이상이 담배를 피우는 것으로 출발하는 질병이다. 그러므로 일단 담배를 피우지 않는 것이 중요하고 지금 피우고 있다면 본인의 결정과 결단에 의하여 끊어야 한다. 일단 끊으면 폐암으로부터 멀어질 수 있다.

그리고 완벽을 위해서는 조기 검진이 필요한데 일반 X선보다는 저선량 CT에 의한 폐암 검진이 폐암사망을 20%, 전체 사망은 6.7% 줄일 수 있다는 것이 미국에서의 실험 결과다. 나의 허파꽈리를 보전하기 위해 금연을 당장 실시하고, 아울러 금연전도사가 되어 간접흡연 피하기를 생활화하고, 자기에게 맞는 유산소운동으로 허파꽈리를 보호하자.

폐암 환자의 뒤늦은 후회

서울대 병원에서 폐암 치료를 받고 있는 환자 289명에게 물어보았다. "폐암 진단을 받았을 때 가장 후회되는 일은 무엇인가?"라는 설문에 "담배를 끊지 못했다"는 것을 제일 후회한다고 답한 사람이 30%로 가장 많았다. 담배를 끊지 못해 폐암까지 걸리게 되었다는 것을 뒤늦게 후회하는 것이다.

그간 병원에까지 와서 치료를 받는 환자라면 주위 사람들로부터 "담배 좀 끊어라"고 수없이 들어왔을 것이다. 가족들로부터는 물론이고 친척이나 친구들로부터도 마찬가지였을 것이다. 본인들도 한두 번 정도 끊으려고 노력도 했을 것이다. 그러나 그들은 금연을 실현하지 못했다. 어느 순간 자신들의 흡연행위가 건강에 적신호의 경고음을 분명하게 내어 흡연의 중단을 호소했을 테지만 그들은 그 경고음을 무시하였다.

흡연으로 인해 폐암에 걸릴 수도 있음을 알고 있지만 '나에게만큼은 폐암이 오지 않을 것'이라는 자신감으로 담배를 피워왔을 것이다. 그 자신감의 대가를 받고 있는 것이라 할 수 있다. 흡연자들이 담배를 끊지 못하는 가장 큰 이유는 중독성 때문이다. 니코틴 자체의 중독성에다 담배회사들이 판매량의 증가를 위하여 암모니아 등 중독성을 강화시키는 담배 상품을 지속적으로 만들어 공급해왔기 때문이다.

그리고 "조기 진단을 위한 정기 검진을 받지 않았다"는 후회가 22%로 그 뒤를 이었다. 폐암이 오기 전 조기 진단만 받았더라도 폐암 직전에서 치료되어 생명에는 지장이 없었을 것이라는 희망을 가지고 있는 것이다. 폐암의 경우 일반 X선 검진으로 잘 확인할 수 없는 것이 함정이다. CT 등 정밀검사가 필요한 것인데 일반 X선만으로 검진 후 이상이 없다면 정밀검사를 하지 않는 경우가 많다. 그것이 후회스럽다는 것이다.

폐암의 초기 증상은 개인에 따라 다르게 나타난다고 한다. 어떤 사람은 기침이 없는 경우도 있고 어떤 사람은 혈담을 동반한 기침을 동반하는 경우도 있다고 한다. 그러나 가장 보편적인 증상은 기침이 여러 날 계속된다는 증상이다. 여기서 주의할 점은 감기와 구분이 쉽지 않다는 것이다.

감기로 인한 기침과는 다른 것이 있다면 통상의 감기는 3~5일 만에 멈추는 것이 보통이다. 그러나 폐의 이상에서 오는 증상은 10일 이상이나 심한 경우에는 수십 일간 계속된다는 점이다. 심한 경우는 가래나 침에 피가 섞여 나오기도 한다. 이것은 폐의 허파꽈리에서 분출된 혈액이 기도를 통하여 나오는 경우이다.

일반적인 감기 증상이 아니면 폐에 이상이 생겼다고 판단하여 정밀검사를 받는 것이 좋다. 이것이 확실하게 폐암의 공포에서 벗어나는 지름길이다. 아무리 나쁜 암이라 할지라도 조기 진단과 발견이 가능하다면 두려울 것이 없다. 많은 폐암 환자들이 이러한 조기진단과 발견을 못하여 목숨과 바꾼 것을 후회하고 있다.

또한 "가족 간의 유대를 소홀히 했다"는 의견이 17%에 이른 것으로 조사되었다. 이것은 폐암이 오기 전 배우자로부터 "담배를 끊으라"는 진심 어린 충고를 받아들이지 못하고 '잔소리' 정도로 치부했거나 아예 '못 들은 척했다'는 것을 의미한다. '무시해 버렸다'는 이야기다. 가족들이 이야기하는 것은 대부분 '진심 어린 마음으로 충고하는 것'이기 때문에 고맙게 받아들여야 했는데 그렇지 못한 데 따른 뒤늦은 후회이다.

가족들의 진심 어린 충고들 속에는 '금연하라'는 이야기에서부터 '병원에 가보라'는 충고까지 다종다양했을 것이다. 가족 간의 유대가 부족하여 그 충고를 받아들이지 못한 데 대한 때늦은 후회인 것이다. 기타 의견은 31%로, "아내에게 잘못했다", "효도하지 못했다"… 등으로 확인되고 있다.

그러나 그런 희망조차 없는 호스피스 병동에 있는 사람들은 후회의 격이 다르다. 몇 해 전 영국의 〈가디언〉지에 소개되어 세계적인 화제가 된 《죽을 때 가장 후회되는 다섯 가지(The Top Five Regrets of the Dying)》란 책이 있다. 〈가디언〉지는 임종을 앞둔 환자들이 자신의 삶을 뒤돌아보며 말했던 후회들을 꼼꼼히 기록하여 아직 인생이 많이 남은 사람들에게 '통찰'을 주기 위해 이 책을 만들었다고 소개하고 있다.

이 책은 호주에서 실제 있었던 이야기를 편집한 것으로서 수십 년간 호스피스(치유 불가능한 말기환자 도우미)로 일했던 '브로니 웨어'가 실제로 자신이 돌봤던 환자들이 임종 직전 한 이야기를 꼼꼼히 기록해뒀다가 편집한 책이다.

폐암 말기 환자들은 담배를 피운 것에 대한 후회와 함께 담배를 끊지 못했던 것을 가장 아쉬워하고 있었다고 한다. 현재까지 담배를 피우며 가짜 삶을 살아 온 것에 대한 후회다. '담배를 피운 가짜 삶', 즉 위선의 삶을 살아 왔다는 것이다. 담배를 피워 자신을 좀 더 행복하게 만들지 못했다는 후회이다. 이해가 간다. 뒤돌아보면 후회 없는 삶이 어디 있을까? 모두 후회만이 남는 것이 인생일 텐데…. 숨을 쉴 수 없어 헐떡거리며 생을 마감한 이들에게서 우리는 무엇을 배울 것인가?

폐암의 조기발견

"아무런 증상이 없는데 내가 폐암이라뇨? 뭔가 잘못된 것 아닙니까?" 이는 호흡기 내과진료의 현장에서 수없이 많은 폐암 환자를 대하면서 흔히 받게 되는 질문 중 하나라고 한다. 다른 암에서도 마찬가지이지만 폐암의 경우도 조기 발견이 어렵다고 한다. 왜냐하면 환자들이 특별한 자가 증상을 느끼지 못하기 때문인데 증상이라고 해봐야 마른기침 정도로 환자 자신들이 대수롭게 생각하지 않고 지나가기 때문이다.

이런 경우 감기약만 먹고 증상이 호전되면 잊어버리고 만다. 이렇게 지내다 또 기침이 나면 감기약을 먹는 것을 반복하다가 병을 키우는 경우가 많다고 한다. 그렇다면 소리 없이 찾아오는 폐암을 '어떻게 빨리 찾아낼 수 있는가'에 그 완치의 해답이 있다고 하겠다.

국회의원이자 한국 코미디언의 대부였던 이주일 씨의 경우도 "피곤하고 졸리기도 하였다"는데 "종합병원에 가니 폐암이라는 진단이 나왔다"고 했다. 그만큼 폐암의 자각증상이나 조기 발견의 가능성이 적다는 것이 현실이다. 아무런 증상도 일으키지 않고 생겨나는 이 폐암을 우리는 어떻게 조기 발견할 수 있을까. 폐암이 치료가 쉽지 않은 병인 것은 틀림없다. 그러나 조기 발견만 한다면 그에 상응한 치료로 많은 수의 폐암 환자들이 완치에 이르러 암의 어두운 그림자로부터 벗어나고 있는 것도 사실이다.

폐암의 주된 원인으로 흡연을 드는 데 이의를 제기하는 사람은 없다. 실제로 폐암으로 사망하는 남성의 94%는 흡연이 원인이다. 석면을 취급하는 사람이 담배를 피우지 않으면 폐암발생률은 변화가 없으나 이들이 흡연하면 발생률은 무려 92배가량 증가하는데 흡연은 폐암을 유발하는 가장 큰 원인이 되는 셈이다.

여러 종류의 암 중에서 폐암은 폐에 생기는 악성 종양으로, 치료하기에 비교적 난이도가 높고 전이도 빨라 악성도가 높은 편에 속한다. 폐암으로 인한 사망률 또한 높다. 흡연 인구가 줄어들지 않는 관계로 그 발생률 또한 꾸준히 증가하고 있어 한국인의 건강을 위협하는 최대의 암으로 부상하고 있다.

최근 들어 금연에 대한 국민의 자각이 많이 확산되고 금연 열풍이 불고 있긴 하지만 효과는 미미하다. 최근 한 연구결과에 따르면 담배와의 직접적인 연관성이 없는 폐암도 있다는 것이 밝혀지고 있다. 때문에 흡연자가 아니라 할지라도 폐암의 공포로부터 자유로울 수 없다.

폐암의 초기 증상은 여러 가지로 나타나는데 가장 흔한 것이 기침을 자주하는 증상이다. 감기로 인한 기침과는 다르다. 감기로 인한 기침은 3~5일이

지나면 멈추는 것이 통상적이지만 폐암초기 증상의 경우에는 10일 이상 계속되는 것이다. 때로는 가래에 피가 비치는 혈담이 나오기도 하는데 이것은 폐점막에서 나온 혈액이 기도를 통하여 배출되는 경우다.

많은 호흡기내과 의사들은 "성인 흡연자가 2주 이상 기침이 나고 가래가 많이 나온다면 폐암을 의심해야 한다"고 조언한다. 이 암덩어리들이 기관지를 막으면 호흡이 곤란해지는 경우도 있고 피리소리 같은 천명음(喘鳴音; 쌕쌕거리는 숨소리)이 들리기도 하고, 또 암덩어리들이 근처에 있는 신경을 건드리게 되면 가슴이 아파오는 흉통이 여러 시간 계속되기도 한다.

천명음은 기관지의 경련성 수축에 의하여 나오는 소리다. 이 천명음은 천식에서 오는 경우도 있고 폐암인 경우에도 날 수 있다. 천식에서 오는 경우라면 그 원인에 따라 기관지천식, 심장성 천식, 외성 천식, 요독증성 천식으로 나누어지며 일부는 알레르기성 반응에 의한 것도 있다.

내 지인 중 한 사람은 기침은 없었는데 가슴이 아파 병원에 가니 폐암이라는 진단을 받았던 적도 있다. 그러니 폐암의 증상은 개인에 따라 다르게 나타날 수 있음을 유의해야 한다. 성인의 경우 단순 기침이 아닌 기침이 여러 날 계속되고 있다면 폐암을 의심해야 한다.

호흡기내과 의사들은 폐암이 악화되어 인체의 다른 장기에 전이되면 후두나 횡경막 신경을 침범할 수 있고 목소리가 쉬거나 호흡곤란을 느끼게 된다고 한다. 폐를 둘러싼 흉막을 침범하게 되면 흉막과 갈비 사이 공간에 물이 고여 호흡이 힘들어지게 되고, 폐암이 림프절에 퍼지면 림프절이 커지며, 뇌에 전이되면 두통과 구토 등이 나타난다고 한다. 뼈에 퍼지면 심한 통증을 동반하게 되고 식욕감퇴와 체중감소가 올 수 있다.

증상이 없는 경우 폐암을 어떻게 조기에 진단할 수 있을까? 단순 흉부 X선 촬영에서 발견될 수 있는 크기의 종양이라면 이미 다른 장기나 림프선으로 퍼져 실제로는 초기 암이 아닐 가능성이 크다는 말이다. 이를 극복하기 위한 대안으로 저선량 나선형 CT(컴퓨터 단층촬영)가 도입되었다. 저선량 CT를 이용하여 폐암을 비교적 조기에 발견할 수 있다면 결코 아깝지 않은 투자로 볼 수 있다.

폐암 예방 최선의 방책은 금연이다. 담배를 끊었다가 다시 피우면 아무 효과가 없다. 흡연자는 담배연기의 25%만 흡입하고 나머지는 다시 배출하게 된다. 따라서 자신뿐만 아니라 가족의 건강과 이웃의 건강을 위해서도 필수적으로 담배를 끊어야 한다. 담배를 끊지 못하고 죽어간 사람들의 숫자를 세기 어렵다. 왜 인간은 자신의 몸을 망가트려 죽음으로 내몰면서까지 담배를 끊지 못할까? 아이러니가 아닐 수 없다.

▌간접흡연의 피해

최근 미국 신시내티 어린이 전문병원 킴벌리 욜튼 박사팀은 6~16세 아동·청소년 4,400명을 대상으로 혈액 내 니코틴 농도를 측정하고 이들의 인지·학습능력을 분석하는 임상시험을 실시했다. 간접흡연을 하는 아이들은 혈액 내 니코틴 수치가 올라가면서 인지능력이 떨어졌다. 읽기능력은 평균 3%, 계산능력은 2%, 논리적 사고능력은 10%가량 떨어지는 것으로 밝혀졌다.

연구진은 "간접흡연을 많이 할수록 인지능력과 논리적 사고능력이 더욱 떨어진다"고 지적하고 "특히 어린이들은 담배연기를 아주 조금만 들이마셔도 두뇌기능이 약해진다"고 강조했다.

욜튼 박사는 "미국에서만도 매일 수백만 명의 아이가 간접흡연에 시달리고 있다"며 "이번 결과는 우리 사회에 의미하는 바가 크다"고 말했다. 또 "간접흡연을 하는 아이들의 피해를 더욱 연구할 필요가 있다"며 "어린이와 청소년을 담배연기로부터 보호하기 위해 각국이 보건 기준을 강화해야 한다"고 제안했다(출처: 중앙일보).

영국의 역사가·철학자·정치사상가 이사야 벌린(Isaiah Berlin, 1909~1997)이 슬기롭게 지적한 것처럼, 늑대들의 자유란 양들에게는 죽음을 의미했다. 우리 사회는 언제나 자유가 절대적인 것이 아님을 이해했다. 법의 지배란 바로 이런 뜻이다.

누구든 자기가 하고 싶은 일을 아무 때나 할 수 있는 것은 아니다. 나는 관객이 가득한 극장에서 "불이야"라고 외칠 권리가 없으며, 주먹을 날릴 수 있는 당신의 권리는 내 얼굴 앞에서 멈춰야 한다. 모든 자유에는 나름의 한계가 있으며, 총이나 칼로 직접 죽이든, 위험한 물건으로 간접적으로 죽이든 간에 타인을 죽일 수 있는 자유란 절대로 존재하지 않는다.

간접흡연은 사람을 죽이는 간접적인 위험이다. 벌린은 간접흡연을 살인행위로 규정하였다. 참으로 선구적인 금연전도사이자 신지식인이었다.

담배를 피우다 산화한 사람들의 이야기

율 브리너(Yul Brynner, 1920~1985)를 빼 놓을 수 없다. 그는 1985년 한 금연광고에 출연하여 자신도 금연을 못하여 죽게 되었다고 하면서 이런 말을 남겼다. "이제 나는 간다. 여러분들에게 당부하는데, 결코 흡연하지 말라. 무슨 일이 있어도 절대 흡연하지 말라." 왜 율 브리너는 '결코 흡연하지 말라'는 말을 남기고 우리의 곁을 떠나야 했는가?

그는 1956년 〈왕과 나〉라는 뮤지컬 영화로 아카데미 남우주연상을 거머쥐었고 1960년 작품인 〈황야의 7인(The Magnificent Seven)〉, 〈O.K 목장의 결투〉와 〈고스트타운의 결투〉 등 서부극에서 활약하기도 했다. 뮤지컬 〈왕과 나〉로 4천 회가 넘는 공연기록을 갖고 있는데 30대에서 60대까지 출연한 셈이다.

그는 하루에 다섯 갑의 담배를 피웠던 체인스모커이자 애연가였다. 그의 지독한 흡연 습관으로 인하여 폐가 견딜 수 없었던 것이다. 60대 중반에 폐의 이상을 알고 담배를 끊었으나 이미 폐는 회복 불가능할 정도로 손상된 후의 일이었다. 그의 폐암 소식은 어쩌면 당연한 것이었다. 하지만 70세의 나이로 죽기까지 금연에 대해 홍보하여 많은 사람이 담배를 끊게 하기도 하였다.

한국 코미디언의 거목 이주일 씨는 한 금연광고에서 "담배 맛있습니까? 그

거 독약입니다"라는 말을 남겼다. 그의 이야기를 들어 보자.

　　자꾸 몸이 옛날 같지 않았다. 피곤하고 졸리기도 하였다. 살아오면서
아직까지 이런 일이 없었다. 대학병원의 종합검진결과는 뜻밖이었다. 의
사는 나를 보더니 불쑥 "주변 정리를 하세요."라고 말했다. 의사는 "폐암
말기입니다. 폐암 중에서도 남자에게서는 거의 찾아볼 수 없는 특이한 암
입니다."라고 말했다. 나는 화가 났다. "의사라면 고쳐보겠다고 해야 정상
이 아니냐?"고 따졌다. 의사는 "너무 늦었다"는 말만 되풀이했다. 항암치
료를 잘 받으면 사는 것은 문제가 없다고 하는데 암보다는 암이 유발하는
염증과 고통이 무섭다. 어쨌든 벌써 암 투병 8개월째를 맞고 있다. 3개월
사형선고를 받고서도 월드컵을 응원하고 있다는 사실이 믿어지지 않는다.
　　　　　　　　　　　　　　　　　　　　　　　　- 2002. 6. 19 한국일보

　　내가 암에 걸린 세 가지 요인을 이렇게 꼽는다. 담배, 술, 스트레스. 누
구에게나 이 세 가지는 건강의 적이다. 담배는 내 손을 한 순간도 떠나지
않았던 독약이었다. 하루에 보통 두 갑. 무명시절 안주도 없이 막소주를
들이키며 앉은자리에서 한 갑을 피우곤 했던 그때가 바보스럽다. 다음에
내가 또 금연 CF에 출연한다면 담배 피우는 것 자체를 부끄럽게 여기라는
내용을 내보내고 싶다. 담배를 피우면 손가락질받는 사회가 돼야 한다.
"담배 맛있지? 맛있으니까 독약이야." 나는 아직 담배를 끊지 못하는 사람
들에게 이렇게 말하고 싶다. "금연 못하면 절대 다른 일도 못합니다. 큰일
절대 못합니다. 그리고 흡연이 자신에게만 피해를 줍니까? 가족에게 더
큰 피해를 주는 겁니다. 그런데도 왜 그걸 못 끊으십니까?"
　　　　　　　　　　　　　　　　　　　　　　　　- 2002. 7. 2. 한국일보

　이주일 씨의 폐암 투병소식이 알려지자 많은 시민들이 충격을 받았다. 금
연광고가 나가자 한국에는 금연 열풍이 몰아쳤다. 정확한 통계는 모르지만

몇십만 명이 금연을 했을 것으로 추정되고 있을 뿐이다.

탤런트 이미경(1960~2004, KBS 7기 공채탤런트) 씨도 담배를 좋아하다 폐암으로 44세의 꽃다운 나이에 산화했다. 그의 선배 탤런트 허진은 "미경이가 한때 자리에 앉으면 4~5대씩 '줄담배'를 피웠다"며 "본인도 끊으려 무척 애썼지만 연기에 대한 중압감, 경제적인 어려움 등으로 생긴 스트레스를 달래려 하다 결국 자제하지 못한 것 같다"고 전하고 있다.

이미경 씨도 숨을 거두면서 가족과 팬들에게 "담배 끊으세요. 스트레스도 받지 마시고요."라고 유언을 남긴 것으로 알려져 주위를 숙연하게 했다. 스트레스를 받지 말고 담배를 피우지 말라는 것이 마지막 유언이었던 것이다.

독실한 기독교 신자였던 이미경은 자신을 지켜보던 가족, 친구들에게 "부활절에 저 세상으로 떠나게 돼 무척 기쁘다"고 말하는 등 의연한 모습을 보였다고 한다. 오빠 이 씨는 "육신은 죽었지만, 영혼은 부활했다고 생각한다"며 슬픔을 삭였다.

이미경 씨는 항암 치료를 받을 때, "내가 받았던 스트레스 하나하나가 암세포가 된 것 같다"면서 "처음 항암치료를 받을 때는 이렇게 아플 바에야 차라리 빨리 죽고 싶다는 생각도 들었고, 가족들 몰래 아픈 모습이 아닌 편안한 모습으로 죽을 수 있었으면 하는 생각에 안락사가 허용되는 나라를 알아보기까지 했다"고 고백하기도 했다.

"얼마 전 병원을 옮기는 과정에서 폐암 말기라는 사실을 뒤늦게 알았다"면서 "자고 일어나면 머리카락이 새까맣게 떨어져 있어 아예 삭발을 결심한 것"이라고 당시 언론은 보도하고 있다. 기계에 밀려나가는 자신의 머리를 바라보던 이미경은 하염없이 눈물을 흘렸고 다 깎은 머리를 만져보다가 "이 머리가 다시 자라서 예쁘게 머리하러 올 날이 있을까"라고 말해 주위를 안타깝게 하기도 했는데 끝내 우리 곁에 돌아오지 못했다.

폐암은 가장 고통스러운 질병 중 하나다. 이유는 마약주사나 신경차단술 등으로 통증을 줄일 수 있는 다른 부위의 암과 달리 폐암은 호흡곤란이라는 폐암 특유의 고통에 시달려야 하기 때문이다. 숨을 못 쉬어서 눈동자에 핏발이 서고 갈비뼈가 앙상하게 드러날 정도로 야윈 모습으로 침대에 앉아 숨을 헐떡거리는 고통은 이루 표현하기 힘들 정도다.

"담배를 피우는 순간엔 행복할 수 있다. 당장 몸에 탈이 생기는 것도 아니다. 그러나 지금까지 괜찮았다고 해서 앞으로도 괜찮으리라고 속단해선 곤란하다." 흡연자들이 다시 한 번 생각해 볼 문제다.

미국의 말보로맨 이야기를 해보자. 2006년 10월 미국에서 꼽은 '가장 영향력 있는 허구 인물 101명' 가운데 말보로맨이 1위에 올랐다. 그러나 역대 말보로맨 열 명 가운데 한 명인 웨인 맥라렌(Wayne McLaren)은 1992년 51세의 나이에 폐암으로 죽으면서 "나는 흡연이 인명을 살상한다는 명백한 증거를 남기며 죽어간다"고 말했다. 말보로맨들은 제명에 가는 경우가 드물었다.

미국 배우 에릭 로슨(72) 또한 폐질환으로 세상을 떠난 것으로 밝혀졌다. 2014년 1월 10일 미국 캘리포니아 주 샌루이스 오비스포 지역 자택에서 에릭이 만성폐질환으로 숨졌다고 부인 수잔 로슨이 지난 1월 26일 밝힌 바 있다.

한편, 말보로 광고에 출연했던 다른 두 광고모델 웨인 맥라렌과 데이비드 맥클레인은 모두 폐암으로 사망했으며, 또 다른 모델 데이비드 밀러도 1987년 폐기종으로 사망한 것으로 알려졌다. 카우보이모자를 비스듬히 걸치고 담배를 입에 물고 있는 포즈로 담배광고에 등장하는 '말보로맨'은 수많은 남성들에게는 '진짜 사나이'의 상징으로 추앙받았었다.

그러나 '말보로맨'은 "지난 200년간 전 세계 수백만 명의 사람을 암으로 사망하게 만든 엄청난 영향력을 행사한 인물"이라고 힐난받았다. 그러나 말보로맨들은 모두 폐암으로 세상을 뜬 꼴이 되고 말았다. "담배 앞에 장사 없다"는 말이 입증된 것이다.

요즘 담배를 피우는 사람은 설 자리가 차츰 줄어들고 멋진 이미지보다는 냄새나고 결단력이 부족한 사람이라는 인상을 주기도 한다. 바보 같은 사람이 되고 마는 세상이다. 자신의 생명을 갉아 먹으면서도 남에게도 간접살인을 저지르고 있는 간접장기살인행위자가 되고 있는 세상이 되었다.

스트레스보다 더 나쁜 담배

우리나라 사람들이 자주 사용하는 외래어가 아마 스트레스(stress)이지 않을까? 스트레스란 용어를 의학에 처음으로 적용시킨 사람은 캐나다의 내분비학자 한스 셀리에(Hans Selye)라고 한다.

그는 일반적응증후군(general adaptation syndrome)이라는 개념을 명명하며, "어떤 종류의 스트레스도 신체 반응은 매우 유사하고 스트레스 요인이 일정 기간 동안 지속되면 질병이 된다"고 주장했다. 그는 스트레스를 좋은 스트레스(eustress)와 나쁜 스트레스(distress)로 나누었는데 적절히 대응하여 자신의 향후 삶이 더 나아질 수 있는 스트레스는 '좋은 스트레스'이고, 불안이나 우울 등의 증상을 일으킬 수 있는 '나쁜 스트레스'라고 명명했다.

이 세상을 살면서 스트레스 없이 살 수 있는 사람이 있을까? 나의 생각이 맞는지 잘 모르겠지만 아마 '성직자'들이 스트레스가 가장 적은 생활을 하고 있지 않을까 한다. 만나는 사람도 적을 것이고 명상의 시간도 많이 확보할 수 있기 때문이다. 그러나 그들도 스트레스 제로로 살기는 어려울 것이다. 인간 자체가 스트레스 없이 살아가는 것은 불가능에 가깝다고 할 수 있다.

그러면 스트레스는 인간에게 어떠한 영향을 미치고 있을까? 유명한 세포생물학자이자 스탠퍼드 의대 교수인 브루스 립튼(Bruce Lipton) 박사가 1998년 발표한 논문에 따르면 모든 질병증상의 95%는 스트레스가 그 원인이고 5%만이 유전성에서 온다고 주장하였다.

그렇다면 정말로 스트레스는 모든 병의 근원이 될까? 결론적으로 브루스 립튼의 주장은 많은 의사들로부터 맞는 것으로 인정받고 있다. 미국 연방정부의 질병관리센터와 우리나라 질병관리 웹사이트에서도 모든 질병과 증상의 90%는 스트레스와 관련되어 있다고 기술되어 있다.

그렇다면 스트레스는 무엇인가? 논란이 있지만 인간이 적응하기 어려운 환경에 처할 때 느끼는 심리적·신체적 긴장 상태를 가리킨다. 이 스트레스가 장기적으로 지속되면 심장병, 위궤양, 고혈압 따위의 신체적 질환을 일으키기도 하고 불면증, 신경증, 우울증 따위의 심리적 부적응을 나타내기도 한다.

스트레스는 정서에도 영향을 미쳐 사랑하는 사람들과의 관계에서 얻을 수 있는 기쁨을 앗아가기도 한다. 나의 주변에서도 입버릇처럼 "스트레스 때문에 죽겠어! 스트레스 때문에 일이 너무 힘들어!"라는 표현을 입에 달고 사는 사람들이 늘어나고 있다. 그만큼 스트레스로 고통을 호소하는 사람들이 많다는 것을 반증하는 것이다.

그러나 현대를 살아가는 사람들만의 문제가 아니다. 우리들 주변에서 현재를 살아가는 동물, 즉 고양이나 개들도 스트레스를 가지고 살기는 마찬가지다. 아마도 스트레스 없이 살아갈 수 있다고 생각하는 것 자체가 사치고 꿈이라 하겠다.

많은 사람들이 담배를 피우게 된 이유를 물어보면 '스트레스' 때문이라고 대답한다. 담배와 스트레스는 떼려야 뗄 수 없는 관계인가 보다. 실제로 나의 경우도 스트레스 때문에 담배를 피우게 되었다고 할 수 있다. 공부할 때는 공부에서 오는 스트레스 때문에, 군대에 가서는 군 생활에서 오는 스트레스 때문에, 공무원이 되어서는 공무를 수행하면서 거의 자연적으로 찾아오는 스트레스 때문에 담배를 피웠다고 할 수 있다.

이렇게 일상생활에서 오는 스트레스 때문에 담배를 피우게 된다면 피우지 않을 사람이 없을 것이다. 그렇게 되면 '전 인류가 담배를 피워야 한다'는 결론에 도달하는데, 모두 담배를 피우기 위한 변명에 지나지 않는다.

개인적인 차이가 있었겠지만 나의 경우는 화장실에 갈 때에 무조건 담배를 물었고, 공문서를 기안할 때, 밥을 먹은 후, 바둑이나 친구들과 오락을 할 때 십중팔구는 담배를 피웠다. 그러니까 생각하는 데 에너지를 많이 사용하게 될 경우에 더 많이 담배를 찾았던 셈이다. 스트레스를 일시 완화하는 역할이 있기는 있었을까?

담배에는 카페인의 성분도 있기 때문에 일시적으로 정신적으로 중추신경을 자극시키고 이뇨효과와 심신의 각성효과를 준다고 한다. 따라서 내가 담배를 입에 물게 될 때는 몸의 중추신경을 자극받게 하기 위해 피웠던 셈이다.

담배를 끊고 난 뒤 담배를 피웠던 시절의 과거를 생각하면 결국 담배를 피우기 위해 만들어 낸 핑계에 불과하였다는 것을 알 수 있었다. 담배를 피웠던 시절에는 어찌됐든 담배를 피우기 위한 구실이 필요했던 것이다. 20대부터 불혹의 나이까지 피워댔으니 내 몸에 얼마만큼의 니코틴과 타르를 강제로 넣었던 것일까? 지금 이렇게 숨을 쉬면서 살고 있다는 것이 기적이다.

생각만 해도 끔찍하고 후회스러운 과거다. 부끄럽고 창피하기까지 한 일이었다. 그나마 마흔두 살에 끊을 수 있었던 것은 참으로 다행스러운 일이었다.

그때 담배를 끊지 못했다면 내가 지금까지 존재할 수 있었을까? 지금보다 삶의 질이 낮아지지 않았을까 하는 생각을 하게 된다. 가족들에게 홀대를 받았을 것이고 경제적으로도 현재보다 궁핍하게 되었을 것이다. 지금까지 담배를 피웠다면 아마 내 존재 자체가 위협받았을지도 모른다. 아니면 지금 병원신세를 지고 있을지도 모른다. 진급은 물론 하지 못했을 것이고 법학박사 학위도 받지 못했을 가능성이 크다. 아직 할 일이 많이 남았다고 생각하여 끊임없이 무언가 하려고 도전하는 정신이 남아 있는 것도 담배를 끊었기에 가능한 일이라고 여겨진다.

내가 특히 청소년들의 금연을 위하여 도시락을 싸다니면서 금연전도사가 되고 싶은 이유도 다른 나라와의 국가경쟁력에서 우위를 점할 수 있기 때문이다. 한국의 밝은 미래는 흡연율 제로로부터 오지 않을까 하는 생각이다.

흡연은 스트레스보다 더 나쁜 습관이고 중독이다. 스트레스 때문에 담배를 피운다는 것은 담배를 피우기 위한 구실에 불과하고 담배를 끊지 않을 핑계에 불과하다. 담배를 끊고 깊은 명상에 잠겨 보라! 아마 천하를 얻게 되는 기쁨을 맛보리라!

담배를 끊은 즐거움을 맛보지 못한 사람들은 담배를 끊지 못할 것이다. 아니 시도조차 하지 않으리라. 그 즐거움을 모를 테니까 말이다. 조용하게 앉아 명상에 잠겨보아라! 그러면 나의 근저(항문 주위)에서 올라오는 짜릿짜릿한 지고지락의 쾌감들을 맛보게 될지니…. 그 순간 그대는 아마 천하를 얻은 기쁨보다 더한 성취를 맛볼 것이다.

나는 이러한 명상법을 통하여 많은 우주의 기운을 받았고 앞으로도 받으면서 살게 될 것이다. 나의 명상법은 그 명상을 통하여 나의 삶에서 오는 스트레스를 줄이고 생리적 건강뿐만 아니라 심리적 건강까지도 향상시키게 된다는 사실을 발견하였다. 내가 앞으로 해보고 싶은 것이 있다면 이 명상법을 좀 더 이론적으로 입증하고 모든 사람들이 이 명상법으로 삶의 질이 향상되게 하는 일을 하고 싶다. 명상은 개인의 전반적인 웰빙 생활로 삶의 질을 향상시키고 증가시킨다는 사실을 입증시키고 싶은 것이다.

▌재미있게 금연하기

"내 금연을 기념하여 아내가 금연적금통장을 만들어 주었어요. 한 달에 10여만 원씩 1년에 150만 원, 3년 6개월이 되어 500여만 원이 되었어요. 아내와 상의하여 그것을 찾아 펀드에 가입했고, 금연적금도 계속하고 있어요. 이것을 쓰지 않고 계속 불려 65세까지 3억 정도의 노후자금으로 만들 겁니다."

저자의 권유로 금연에 성공한 김재천(가명, 43세, 자영업) 씨의 포부는 대단했다. 김재천 씨가 계속 담배를 피웠다면 자신의 몸도 망치고 담배를 산 돈은 연기로 변하여 하늘로 날아갔을 텐데 노후자금의 종자돈이 되고 있었다. 이렇게 금연적금통장을 만들어 한푼 두푼 돈을 늘려가는 것은 금연의 또 다른 재미이다. 나는 많은 사람에게 금연을 권유하면서 금연적금통장을 만들기도 아울러 권장하고 있다.

나의 금연전도로 금연에 성공한 강성철(가명, 52세, 자영업) 씨는 금연독서프로그램을 운영하고 있다.

"담배를 끊고 술자리를 가급적 피하고 독서를 하기로 했어요. 한 달에 10여 권을 읽게 되더군요. 담배를 끊은 지 벌써 2년 3개월이 되었습니다. 230여 권의 책을 읽은 셈입니다. 독서를 하니 새로운 지식도 얻고 인생이 달라지고 있다는 것을 실감하고 있습니다. 내가 독서에 매진하게 되니까 나의 가족들도 책 읽는 분위기가 만들어져 온 가족이 공부하는 분위기로 바뀌었습니다. 모두 형님 덕분입니다."

강성철 씨는 독서의 영향으로 "에너지 분야의 새로운 사업을 구상하고 있다"고 했다. 금연의 영향으로 인생이 달라지고 있는 것을 확인할 수 있었다.

아내와 '해외여행'을 준비하는 사람도 있다. 금연 성공 5년차인 홍영표(가명, 56세, 자영업) 씨는 "담배를 끊고 무조건 한 달에 30만 원씩을 저축하여 1년에 한두 번씩 해외여행을 하고 있습니다. 유럽과 동남아 미국 등 벌써 10여 차례의 해외여행을 하였습니다. 올해는 남미일주를 계획하고 있습니다. 아내도 무척 좋아하고 있어요."

홍영표 씨는 "금연을 한 후 건강을 위해 등산을 하나의 취미로 만들었다"고 자랑하면서 "매주 등산도 하고 있는데 폐도 많이 좋아졌다"며 즐거워하고 있다. 이렇게 각자 취향에 맞는 금연 프로젝트를 만들면 재미있게 금연을 이어갈 수 있다.

제2부

금연을 주도하는 뇌를 만들자

흡연 의존도와 금연

니코틴 의존도를 알아야 담배를 끊을 때 처방을 달리할 수 있다. 이것은 하루에 5개비 정도를 피우는 사람과 두세 갑을 피우는 사람의 차이에서 오는 니코틴 의존도에 따라 치료가 달라지기 때문이다.

✎ **다음 질문에 성실하게 답변하라.**

1. 아침에 일어나 첫 담배를 피우는 시간은 언제인가?
① 5분 이내　　　② 6~30분　　　③ 31~60분　　　④ 61분 이후

2. 금연구역(공공건물, 도서관, 병원, 공원 등)에서 담배 참기가 힘든가?
① 예　　　　　② 아니오

3. 하루 중 담배 맛이 가장 좋은 때는 언제인가?
① 아침 첫 담배　　② 식사 후　　　③ 술 마실 때

4. 하루에 담배를 얼마나 피우는가?
① 10개비 이하　　② 11~20개비　　③ 21~30개비　　④ 31개비 이상

5. 오전·오후·밤 중 어느 때 담배 맛이 좋은가?
① 오전　　　　　② 오후　　　　　③ 밤

6. 몸이 아파 누워있을 때도 담배를 피우는가?
① 예　　　　　　② 아니오

☆ 점수계산법
1번 문항 ① 4 ② 3 ③ 2 ④ 1
2번 문항 ① 2 ② 1

3번 문항 ① 3 ② 2 ③ 1
4번 문항 ① 1 ② 2 ③ 3 ④ 4
5번 문항 ① 3 ② 2 ③ 1
6번 문항 ① 2 ② 1

★ 판정
6~8점 언제든지 마음만 먹으면 담배를 끊을 수 있다.
9~13점 담배 끊는 데 의지가 필요할 것이다.
14점 이상 혁명적이고 비상적인 방법으로 담배를 끊어야 한다.

담배 끊기 중 가장 좋은 방법은 혁명적이고 비상적인 방법으로 결단을 내리는 것이다. 금연보조제는 의지를 약하게 할 수 있고 부작용도 만만치 않아 사용에 주의를 요한다. 가격 또한 고가인 경우가 많다. 공익단체에서조차도 금연을 돈벌이의 수단으로 이용하고 있다는 데도 필자는 충격을 받았다. 돈도 돈이지만 성공한다는 보장도 없다. 효과보다도 상술과 돈벌이의 수단으로 활용되고 있는 것 같아 씁쓸하다.

담배를 끊는 데 돈을 들어서 할 필요는 없다. 금연보조제나 다른 약물의 경우 인체에 해로워 또 다른 부작용이 있을 수 있다. 금연은 흡연자의 단호한 의지와 비상적인 결단으로 시작해야 성공이 가능하다.

금연에 실패하는 경우의 대부분은 금단현상 때문이다. 금단현상이 개인에 따라 다르긴 해도 불안감이나 불면, 집중력 감소와 어지럼증, 두통과 피로감 등일 것이다. 이러한 금단증상은 몸이 정상화되고 있다는 신호이다. 1년 이상 담배라는 독성물질을 몸에 넣은 잘못에 대한 인체의 자연스러운 응징이다. 더구나 10~40년간 담배를 피워 왔다면 그것은 말 못할 고통을 몸에 주었기 때문에 일어나는 자연스러운 몸의 회복을 향한 몸부림의 증표이다.

금연 수행자여! 그대는 이제까지의 잘못을 뉘우치며 운동으로 땀을 흘리고 몸을 씻고 찬물을 마시며 명상에 잠겨 몸의 내부에서 올라오는 기와 멀리 우주에서 내려온 기의 조화가 만들고 있는 금연의 즐거운 선율을 감상하라. 그래도 담배 생각이 나면 조용히 문을 열고 나와 동네 한 바퀴를 산책하라. 그래도 담배생각이 없어지지 않는다면 잊어버릴 때까지 뛰어라. 그러면 담배 피우고 싶은 생각이 멀리 달아날 것이다.

나의 경우는 담배 생각이 나면 무조건 달리기를 했다. 땀이 흠뻑 나도록 달리기를 하고 샤워나 목욕을 했다. 샤워나 목욕을 마치면 냉장고에 만들어 놓은 아주 찬 냉수를 마셨다. 그리고 명상을 하거나 졸리면 잠을 청했다.

잠을 자고 나면 담배 피우고 싶은 생각이 또 머리 한구석에서 올라오곤 하였다. 그러면 아무리 피곤해도 또 달리기를 시작했다. 그리고 땀을 빼고 샤워를 하고 찬물을 마시고 또 명상을 하거나 금연에 관한 책을 읽었다. 금연의 의지가 약해질 때는 금연기를 읽으면 의지가 다시 불붙게 되고 금연철학이 강화되곤 했다.

영국 뉴캐슬대학에서는 담배를 끊는 요인을 분석하는 연구를 한 바 있는데 연구 결과, 금전적인 이유에 의하여 금연을 하는 경우가 건강을 위하여 금연을 하는 경우보다 많았다고 한다. 현금을 상금으로 거는 경우에 성공확률이 높았으며 담배를 피우는 사람 역시 금연을 결심할 때 이 같은 금전적 보상이 있다면 성공할 확률이 더욱 높아진다는 것이 연구팀의 설명이다.

금전적인 보상이나 인센티브는 담배를 끊는 데 도움을 줄 뿐 아니라 사람들의 운동량도 증가시킨다. 실제로 그저 간단하게 금연 방법을 소개하는 것보다 금전적 인센티브를 제시했을 때, 최소 6개월 동안 금연에 성공한 확률이 2배 더 높은 것으로 나타났다. 금전적으로 보상받는 금액이 클수록 이러한 행동의 변화가 커지는 것은 아니며, 반대로 행동의 변화가 없을 때 금전적인 벌금을 부과하는 것 역시 효과가 있다고 연구팀은 주장하고 있다.

이제는 결단할 때

'흡연이라는 질병'에서 벗어나기 위한 치료를 하기 위해서 본인의 결단이 무엇보다 중요한 것은 이 질병이 다른 질병과는 달리 본인이 저지르고 있는 질병이기 때문에 그렇다. 본인이 계속적으로 질병의 악화에도 불구하고 더 악화시키는 행위를 스스로 하고 있다는 데 이 질병의 심각성이 있는 것이다. 본인의 대오각성 없이는 치료의 시작조차 불가능한 질병이다.

담배의 폐해에 대하여는 이제 본인이 더 잘 알고 있는 상태가 되었다. 이제 본인이 결정할 시기가 되었다. 금연의 필요성에 대한 설명을 더 듣고자 한다면 그는 마음의 준비가 아직 덜 된 상태이다. 본인이 결정해야 하므로 그 부분에서는 더 도와 줄 수도 없다.

새로운 인생의 변곡점을 만들기 위해서 금연의 문턱을 넘어야 한다. "모든 것이 마음먹기에 달렸다"는 평범한 말을 계속 강조하는 이유는 금연하는 데 있어서 본인의 결단이 그만큼 중요하기 때문이다. 확고한 목표를 설정해 놓고 이를 달성할 수 있다는 마음만 먹으면 실현이 가능하다는 이야기니 얼마나 명쾌한 진리에 가까운 이야기인가? 이제 흡연자가 흡연의 해로움을 깨닫고 금연을 실시하고자 하는 마음을 가졌다는 것 자체가 진전이고 가능성으로 이어질 수 있다.

끊을 수 있을 때 끊겠다는 용기를 갖는 것은 뒷날 땅을 치면서 후회할 날이 오는 것을 미리 예방하는 것이다. 그러니 당신이 금연할 마음만 먹으면 된다. 당신이 마음대로 금연을 결심하여 실행하면 되는 것이다. 돈이 드는 것도 아니고 간섭할 사람이 있는 것도 아니다. 건설적이고 미래지향적인 생각을 견지하고 실행에 옮기면 되는 것이다. 그렇게 마음만 먹으면 그러한 결과가 나타나게 될 것이다.

긍정의 힘이 우리 삶의 방향을 바꾸어 놓고 행복한 삶을 꾸려주는 원동력이 되는 것이다. 이제 더 이상 머뭇거리지 말고 금연 결심을 확고하게 하고 실천할 때가 되었다.

당신이 금연을 할까 말까 머뭇거리는 사이 당신의 폐는 지금도 계속 고통받고 있다는 생각을 하기 바란다. 당신의 생각이 왔다 갔다 하는 사이 당신의 허파꽈리는 이미 파괴되어 새까맣게 일그러진 모양을 한 채 울부짖고 있다는 것을 기억하기 바란다.

당신의 생각과 감정으로 이루어지는 당신의 마음은 그 마음에 버금가는 에너지(氣)를 수반할 수 있는데 당신이 마음을 정하지 못해 하늘의 뜬 구름이 되고 만다. 당신이 금연의 마음으로 가면 그에 따라 금연의 에너지(氣)가 따라 간다. 이 氣(에너지)는 구체적인 에너지(氣)를 일으켜 그 에너지(氣)의 작용에 따라 흡연의 질병을 치유하기 위한 생리적 변화를 촉진하게 된다.

즉 금연의 마음이 가는 곳에 에너지(氣)가 가고, 氣(에너지)가 가는 곳에 금연의 에너지(氣)가 발생한다는 이야기다. 식초를 생각하는 것만으로 침이 나오는 현상, 밀가루로 만든 가짜 약을 주었을 뿐인데 감기가 낫는 현상이 이를 증명한다. 생각에 따라 氣(에너지)의 작용이 일어나고 침의 분비와 같은 생리적 변화가 발생된 것이다.

결국 氣(에너지)는 마음과 육체를 잇는 '생명고리'라고 할 수 있다. 에너지(氣)가 바로 생명력의 근원이기 때문이다. 당신이 금연 결단을 머뭇거리면 결국 생명의 고리인 氣(에너지)도 당신에게서 멀리 달아나게 될 것이다. 당신의 허파꽈리의 세포들이 하나 둘 사멸되어 폐 전체가 쓸모없게 된다면 당신의 생명은 어디로 가고 말 것인가? 이제 당신의 결단이 필요한 시점이다.

흡연의 고리를 과감하게 끊어 버리고 금연 결단을 내리자. 당신의 가족과 당신의 주위에 있는 사람들을 위해 당신이 이제 금연을 결단할 때다. 국가에 큰 충성을 할 생각을 말고 금연으로 작은 애국을 하자. 그리고 당신이 더 나은 미래를 만들기 위해서라면 지금 당장 결정해야 한다. 당신이 할 일이 남아 있다고 생각한다면 더더욱 빨리 결정해야 한다.

당신의 죽음을 슬퍼할 사람이 이 세상에 단 한 사람이라도 있다면 오늘의 결정이 늦었을지도 모른다. 당신이 숨을 쉴 때 아직 폐에서 소리가 나지 않는다면 당신의 폐는 당신의 결정을 기다리고 있는 것이다. 당신의 허파꽈리에서 별다른 불만이 없다는 신호는 이제 당신의 확고한 의지를 시험하고 있다는 증거이다.

당신이 오늘 금연을 결정하게 된다면 온 우주와 대한민국과 당신의 가족과 친구들이 당신의 결단을 환영하게 될 것이다. 금연이 당신을 이 세상에서 가장 행복한 사람으로 만들 것이다. 당신의 결단으로 당신의 인생이 달라질 것이며 당신은 반드시 금연에 성공하게 될 것이다.

스트레스와 금연

운동과 명상이 개인의 전반적인 생활의 질을 향상시키고 증가시킨다는 사실이 의학적으로도 수용되는 과정에 있다. 스트레스를 정확하게 진단하고 정의를 내리는 의사는 현재까지는 없다. 모든 질병의 원인이 된다는 이 스트레스는 이제 인간에 의하여 규명되기 시작한 것에 불과하여 정확히 규명되지는 않았지만 개략적인 윤곽은 잡혀있는 상태이다.

개인에 따라서 정도의 차이는 있을지라도 일상 겪는 일들이 우리의 스트레스라고 할 수 있다. 사는 것이 고행이라는 말이 있다. 인간의 모든 활동이 스트레스의 범주에 들어가는 것이다. 다만 개인 간에 강도의 차이만 존재할 뿐이다. 일상생활을 긍정적으로 사느냐 부정적으로 사느냐는 차이가 있을 뿐이다.

어떤 사람은 사는 것이 고행이라고 생각하는가 하면 어떤 사람은 그래도 인생은 즐겁다고 생각한다. 여기에서 금연명상을 수행하는 자들이 착각하지 말아야 될 것이 '흡연하는 것을 긍정적이며 일종의 즐거움'이라고 생각하는 것이다.

우리가 흔히 말하는 일상적인 스트레스와 질병과 증상을 유발하는 생리적인 스트레스 사이에는 중요한 차이가 있다. 생리적인 스트레스는 간단히 말하면 신경계의 균형이 깨지는 것이다. 우리 몸 신경계의 균형이 깨진다는 것은 '독감이 걸렸다'든지 갑자기 '혈압으로 쓰러졌다'든지 하여 정상적인 생활이 불가능하게 되는 현상을 말한다.

일단 이러한 생리적인 스트레스가 찾아오면 질병상태가 되는 것이다. 이 것은 만성적인 일상 스트레스가 쌓여서 나타나는 현상이다. 이러한 경우에는 병원에서 치료를 받아야 한다. 응급처치가 끝나고 나면 본인이 병원에서 계속적인 치료를 할 것인가 자연치유의 방법을 택할 것인가를 결정하여야 한다.

치유와 치료는 불균형 상태인 몸의 밸런스를 정상적인 균형 상태로 복원하는 작업이다. 우리가 배가 고프다고 느끼는 것은 몸의 에너지(氣)가 고갈되어 간다는 신호인 동시에 기력이 쇠약해지는 증상의 표출이기도 하다. 그러니까 인체의 모든 불균형 문제는 에너지(氣)의 불균형 문제로 귀결되는 것이다. 모든 문제는 에너지 문제다. 에너지(氣) 문제를 치유할 수 있다면 에너지(氣) 문제로 야기되는 모든 인체의 문제를 치유할 수 있다고 본다.

우리는 이 세상의 주인은 바로 나라는 것을 잊고 살아가는 경우가 많다. 내가 마치 남을 위해 살아간다고 생각하고 있는 것이다. 그러나 이 세상의 주인은 누가 뭐라고 해도 나인 것을 부정할 수 없다.

《자발적 진화》와 《당신의 주인은 DNA가 아니다》로 우리나라에도 많은 독자를 가지고 있는 유명한 세포생물학자이자 스탠퍼드 의대 교수인 브루스 립튼 박사는 "우리 삶이 유전자에 의해 결정되는 것이 아니라 유전자가 환경에 따라 변화할 수 있다. 우리는 유전자의 희생물이 아니라 주인이다. 유전자는 생명을 지배할 수 없다. 유전자는 생명에 의해 사용되는 것이며 인식은 개인의 행동을 제어할 뿐 아니라 유전자 활동도 제어한다. 그리고 행동의 95%는 잠재의식적 마음에서 온다"고 주장한다.

립튼의 이러한 주장은 'RBDM 금연법'에서 주장하는 "내가 나의 주인이다" 라는 것과 일치한다. 내가 흡연을 나쁜 행위라고 인식하고 있다면 아무리 흡연 욕구가 오더라도 이를 능히 막아낼 수 있다는 것을 확인시켜주고 있는 것이다. 'RBDM 금연법'으로 담배를 끊을 수 있다는 인식을 갖는 것이 중요하다.

담배를 끊지 못하는 이유 중 하나는 에너지(氣)의 불균형 문제를 해결하지 못하기 때문이다. 니코틴과 타르에 의하여 형성된 우리 몸의 에너지(氣) 균형이 무너져 그 불균형에서 오는 에너지(氣)가 부족하기 때문이다.

담배를 끊은 많은 사람들은 정신력의 중요성을 강조하고 있다. 그 에너지(氣)는 내부의 에너지(氣)와 외부적인 에너지(氣)가 모일 때 강력한 시너지(氣)가 형성되어 금연할 수 있는 에너지(氣)로 승화된다는 사실이다. 내부의 에너지(氣)와 외부의 에너지(氣)는 결국 정신적인 에너지(氣)의 결합을 뜻하는 것이다.

외부의 에너지(氣)라 하여 금연을 할 때 병원의 치료나 한방병원의 침술 또는 금연보조제나 물건의 사용 등을 의미하는 것이 아니다. 앞서 말했듯이 담배를 끊으려고 하는 사람들 대부분이 실패로 끝나게 되는 것도 금연의 동력을 외부에서 찾기 때문이다. 이러한 의미에서 담배를 끊을 수 있는 에너지(氣)는 내부의 정신력에서 생기는 것이지 외부의 조력이나 타인의 도움으로 금연이 되는 것이 아니라고 설명할 수 있다.

담배를 끊을 수 있는 에너지(氣)는 바로 운동과 명상에서 만들 수 있는데 이것은 우주의 기(氣)와 내부의 에너지(氣)를 말하는 것이다. 인간은 지혜롭게도 운동과 명상을 통하여 금연할 수 있는 에너지와 기(氣)를 만들어 낼 수 있다. 이것이 바로 'RBDM 금연법'이다.

플라세보효과와 금연

'RBDM 금연법'의 요체는 "세상사 모두가 마음먹기에 달렸다"는 마음으로 나를 다스리는 것이다. 내가 나를 스스로 다스리는 것이다. 모든 것이 마음 속에 있고 자신의 마음에 따라 내가 금연하고 있다는 것을 깨닫는 것이다. 모든 것은 내 마음에서 나와 내 마음으로 금연하고 있는 것을 금연 수행자가 깨달아야 한다.

금연의 주체도 본인이고 금연의 수행자도 본인이다. 마음으로 금연을 결정했고 본인의 마음으로 금연이 수행되고 있는 것이다. 그러한 마음의 수행과 비슷한 원리 중 하나로 '플라세보효과(placebo effect)'라는 것이 있다.

플라세보란, 일종의 자기 최면을 걸어 금연 효과를 성취하는 것이다. 이것은 환자에게 실제로는 효험이 없으나 환자가 그것을 믿기 때문에 치유력을 발휘하는 가공의 치료법으로, 그러한 효과를 '플라세보효과'라고 한다. 환자에게 아무런 효험이 없는 가짜 약을 진짜 약이라 속이고 먹게 했을 때 실제로 병세가 호전되는 현상을 말한다. 예를 들어 감기환자에게 밀가루 환(丸)을 주었을 뿐인데 감기가 낫는 것처럼 말이다. 흡연자들이 이러한 자기최면을 걸어 효과만 볼 수 있다면 금연을 쉽게 할 수 있다.

사실 우리나라에 근대의학이 들어오기 이전에 많이 사용되던 민간요법들은 모두 '플라세보효과'에 의한 것이라고 단정할 수밖에 없다. '엄마 손은 약손'이라든가 '할머니 손은 약손'이라는 말의 의미도 모두 플라세보효과라고 할 수 있다.

환자들이 담당의사를 신뢰하고 믿고 있을 때 치료효과가 높다는 사실도 증명되고 있다. 반대로 부정적이고 나쁜 결과를 얻을 것이라는 설명을 듣는 경우에는 실제로 통증이 심해지거나 나쁜 결과가 나오게 되는데 이를 '노세보효과(nocebo effect)'라고 한다.

미국 미시건 · 프린스턴 대학 연구팀은 가짜 진통제 연고를 바른 뒤 순간적 열 자극을 주었을 때, 진짜 진통제라고 믿는 사람들은 통증이 줄어들고 실제로 뇌에서 통증을 느끼는 부위의 활동량이 줄어든 것을 발견했다.

이와 같은 현상은 인간의 정신이 꼭 외부에서 주어진 어떤 물질에 의해서만 변화가 있는 것이 아니라는 증거가 된다. 인간에게는 이러한 자연치유능력이 있다. 이 능력이 발동하기 위해서는 '이 치료가 효과가 있을 것'이라는 기대와 이 치료의 의미에 대한 이해가 꼭 필요하다.

플라세보는 가설(假說)이 아니라, 우리 뇌 속에서 실현되는 정신작용의 일부다. 우리가 수행하려 하는 금연의 운동이나 명상도 넓은 의미로 볼 때 자기최면을 위한 과정이라고 할 수 있다. 나의 마음을 다스려 금연하고자 하는 에너지(氣)를 얻게 하고 심신 개입 기법을 통하여 나는 할 수 있다는 신념을 가지게 하는 것이다.

이러한 효능은 플라세보효과의 그것과 유사하다고 할 수 있다. 차이가 있다면 그런 잠재력을 의식적으로 불러 온다고 하는 점이 다를 뿐이다. 금연명상은 그 중에서도 가장 대표적인 것으로, 말하자면 신체를 이완시키고 마음을 가라앉히는 자기 수련 기법이다.

담배는 암을 유발하는 원인 물질 가운데 하나라는 사실을 모르는 사람은 없을 것이다. 하지만 나쁜 것을 알면서도 피우는 것이 인간이다. 쥐는 쥐약인 줄 알면 먹지 않고 미물인 지렁이도 니코틴의 독성을 피해가지만 인간은 니코틴이 자신을 죽이는 독약임을 알면서도 담배를 탐닉하고 있는 것을 어떻게 설명할 수 있는가?

담배는 인간의 몸을 갉아 먹다가 때가 되면 사망에 이르게 한다. 미국에서는 매년 사망자가 300만 명인데 이 가운데 10%인 30만 명이 흡연으로 인한 질병 때문에 죽는다고 한다.

그러면 한국은 어떨까? 2012년 기준으로 5만 8천여 명이 흡연으로 인한 사망자라는 보도가 있다. 월남전 당시 8년 6개월에 걸쳐 연인원 32만 명에 달하는 국군이 참전하여 사망자가 5,068명이었던 것을 감안하면 엄청난 숫자다. 사망자 4명 중 1명은 흡연으로 인해 사망한다는 이야기다. 이 얼마나 큰 비극인가? 이쯤 되면 국가가 비상적인 방법으로 금연에 대한 선전포고라도 해야 되는 것 아닌가?

흡연으로 인한 사망자가 늘어나자 각국의 흡연정책은 좀 더 강력한 강제적인 방법으로 전환되고 있다. 미국뿐만 아니라 전 세계 모든 나라가 담배를 건강의 원흉으로 규정하고 금연운동에 앞장서고 있다. 우리나라도 보건복지부 홈페이지에 들어가면 제일 먼저 보이는 것이 금연에 대한 홍보이다.

이렇게 열심히 국가가 나서서 금연을 홍보하고 있음에도 흡연인구가 좀처럼 줄지 않는 이유는 무엇일까? 나는 보건복지부의 소극적인 금연정책 때문이라고 단언한다. 이제 금연정책의 방향은 이미 정해져 있다고 봐야 한다. 우선 니코틴과 타르를 마약으로 분류하는 것이다. 즉 마약에 준하여 정책을 추진해야 하는 것이다.

소극적으로 금연정책을 펴서는 흡연자가 절대로 줄어들지 않을 것이다. 금연에 대한 최면을 널리 확산시켜 모든 국민이 금연에 나서도록 만들어야 한다. 플라세보효과를 통해서라도 우리나라가 금연에 성공한 나라가 되는 것을 확인하고 싶다.

코티솔과 운동

　담배를 피우거나 피우지 않거나 일상생활에서 겪는 일 모두가 스트레스의 대상이다. 개인차로 인한 강도의 차이는 있을 테지만 현대인의 일상생활 모두가 스트레스라고 할 수 있다. 그러나 우리가 매일 겪고 있는 스트레스의 대부분은 순간적인 것이고 찰나적이다. 대부분의 사람은 스트레스라고 느끼지 못하는 것이 많다. 또 짧은 스트레스가 있다 하더라도 당시에는 긴장하지만 그 순간이 지나가면 금방 잊고 안정을 되찾곤 한다.

　일상생활의 스트레스는 그렇다고 하지만, 며칠 동안 집중해서 해야 하는 업무나 장기간에 걸친 시험 준비와 같이 긴장이 지속되는 스트레스가 있다. 생존을 위한 경쟁에서 어차피 오는 장기적인 스트레스에서 사람들은 어떻게 견디고 있을까?

　인간은 이런 상황에서도 견딜 수 있도록 설계되었고 그러한 방향으로 진화되어 왔다. 그것이 '코티솔(cortisol)'이라는 호르몬이다. 코티솔이 아니면 인간은 스트레스에 얼마 견디지 못하고 죽고 말 것이다. 고맙게도 코티솔은 이러한 환경에서도 견딜 수 있도록 지방산과 단백질을 당으로 분해하여 혈중 포도당을 증가시킨다.

　혈중 포도당은 인간의 몸이 장기적인 육체·심리적 스트레스에 적응할 수 있도록 역할을 수행하며, 여분의 포도당은 뇌로 공급되어 기분을 상쾌하게 만들어 준다. 그러나 이 좋은 호르몬도 지나치게 분비되면 그 효력이 떨어진다. 과유불급(過猶不及)이다. 이 세상의 모든 이치는 지나치면 화(禍)를 부른다. 한계효용의 법칙이 우리 몸의 호르몬 균형에서도 적용되는 것이다.

　지나친 걱정이나 신체·정신적 스트레스가 오래 지속되어 코티솔이 과다 분비되면 인간은 긴장하게 되고 집중력이 떨어지며 신경도 예민하게 된다. 이런 상태가 지속되면 인간의 몸은 생리적 스트레스가 발생하고 에너지의 균형을 잃게 되어 결국 병원으로 가야 된다.

이때 필요한 것이 운동이다. 운동의 종류는 따지지 않으나 유산소운동이어야 하고 운동의 양은 땀이 날 정도이어야 한다. 어떠한 운동이든 30분 이상 해야 한다. 운동 후 반드시 샤워나 목욕을 하고, 땀으로 배출된 수분을 보충하기 위하여 차가운 육각수를 마시면 좋다.

육각수를 마신 후 명상을 하면 더욱 좋다. 육각수(냉수)가 아니라도 좋고 찬물이면 상관없다. 이때 복식호흡을 하면서 자신이 겪고 있는 장기적인 스트레스를 '나는 견디어 낼 수 있다'는 신호를 자신의 뇌에 보내고 자신의 내부의 에너지(氣)와 우주에서 오는 에너지(氣)를 합하여 자신의 뇌에 축적시키는 작업을 병행하면 좋다. 이것이 기(氣)모음이다. 기를 모아 몸과 정신의 균형을 잡아주는 것이다.

이러한 명상과 운동은 과다분비된 호르몬의 양을 조절하며 혈액 속 포도당의 양을 조절하는 역할을 한다. 인간에게 있어 운동은 건강한 삶에 있어도 되고 없어도 되는 것이 아니라 삶의 한 방식으로 필수적인 것이다. 운동을 하면 집중력도 올라가고 신경의 긴장도가 낮아지는데, 또한 뇌의 노화도 방지하는 역할도 한다.

금연을 결정한 금연 수행자들의 경우에도 운동과 명상은 필수적이다. 금연을 결정한 금연 수행자들은 처음에는 단연(금연)에서 오는 극심한 스트레스를 받아야 한다. '담배를 달라'는 몸과 '피워서는 안 된다'는 정신이 한바탕 전쟁을 치르는 것과 비슷한 스트레스에 시달리게 되기 때문이다. 이 스트레스를 이기면 그 수행자는 담배를 끊을 확률이 높아지게 된다. 그러나 이 스트레스를 이겨내지 못하거나 극복해내지 못하면 금연에 실패할 확률이 높아진다.

이 금연스트레스는 장기적이지는 않지만 강한 스트레스임에는 틀림없다. 그러나 이 강하고 견딜 수 없을 것 같던 스트레스도 죽기를 각오한 금연 수행자 앞에서는 무릎을 꿇는다. 죽기를 각오한 금연 수행자의 앞에는 아무것도 두려울 게 없다. 그러나 죽기를 각오하지 않은 금연 수행자들이 문제가 되는데 이들의 금연 의지와 각오는 죽기를 각오한 금연 수행자들과 다르기 때문이다.

죽기를 각오한 금연 수행자들은 그 어떤 유혹과 흡연의 욕구가 있어도 이를 능히 견딜 수 있지만 그렇지 않은 금연 수행자들의 경우 뇌에 똬리를 틀고 그의 뇌에 새겨진 흡연의 그림자를 지우기가 녹록치 않기 때문이다. 이러한 금연 수행자들에게 필요한 것은 금연의 스트레스를 극복할 수 있는 더 많은 육체·정신적 에너지(氣)다.

금연 스트레스에 무릎을 꿇지 않기 위해서는 더 많은 에너지가 필요하고 그 필요한 에너지를 얻기 위해서는 운동이 필요하다. 운동이 코티솔의 균형을 맞출 수 있으며 그래야 지속적인 금연 수행이 가능하다. 그래야 행복한 금연생활이 될 수 있는 것이다. 처음 금단 현상에서 오는 스트레스로 코티솔이 과다하게 분비된다면 금연 수행을 포기할 수 있기 때문이다. 그렇기 때문에 운동(유산소운동)은 금연과 금연유지에 필수적이다. 아울러 명상으로 금연의 에너지(氣)를 자주 보충해야 한다.

2008년 국립대만대학교 의대 연구팀은 쥐를 연령별로 구분해서 새끼(생후 3개월), 성체(생후 24개월), 중년 초기(생후 9개월), 중년(생후 13개월), 고령(생후 24개월)의 실험군으로 나눴다. 그룹별로 하루에 1시간씩 5주 동안 트레드밀(treadmill; 발로 밟아 돌리는 기구) 위를 달리게 했다. 이후 쥐들의 해마에서 신경 생성과 혈중 코티코스테론(corticosterone; 인간의 코티솔과 같은 호르몬) 수치, BDNF(뇌 유래신경 성장인자)와 BDNF 수용체를 각각 조사했다.

그 결과, 예상대로 중년 그룹에서 신경생성의 저하가 두드러져 새끼 쥐의 5%에 그쳤다. 하지만 운동을 하면 재탄생한 신경세포의 사멸 속도가 큰 폭으로 떨어졌다. 운동을 한 중년 쥐의 뇌에서 신경세포는 2배의 빠른 속도로 탄생했고, 이 신경세포의 생존율은 운동하지 않을 때에 비해 1.7배에 달하며, 축삭(axon, 軸索; 신경세포의 짧은 돌기로 다른 신경세포에서 보내는 전기·화학 신호를 신경세포체에 전달하는 신경섬유로, 신경세포에서 일어난 흥분을 그 말초에 전달함)과 수상돌기는 1.9배 속도로 성장했다.

이렇듯 운동은 뇌신경세포의 탄생과 성장을 촉진한다. 이러한 결과는 운동이 인간의 일상생활이나 특별한 업무를 수행하려 할 때 얼마나 중요한가를 설명해주고 있다. 유산소운동은 금연 수행자들이 금연을 성공시키기 위해서도 필수적인 요소다.

그뿐만 아니라 운동은 활성산소의 피해를 막아주는 파수꾼으로도 큰 몫을 한다. 활성산소는 산소의 친척이지만 화학반응이 훨씬 빠른 불안정한 산소로, 인간의 유전자 DNA를 파괴하거나 세포막을 산화시킴으로써 신경전달물질의 정보교환을 방해한다. 또 세균을 물리치는 면역체계에 악영향을 끼치고 신경세포의 막을 만드는 지방과 유전자를 파괴한다. 그 과정에서 치매·알츠하이머병·파킨슨병·루게릭병 등을 유발시킨다.

이 활성산소는 특히 인간의 뇌에는 최대·최고의 적이다. 그러나 활성산소는 인간이 섭취한 음식물을 분해해 에너지로 교환하는 과정에서 필연적으로 발생하는 것이다. 게다가 우리가 폐로 들이마시는 산소 가운데 2%는 자연적으로 활성산소로 바뀌기 때문에 성인의 경우 연간 약 2kg의 활성산소가 자연적으로 생기게 된다. 몸 전체의 20%의 산소를 소비하는 뇌에서는 연간 400g이나 되는 활성산소가 발생하는 셈이다. 따라서 나이가 들수록 활성산소가 끼치는 악영향은 서서히 축적될 수밖에 없다.

운동은 이런 활성산소의 악영향을 감소시켜 뇌를 건강하게 지켜줄 수 있다. 나이를 먹을수록 운동을 열심히 하라는 이유가 여기에 있다. 늙어서도 운동을 하지 않으면 삶은 불행하게 될 것이다. 특히 금연을 수행하려고 하는 사람은 더 말할 것도 없다.

플로리다대학교의 토머스 포스터(Thomas Foster)는 쥐를 이용한 실험에서 이를 입증하고, 2005년 11월 워싱턴에서 열린 뇌 과학 학술대회에서 실험 결과를 보고했다. 쳇바퀴가 있는 우리에서 사육한 쥐(운동하는 쥐)와 쳇바퀴가 없는 곳에서 사육한 쥐(운동하지 않은 쥐)의 뇌에서 균형과 운동을 관장하는 조직 41개를 떼어내 비교했더니, 운동하는 쥐의 뇌는 활성산소에 따른 산화로 분해된 지방이나 DNA가 훨씬 적었다. 운동은 확실히 쥐의 뇌를 젊게 했다.

또한 운동을 한 2세 쥐와 운동을 거의 하지 않은 생후 6개월 된 쥐의 뇌 활성도가 비슷했다. MRI로 뇌의 부위변화를 조사한 연구에서 운동이 뇌의 노화를 방지한다는 사실은 이미 밝혀졌지만 포스터의 실험을 통해 운동이 뇌의 노화를 분자수준에서 방지해 준다는 것이 입증된 것이다.

그렇다면 활성산소로부터 뇌를 지키려면 어느 정도 운동을 해야 할까? 많은 의사들은 달리기 30분 이상과 땀이 흐를 정도의 운동량을 요구하면서 반드시 유산소운동을 권장하고 있다.

몇 년 전 미국 농림부는 보스턴의 터프츠대학교 연구진들과 함께 우리 뇌에 최소한의 투자로 최고의 성과를 내게 해주는 식품을 찾고자 항산화 능력별로 식품들을 선별하고 순위를 매기는 방법을 개발했다. ORAC(oxygen radical absorbance capacity; 항산화 흡수능력)의 수치를 매긴 목록으로, 세계적으로 블루베리를 한 사발씩 먹기 시작한 주요 원인 가운데 하나다. 이 목록은 금연을 돕는 데도 도움을 줄 것이다. 이 목록의 최상위를 차지하는 25가지 식품은 다음과 같다.

말린 자두, 생 자두, 건포도, 블루베리, 크랜베리, 라즈베리, 마늘, 케일, 딸기, 생 시금치, 찐 시금치, 방울양배추, 알팔파, 싹, 브로콜리, 비트, 아보카도, 오렌지, 포도, 피망, 체리, 키위, 토마토소스에 졸인 콩, 핑크자몽, 강낭콩이다. 이러한 음식은 금연을 하는 데 도움을 줄 수 있다. 그러나 이에 너무 의존해서는 안 된다는 것을 말하고 싶다.

음식 섭취에 따라 두뇌를 살릴 수도, 죽일 수도 있다. 뇌의 노화를 방지하고 싶다면 인스턴트나 소금, 인공조미료가 많이 들어간 식품을 멀리하고, 식사 때마다 최소한 과일과 채소 두 종류는 섭취하도록 노력을 기울이자.

금단의 이중적 질병

담배를 끊으면 금단현상이 나타나게 되는데, 이는 그간 흡연자의 뇌에 흡연이란 습성이 똬리를 틀어 기억되어 있기 때문이다. 금단현상은 흡연습성이 만들어 놓은 니코틴과 타르의 성분을 빨리 투여해달라는 신호를 말한다. 이때 금연을 시도하려는 자가 흡연이란 행동을 취하면 이 금단현상이 사라지게 된다. 그러면 금연은 실패하게 되는 것이다.

흡연 경력이 오래되면 오래될수록 금단현상이 더 크게 금연 수행자를 압박할 것이다. 죽기를 각오하고 금연에 돌입한 수행자들은 별 문제가 없을 것이다. 그들은 이미 금연에 대한 각오와 의지가 확고하기 때문에 어떠한 유혹과 시련이 있더라도 능히 이를 극복할 수 있다.

문제는 그렇지 못한 금연 수행자들이다. 그들은 금연을 결정하는 순간부터 금단현상에 시달리게 된다. 그러나 금연을 하려는 자는 이를 참을 수뿐이 없는데 참아내는 데는 또 다른 에너지(氣)가 필요하다. 이것을 필자는 금연에너지(氣)라고 부른다. 금연에너지는 금단현상을 극복할 수 있는 에너지를 말하는 것이므로 이 에너지를 한마디로 설명하긴 어렵다.

다음의 원리를 잘 경청해주기 바란다. 우리가 흡연을 갑자기 중단하게 되면 금단이라는 일종의 질병을 얻는 것이라고 생각하자. 보통 질병은 우리 신체의 신경계에서 일정한 에너지(氣)의 균형이 유지되다가 갑자기 그 균형을 잃게 되면 감기·소화불량·불면증·생리불순 등의 현상으로 나타나게 되는 것이다. 이러한 에너지(氣)의 불균형 현상이 나타나면 그 사람은 정상적인 생활이 불가능하게 되는데, 이를 질병이라 일컫는다.

이를 금단현상으로 바꾸어 말해 보자. 흡연자는 담배를 피우는 행위로 니코틴과 타르를 정상적으로 공급하여 왔다. 그런데 흡연자가 갑자기 금연 결심을 하고 니코틴과 타르의 공급을 멈추게 됨으로써 니코틴과 타르가 부족하게 되는 신경계의 변화를 가져오게 되어 금단이란 질병을 얻게 된 것이다. 금연을 하고자 결심한 자는 이 과정에서 동시에 니코틴과 타르를 공급하지 못함으로써 생리적인 스트레스의 병이 찾아오게 되어 이중고에 시달리게 된다.

말하자면 금단이라는 질병과 스트레스라는 질병이 한꺼번에 찾아오게 된 것이다. 필자는 이러한 현상을 '금단의 이중적 질병'이라고 명명하였다. 그렇다면 이 두 가지 질병을 치료하여야 하는데 치료하는 방법은 여러 가지가 있을 수 있다. 여기서는 기존의 방법을 모두 버리기로 한다.

기존의 방법은 금연을 상업적으로 이용하거나 돈벌이 수단으로 접근하여 왔을 뿐만 아니라 그 성과 또한 성공률 10% 미만이라는 초라한 성적표를 가지고 있기 때문이다. 치료효과가 검증되지 않은 각종 약물을 투여하고 니코틴과 타르를 몸으로부터 빼내야 하는데 오히려 다른 방법으로 투여하는 것도 바람직하지 않다.

또한 시중에서 팔고 있는 약물이나 금연보조제의 사용은 신중해야 한다는 점을 강조한다. 결론적으로 'RBDM 금연법'에서 본다면 이중적 질병의 치료는 정신적인 에너지(氣)에 의해서만 완치할 수 있다고 본다. 다만 금연에 도움이 되는 음식을 섭취하는 것은 권장할 만하다. 고도의 정신적인 투쟁을 해야 하는 금연 수행에 있어 필요한 것이기 때문이다. 미국 농무부에서는 말린 자두, 생 자두, 건포도, 블루베리, 크랜베리, 라즈베리, 마늘, 케일, 딸기, 생 시금치, 찐 시금치, 방울양배추, 알팔파, 싹, 브로콜리, 비트, 아보카도, 오렌지, 포도, 피망, 체리, 키위, 토마토소스에 졸인 콩, 핑크자몽, 강낭콩 등의 섭취를 권장하고 있다.

'RBDM 금연법'에서 금단의 이중적 질병의 치유와 치료는 불균형 상태인 몸의 에너지(氣)밸런스를 정상적인 균형 상태로 복원하는 작업이다. 우리가 배가 고프다고 느끼는 것은 몸의 에너지(氣)가 고갈되어 간다는 신호인 동시에 기력이 쇠약해지는 증상의 표출이기도 하다. 그러니까 인체의 모든 불균형 문제는 에너지(氣)로 귀결되는 것이다.

모든 문제는 에너지(氣) 문제이다. 에너지(氣) 문제를 치유할 수 있다면 에너지(氣) 문제로 야기되는 모든 인체의 문제를 치유할 수 있다. 담배를 끊지 못하는 이유 중 하나는 불균형 문제를 해결하지 못하기 때문에 오는 것이다. 니코틴과 타르에 의하여 형성된 우리 몸의 에너지(氣) 균형이 무너져 그 불균형에서 오는 패닉현상에서 나올 수 있는 에너지(氣)가 부족하기 때문이다.

담배를 끊은 많은 사람들의 이야기로는 에너지(氣)를 만드는 것은 정신력에서 오는 것이지, 외부적인 도움으로 에너지(氣)가 생기는 것이 아니라고 한다. 말하자면 금연보조제로 끊으려고 하는 사람들의 대부분이 실패로 끝나게 되는 것도 금연의 에너지(氣)를 외부에서 찾기 때문인 것이다. 담배를 끊을 수 있는 에너지(氣)는 내부에서 생기는 것이지 외부에서 생길 수 있는 것이 아니다.

담배를 끊을 수 있는 에너지는 바로 운동과 명상에서 만들 수 있다. 필자가 창안한 RBDM 금연법의 가장 핵심이 되는 것도 바로 운동과 명상에 있다. 인간은 운동과 명상에서 금연할 수 있는 에너지(氣)를 만들어 낼 수 있는 것이다.

담배를 피우는 가장 큰 요인 중 하나가 스트레스임을 부인하는 수행자는 아마 없을 것이다. 이 스트레스가 인간 질병의 원인 중 95%를 차지한다고 한다. 나머지 5%는 유전적 요인 또는 환경적 요인으로부터 온다고 한다.

당신의 흡연문제를 해결하기 위해서 어떤 개선된 행동을 해야 하는가? 그럼 왜 행동을 변화시키지 못하는 것인가? 이에 대한 해답은 바로 운동과 명상이다. 'RBDM 금연법'의 흡연 치료법이 바로 운동과 명상인 것이다. 우리는 운동과 명상을 통하여 치료약을 구하고 치료에너지(氣)도 만들어야 한다.

운동과 금연과의 관계

담배를 끊기 위해 명상과 함께 운동이 필수적인 이유는 무엇인가?

첫째, 그간 흡연으로 축적한 니코틴과 타르를 땀으로 배출해야 하기 때문이다. 운동을 하면 땀이 흐르게 되는데 이 땀에는 그간 흡연하여 몸에 축적된 니코틴과 타르가 녹아 있다. 또한 금연 수행자의 뇌에 똬리를 틀고 있는 흡연 습관의 기억을 지우고 금연의 기억을 새롭게 만들기 위해 운동을 해야 한다.

운동은 흡연의 기억을 단기간에 지울 수 있는 유일한 방법이다. 니코틴과 타르를 강제로 배출시키지 않으면 그 중독성이 금연 수행자를 두고두고 괴롭히기 때문에 니코틴과 타르의 성분을 강제로 배출해야 한다. 그러기 위해서 운동이 필수적인 것이다. 운동을 하지 않으면서 담배를 끊기는 불가능하다고 할 수 있다.

물론 운동을 하지 않고는 금연에 성공하는 사람이 없다는 게 아니고 '매우 힘들 것'이라는 것이 필자의 진단이다. 실제로 운동하지 않으면서 금연에 성공하는 경우는 극히 드물다.

둘째, 운동이 흡연의 기억을 지우고 금연의 새로운 기억을 뇌에 각인시키는 데 가장 빠른 길이기 때문에 그렇다. 운동은 새로운 습관을 만드는 데 도움을 준다.

셋째, 금연 수행에서 가장 중요한 명상을 수행하기 위한 전제가 되기 때문에 운동을 해야 한다는 것이다. 그럼 이제부터 그것을 증명해보자.

옛날부터 달리면 기분이 좋아진다는 것은 많은 사람들이 경험적으로 알고 있었다. 어떤 사람은 섹스 이상이라고 말하기도 한다. 쌩쌩 달리다 보면 어느 순간 말로 표현하기 힘든 황홀감을 느낀다. 이를 '러너스 하이(runner's high)'라고 하는데, 그 이유는 수수께끼에 싸여 있었다.

1975년 이 수수께끼가 풀릴 만한 실험이 등장했다. 스코틀랜드와 미국의 연구팀이 엔도르핀(endorphin)이라는 물질을 발견함으로써 달리면 기분이 좋아지는 현상을 설명할 수 있게 된 것이다.

엔도르핀은 그리스어로 '안쪽'이라는 뜻을 나타내는 '엔도(endo)'와 아편의 주성분인 '모르핀(morphine)'을 합성한 단어로 '뇌 속의 마약'이라는 뜻이다. 엔도르핀의 대표는 역시 '베타엔도르핀(β-endorphin)' 호르몬이다. '베타엔도르핀'은 강한 진정 작용을 하는데 마약인 모르핀보다 무려 10배에 이르는 진정 효과가 있다고 한다.

'베타엔도르핀'은 31개의 아미노산, '엔케팔린(enkephalin; 포유동물에서 발견되며 모르핀 수용체와 잘 결합해서 모르핀과 같은 작용을 나타내는 물질)'은 5개의 아미노산이 서로 연결되어 만들어진 '펩티드(peptide; 2개 이상의 α-아미노산이 펩티드 결합으로 연결된 형태의 화합물)'다. 엔도르핀은 한창 운동에 몰입했을 때 뇌를 평온하게 해주고 행복감을 안겨주며 근육의 통증을 덜어준다. 요컨대 엔도르핀은 인간의 육체가 한계에 부딪혀도 통증을 잊게 하고, 목표를 향해 돌진하게 하는 마약과 같다.

실제로 마라톤 선수들을 뛰게 한 다음 혈액을 채취했더니 엔도르핀이 상승해 있었다. 이런 실험결과가 나오자 매스컴은 흥분하고, 대중은 열광했다. '러너스 하이'의 메커니즘을 훌륭하게 설명할 수 있다고 믿었기 때문이다.

하지만 얼마 후 혈액 속의 엔도르핀은 뇌로 들어갈 수 없다는 사실이 확인되면서 엔도르핀의 인기는 급격히 시들해졌다. 게다가 달리기뿐 아니라 수영, 자전거 타기 등 운동을 하면 엔도르핀뿐 아니라 수많은 호르몬이 나온다는 사실이 밝혀지면서 엔도르핀 연구는 주춤해졌다. 그러다가 뇌에서 엔도르핀이 직접 만들어진다는 것과 운동했을 때 쾌감을 불러일으키는 물질 가운데 하나라는 사실이 확인됨으로써 엔도르핀 연구는 재개되었다.

그러나 달리기를 통해 뇌에 생화학적 변화가 일어난다는 '러너스 하이' 가설, 즉 달리는 사람의 기분을 바꾸는 것이 엔도르핀이라는 주장은 증명하기가 쉽지 않다. 만약 척수천자(spinal tab; 속이 빈 가는 침을 몸에 찔러 넣어 체액을 뽑아내는 일)를 통해 달리는 사람의 뇌척수액을 얻어 분석한 결과에서 엔도르핀이 검출되었다고 해도 그것이 달리기로 인해 뇌에서 방출된 엔도르핀이라고 단정 짓기는 어렵다.

혹은 달리기 이후 혈액을 채취하면 엔도르핀을 검출할 수는 있겠지만 혈중 엔도르핀으로는 이 가설을 증명할 수 없다. 척수천자든 혈액채취든 몸에 바늘을 찌르는 스트레스에 반응해서 엔도르핀이 방출될 수도 있기 때문이다. 그러니 엔도르핀 방출이 반드시 달리기 때문이라고 단정할 수는 없다. 게다가 혈중 엔도르핀은 뇌로 이동할 수 없기 때문에 기분이 좋아지는 현상과 직접적인 관련이 없다. 이런 이유로 '러너스 하이'는 30년 동안 가설만 제시된 채 증명이 이루어지지 않았다.

2008년 3월, 뮌헨 공과대학과 본대학교의 연구팀장인 헤닝 뵈커(Henning Boeker)는 '러너스 하이'가 엔도르핀에서 비롯된다는 사실을 과학적으로 증명했다. 뇌에서 대량의 엔도르핀이 방출되고 있다는 사실이 증명된 것이다. 그런데 흥미롭게도 가장 많이 방출된 부위는 감정을 관장하는 전두엽과 대뇌 변연계였다. 이는 사랑할 때, 혹은 라흐마니노프의 피아노 협주곡 제2번을 들으면서 설렘을 느낄 때 활성화되는 부위이기도 하다.

심리검사 결과도 흥미롭다. 달리기를 하고 난 후 만족감과 행복지수는 높아졌고, 이는 방출된 엔도르핀 양과 비례했다. 용량과 반응의 관계가 성립한다는 점에서 '러너스 하이'는 엔도르핀 때문이라는 사실이 증명된 것이다. 또한 통증 테스트 결과, 달린 후에는 달리기 전보다 강한 통증을 견뎌낼 수 있었다.

2010년 2월 밴쿠버 동계올림픽에 참가한 많은 선수들은 멋진 경기와 인간의 한계를 뛰어넘는 훌륭한 정신력으로 보는 이에게 감동을 선사했다. 그 선수들 가운데 두고두고 회자되는 선수가 있으니, 바로 크로스컨트리 스키 여자 스프린트에서 동메달을 차지한 페트라 마디치(Petra Majdic, 슬로베니아)다.

마디치는 시합 전 연습에서 코스를 벗어나 3미터 아래 바위로 굴러 떨어졌다. 병원으로 직행해 엑스레이를 촬영해 보니 갈비뼈가 5개나 부러져 있었다. 갈비뼈 골절로 가슴막 안에 공기가 차는 기흉도 생겼다. 이쯤 되면 기권을 해야 마땅했지만 놀랍게도 마디치는 경기장으로 되돌아 왔다. 극심한 통증을 참으면서 준준결승은 물론 준결승에 올랐고, 결승까지 가서 동메달을 따냈다. 다른 선수들과 관계자, 그리고 언론은 최고의 찬사를 보냈다. 마디치는 "이 상은 단순한 동메달이 아닙니다. 다이아몬드가 박힌 금메달입니다."라고 울먹이며 말했다.

뇌와 다른 신체 부위에 수용체가 있는 엔도르핀은 스트레스에 맞설 때 방출되는 호르몬이다. 그래서 운동할 때 뇌에 평온함을 주고 근육의 통증을 덜어준다. 인간을 달리게 하는 마법의 물질이자 육체의 한계를 추월해도 그 고통을 잊게 하는 신비의 물질인 것이다.

'러너스 하이'가 밝혀진 이상 우리가 이를 금연의 수행방법으로 활용하지 않는 것은 금연을 포기하는 것과 같은 것이다. 금연의 수행은 니코틴의 방해로 어려워지는데, 이를 극복하는 방법으로 운동요법을 도입하는 것은 너무나 당연한 것이다.

운동의 방법이나 종류는 상관없다. 운동을 하다보면 어느 순간 말로 표현하기 힘든 황홀감인 '러너스 하이'가 찾아올 것이며, 이는 금연의 수행에 결정적으로 영향을 미친다. 이 엔도르핀을 금연의 수행의 동반자로 만들어 금연의 고통을 줄이고 행복을 만드는 요소로 활용해야 한다.

운동과 금단증상

금단증상은 흡연과 금연에서 오는 '금단의 이중적 질병'이라고 설명한 바 있다. 금연에서 오는 금단증상은 '뇌'와 '몸'에 함께 오는 증상들이다. 금연 후 자율신경 및 내분비계통의 부조화로 인해 생기는 금단증상은 이 밖에도 초조, 욕구불만, 노여움 등의 증상과 같이 나타나기도 한다. 그러니까 '뇌'와 '몸'은 따로 떼어내 생각할 수 없는 것이다. '뇌'와 '몸'은 붙어 있으니 당연히 서로 영향을 끼친다.

지금까지 뇌 과학과 정신의학은 이 당연한 논리를 인정하지 않은 채 몸에서 분리한 뇌와 마음의 메커니즘만 연구했다. 이런 연구방식으로는 인간을 제대로 이해하기 어렵고 또한 금단증상이 어떻게 오며 이를 치료하기 위해서는 치료법을 찾아내기도 어려웠다.

자율신경 및 내분비계통의 부조화로 인해 생기는 것을 약물로 치료가 가능하다고 의사들은 말하고 있는데 이것도 잘못된 진단과 처방의 오류이다. 현재까지 시중에 나와 있는 약물들은 특정물질의 분비를 차단하거나 강제로 다른 물질을 뇌에 강제로 투여하는 방식이다. 이러한 방식으로는 또 다른 부작용을 불러올 뿐이다.

앞으로 금연의 이중적 질병을 치료하기 위한 약품은 보다 더 많이 생산되고 유통될 것이지만 이러한 방법은 금연 수행자들에게 더 많은 부작용을 가져다 줄 것이고 금연을 준비하는 사람들의 호주머니를 가볍게 할 것이다. 그렇지만 금연 성공률은 그리 높지 않을 것이다. 약물에 의한 금단증상 치료는 분명한 한계를 가지고 있는 것이다.

인간의 뇌는 이러한 질병에도 견딜 수 있는 호르몬의 분비를 촉진하는 능력을 가지고 있으며 실제로 많은 인간의 몸과 정신적 에너지(氣)의 불균형에서 오는 많은 질병의 치료에도 이용되고 있는데, 이것이 바로 운동요법이다.

오늘날 많은 뇌 과학자들은 약물에 의한 금연 치료에 반대하고 있다. 다만 금연을 돈벌이의 수단으로 이용하려는 일부 의사들과 이 약품들을 팔아 많은 이득을 보려는 제약회사들이 금단증상의 이중적 질병을 고칠 수 있다고 선전하고 있을 뿐이다. 정부에서 금연정책에 약물사용을 권장하고 이에 예산을 투입하려는 움직임이 있는데 이는 다른 부작용을 부를 가능성이 있다. 시중에 유통되고 있는 금연보조제도 부작용은 금연약품과 마찬가지다. 어느 것도 검증된 것이 없다.

'RBDM 금연법'에서는 약물과 금연보조제의 사용을 가능하면 권하지 않는다. 물론 금연 수행자들의 개인적인 사정에 따라 활용하는 문제는 별도로 하더라도 운동과 명상에 의하여 발생한 에너지(氣)로도 얼마든지 치료 가능하다는 것을 전제로 하고 있다. 자율신경 및 내분비계통의 부조화로 인해 생기는 것이 금단증상이라고 볼 때 운동과 명상을 통하여 균형의 에너지(氣)를 얻을 수 있다는 것을 강조하고 있는 것이다.

운동을 하면 기분이 좋아지고 불안이 해소되며 혈압이 떨어지고 금단증상의 통증도 줄어든다. 이를 '러너스 하이'라고 하는데, 인간의 뇌에서 엔도르핀이 분비되기 때문이다. '뇌 속의 마약'이라는 뜻이며 이 물질은 인간을 행복하게 만든다. 또 고통을 이겨낼 수 있다. 즉 금단증상의 여러 고통을 해소 시킬 수 있다. 인간의 뇌에서 이러한 훌륭한 자체 약품을 생산해 낼 수 있는데 구태여 부작용이 반드시 오게 되어 있는 약물을 투여하는 것 자체가 잘못이다.

'베타엔도르핀'의 생산은 매사에 자신감 없이 소극적이던 사람도 긍정적이고 적극적으로 바뀌게 할 수 있다. 특히 정신적으로 허약해 있을 경우나 마음이 안정되지 않을 때 운동을 하면 평정심을 되찾게 된다. 공중에 붕 떠있는 것 같은 초조함이 사라지고 마음의 평온을 얻는다. 이는 많은 사람들이 경험한 사실이며, 수많은 논문에서 소개된 사실인 동시에 이 책에서도 증명하고 있다. 'RBDM 금연법'의 수행에서는 금연뿐만이 아니라 다른 인간의 질병도 운동과 명상으로 고칠 수 있음을 증명할 것이다.

'RBDM 금연법'에서 권장하는 운동은 유산소운동이다. 특별히 유산소운동을 강조하는 이유는 금연 수행자들이 가지고 있는 니코틴과 타르의 배출을 돕기 위해서다. 유산소운동이면 족하고 종류는 가리지 않는다. 폐를 통하여 숨이 차오르는 운동이면 무슨 운동이든 좋다. 금단증상의 원인이 되는 니코틴과 타르를 빨리 배출해야 금연을 빨리 성공시킬 수 있다. 유산소운동은 몸에서 니코틴과 타르를 빨리 배출시킬 수 있다. 몸에 신선한 공기를 공급하는 것은 바로 니코틴과 타르의 배출을 돕는 것이다.

운동의 양도 땀이 날 정도로 하여야 한다는 기준이 있다. 그것은 땀으로 체내의 니코틴과 타르를 빨리 배출하기 위한 운동의 양이다. 땀으로 배출하는 것은 '몸'과 '뇌' 속에 똬리를 틀어 자리 잡고 있는 흡연의 기억과 그림자를 씻어내는 작업이다. 이 씻어내기 작업은 흡연을 해온 기간만큼 지속되어야 한다.

운동은 금연의 금단증상만 고칠 수 있는 것이 아니다. 우울증을 비롯한 모든 정신적 질환도 고칠 수 있거나 증상을 개선시킬 수 있다. 오래된 이야기이지만 미국의 파펜바거(Ralph Paffenbarger)는 1916년부터 1950년까지 하버드 대학교에 입학한 1만 7,000명을 대상으로 운동과 정신건강의 관계를 일정 기간마다 추적 조사했다. 조사결과 일주일에 3시간 이상 운동을 한 남성이 우울증에 걸릴 위험은 일주일에 1시간 미만으로 운동한 남성보다 27%나 낮았다는 사실을 밝혀냈다.

1992년 독일 중앙연구소의 지크프리트 바이어러(Siegfried Weyerer)는 바이에른 주민 1,536명을 대상으로 우울증과 운동의 관계를 조사했다. 조사결과에 따르면 운동을 자주 하는 사람을 기준으로 해서 운동을 거의 하지 않는 사람은 우울증에 걸릴 위험이 약 3.2배 높았고 운동을 가끔 하는 사람은 약 1.6배 높았다. 현대인들의 정신적인 문제의 대부분은 운동부족에서 온다고 해도 틀린 말이 아닐 것이다.

명상으로 금연 훈련하기

뇌를 훈련하여 금연을 주도하는 뇌로 변화시킬 수 있을까? 결론적으로 답은 '그렇다'이다. 그 방법은 금연에 대한 의지와 어떠한 경우에도 담배에 손을 대지 않겠다는 결심을 뇌에 확실하게 기억시키는 것이다. 그 핵심은 금연에 대한 수행자의 각오와 의지를 반복하여 뇌에 기억시키는 것이다.

그것은 운동과 명상을 통하여 가능하다. 명상을 통하여 금연의 마음을 한곳에 집중하는 일이다. 그러면 대뇌에서는 금연이라는 단어와 담배를 피운다는 금연 수행자의 행위가 있을 때 그 기억을 꺼내어 그 행위를 정지시키거나 준비행위자체를 멈추게 하는 것이다. 잘 훈련된 뇌가 이를 잊어버리는 경우는 거의 없다.

하지만 그것이 말처럼 쉽지 않다. 특히 금단증상이 심한 사람일수록 흡연의 유혹과 금연이라는 뇌의 기억과 충돌하게 될 것이다. 이럴 경우에는 금연 수행자가 별도로 특단의 조치를 취해야 할 것이다. 즉 운동과 명상을 시작해야 한다. 운동과 명상으로 흡연의 유혹을 물리치고 금연의 각오와 의지를 다시 입력시켜야 한다.

필자의 경우에는 무조건 달리기(운동)와 목욕, 찬물마시기, 명상을 적절하게 사용하여 그 흡연과 금연의 충동위기를 잘 견디어 냈다. 아마 금연 수행자들의 마음도 그때의 나와 같은 마음일 것이다. 그것이 금연의 마음을 한 곳에 단단히 붙잡아 두게 되어 흡연으로부터 멀어지는 방법이다.

부처는 명상을 통하여 깨달음을 얻었다. 원효는 밤중에 물을 마시고 난 후 깨달음을 얻어 일체유심조(一切唯心造)라는 유명한 말을 우리들에게 남겼다. 아마 금연 수행자들도 어떤 깨달음이 있어 금연을 수행하고 있을 것이다. 깨달음이라고 하면 뭔가 종교적인 분위기를 느낄지 모르지만 번뇌와 고통이 없는 상태, 요즘으로 치면 걱정거리나 스트레스에서 해방된 삶이라고 생각하면 된다.

명상은 마음을 단련하는 '심근 트레이닝'이다. '세상사 모두가 마음먹기에 달렸다'는 평범한 진리가 우리가 훈련하고자 하는 'RBDM 금연법'에서 운동과 명상으로 실현될 것이다.

예수는 요단강에서 세례를 받고 홀로 사막으로 들어가 아무것도 먹지 않고 40일 동안 명상했다. 예수가 생애 미션인 선교활동을 펼친 것은 명상 직후다. 기독교 최초의 전도자인 바울 역시 포교 활동 전에 13년간 사막에서 명상을 했다. 불교나 기독교뿐 아니라 유대교, 이슬람교, 힌두교에서도 아주 오래전부터 명상을 실천해왔다.

종교인의 마음 수양으로 활용되었던 명상이 이제는 사업가, 예술가, 운동선수 등 각계각층에서 활약하는 사람들이 심신을 이완하고 집중력을 높이기 위해 활용되고 있다. 명상은 어떠한 목적을 달성하기 위해 자신의 정신력을 한곳에 몰입하려고 실시하는 것이다. 우리나라의 몰입전문가 서울대 황농문 교수의 《몰입》이라는 책도 결국 명상에 관한 이야기라고 할 수 있다. "자신의 숨은 잠재력을 일깨우며 인생을 바꾸는 노하우"와 "자신의 한계를 돌파하며 인생의 완성도를 높여나가는 노하우"를 강조한다.

명상의 기적은 많은 사람들이 실제로 체험하고 있다. 이 세상에 훌륭한 업적을 남긴 사람들에겐 그들만의 정신적 능력을 가져오게 한 명상이 자리하고 있다. 운동과 명상은 인류의 삶을 성공으로 인도하는 첫걸음이라고 해도 과장이 아니다. 또한 금연을 성공시키기 위한 효과적인 방법이라고 할 수 있는 것이다.

현재 금연을 수행하는 수행자들도 운동과 명상의 힘을 믿고 있으리라 짐작한다. 어떻게 하면 자기의 능력을 최대한 발휘해 자신이 목적하는 바(금연)를 이룰지 고민하고 인생의 깊이를 더 깨닫기 위해 금연에 동참한 것이며, 더 큰 일을 성취하기 위해 시작한 것이라고 확신한다. 'RBDM 금연법'으로 그 꿈을 이루시기 바란다.

서울대학교 황농문 교수는 "누구나 몰입의 원리를 이해하고 실천하면 해결하지 못할 일이 없다. 자신의 한계에 도전하고 그 한계를 넓혀 최선의 삶을 살 것"을 주문한다.

황 교수는 또 "힘을 빼고 편안하게 앉아서 슬로우싱킹(thinking)을 하면 우리 뇌는 잠을 자기 위해 준비하는 것으로 착각한다. 그래서 평화로운 정서를 만들어주는 세로토닌(serotonin; 중추 신경계에 존재하는 신경전달물질), 멜라토닌(melatonin; 송과선이라는 척추동물의 간뇌(間腦) 등 면에 돌출해 있는 내분비선에서 생성·분비되는 호르몬으로, 광(光)주기를 감지하여 생식 등 생체리듬에 관여), 그리고 가바(gamma aminobutyric acid, GABA; 아미노산 신경전달물질로 포유류의 중추 신경계에서 가장 일반적으로 쓰이는 신경 전달 물질 중 하나)와 같은 신경전달물질들이 분비된다. 결국 슬로우싱킹은 이러한 긍정적 화학물질을 분비하는 시간을 인위적으로 늘려주는 효과를 갖는다고 볼 수 있다. 그러므로 집중이 잘되고, 불면증이 감소하며, 스트레스가 해소되고, 행복한 감정이 유도되는 것은 당연한 것이다. 명상의 긍정적 효과도 이와 비슷한 이유일 것으로 생각한다."고 말한다.

황 교수의 주장을 좀더 구체화하자면 "명상(슬로우싱킹)은 모든 잡념과 스트레스를 해소하여 집중할 수 있기 때문에 원하는 무엇이나 이룰 수 있다"는 것이다. 운동과 명상을 어떻게 하느냐에 따라 금연에 성공할 수 있느냐 없느냐가 결정된다고 하겠다.

금연을 주도하는 뇌를 만드는 비결

스포츠시합·연주회·시험·발표회·프레젠테이션 등에서 좋은 결과를 얻으려면 고도의 집중력이 필요하다. 어떤 분야든 집중력은 성공의 열쇠다. 이렇게 중요한 집중력을 명상으로 얻을 수 있다는 점에서 미국에서는 1,000만 명 이상이 명상을 생활화하고 있다. 명상이 집중력을 높인다는 것은 명상을 경험한 사람이라면 누구나 느끼는 사실이다.

금연을 주도하는 뇌를 만들려면 담배를 피우고 싶다는 욕망에서 멀어져야 한다. 그 욕망에서 멀어지려면 뇌를 "금연을 해야 한다"는 일에 집중시켜야 한다. 그 집중에 실패하면 금연 수행자는 담배를 다시 피우게 될 것이다. 금연에 성공하려면 담배의 해로움을 우선 뇌에 인식·각인시키고 담배를 피우고 싶은 욕망을 없애는 데 명상으로 집중하여 그 의지를 얻어 와야 하는 것이다. 그 의지를 얻어오는 과정이 명상이고 그 과정을 통하여 우주의 기(氣)를 모으는 것이다. 집중력으로 그 기(氣)를 모을 수 있다.

집중력으로 기(氣)를 모을 수 있는가에 대한 실험은 미 에모리대학교에서 실시되었던 적이 있다. 미 에모리대 의과대학의 주세페 파뇨니(Giuseppe Pagnoni)는 이를 뇌과학적으로 증명했다. 2008년 파뇨니는 3년 이상 명상을 해온 12명과 명상경험이 없는 12명의 대조군을 나누고 주의를 산만하게 한 다음, 얼마나 빨리 집중 상태로 돌아올 수 있는지 뇌 스캔으로 관찰했다.

피실험자는 컴퓨터 화면에 간헐적으로 나타났다 사라지는 의미 있는 단어와 의미 없는 문자의 나열을 구별하는 작업을 끝낸 후 가능한 한 빨리 호흡에 집중해야 했다. 실험 결과, 명상가의 뇌는 집중상태로 더 빨리 되돌아 왔다. 또한 명상가와 대조군의 뇌는 기저활동회로(default mode network, DMN)의 활동에서 차이가 났다. '기저활동회로'라니 좀 어렵게 들리지만, 쉽게 말하자면 '기본신경망' 혹은 '원형신경망'이라는 뜻이다.

인간의 생명은 모두 신경계로 연결된 것이다. 인간의 생명은 곧 신경계로 연결된 유기체라고 할 수 있다. 인간의 신체는 이런 신경세포들이 서로 네트워크화되어 연결돼 있다. 그중에서도 원형이 잘 보존되고, 변화가 잘 안 되며, 안정화되어 있는 것이 있는데 그러한 신경망을 DMN(default mode network; 인간의 뇌가 휴식을 취할 때 불필요한 정보를 삭제하고 그동안의 정보와 경험을 정리)이라 부르는 것이다.

그 기본신경망이 명상가의 경우 대조군보다 '빨리 집중상태로 되돌아 왔다'는 것이 실험결과로 밝혀진 것이다. 명상으로 집중력이 생기는 것이 증명된 셈이다. 특히 언어를 처리하는 각 회로가 빨리 처음의 자리를 되찾았다. 그렇다면 왜 명상을 하면 집중력이 생길까?

명상이란 대상을 정해 모든 주의를 기울이고 망상과 잡념이 생겨도 마음을 그 대상으로 되돌리는 작업을 끊임없이 되풀이하는 훈련이다. 따라서 의도하는 대로 마음을 집중할 수 있게 되는 것이다. 우리는 명상으로 잡념이나 망상을 버리고 집중하는 뇌를 만들 수 있다. 이러한 명상의 원리를 이용하면 담배를 피우고 싶은 욕망을 다른 곳에 돌릴 수 있다는 것이다.

또한 명상은 주의력결핍과잉행동장애(attention deficit hyperactivity disorder, ADHD), 강박장애, 불안장애, 우울증 등과 같은 마음의 병도 고칠 수 있다. 이러한 마음의 병은 목적과 상관없는 생각들이 삐죽삐죽 고개를 들거나 꼬리에 꼬리를 문 생각이 계기가 되어 발병하는 병이다. 우리 주위에서도 이러한 사람을 많이 발견할 수 있다. 특히 어린이들에게서 많이 발견할 수 있는데 주의가 산만하거나 부주의한 실수, 참견과 쓸데없는 말하기 등이 특징이다.

이러한 사람들은 명상자체가 힘들 뿐만 아니라 금연을 수행하기가 힘들다. 치료제로 쓰이는 암페타민(amphetamine)과 같은 약물은 부작용으로 혈압상승, 떨림(tremor), 현기증, 땀 흘림, 가쁜 호흡, 구역질 등이 있다. 그리고 치료효과도 미미한 것으로 나타나고 있다.

결론은 명상이다. 집중의 신경회로를 만들어 주어야 한다. 이들도 꾸준하게 명상을 계속하게 되면 곧 숙달될 수 있으며 명상으로 잡념이나 망상을 억누를 수 있게 될 것이고 마음의 병의 예방과 치료에도 큰 도움이 될 것이다. 흡연하고 싶은 욕망을 다스리는 데 명상보다 좋은 방법은 아직까지 발견되지 않았다고 단언할 수 있다. 앞으로도 더 발전시켜야 할 인류의 과제기도 하다.

명상이 금연회로망을 구축한다

'RBDM 금연법'에서 제일 중요한 과업이 운동과 명상임을 누누이 강조하였다. 금연에 실패하는 경우는 금연 수행자의 뇌에 금연회로망을 구축하는 것이 실패되었음을 뜻한다. 뇌의 회로망에 흡연의 해악성을 입력시키는 데 실패한 것이다.

뇌에 금연회로망을 구축하기 위해서는 어떻게 해야 할까? 명상에 앞서 유산소운동을 하기 전 흡연의 해악성을 뇌에 확실하게 입력시키는 것이 중요하다. 뇌에 확실하게 입력시키기 위해서는 각자가 연구하여 적용하는 것이면 어떤 방법이라도 좋다. 특별한 방법을 요하지 않는 것이다.

나의 경우 확실하게 입력시키기 위해 러닝을 하면서 한쪽 발에는 "금연"을 또 다른 발에는 "한다" 또는 "반드시 한다"를 반복하여 구호를 마음속으로, 어느 때에는 입으로 외치면서 뛰었다. 구호는 날마다 바꾸기도 했다. 예를 들면 "죽기 아니면" "살기다"라든가, "안 되면" "될 때까지" 등으로 바꾸었다. 땀을 흘리고 샤워나 목욕을 한 뒤, 그다음 해결책의 정답은 '명상'에서 찾았다. 명상 시 복식(단전)호흡을 통하여 항문의 괄약근을 이용 쾌락물질(베타엔도르핀)을 만들어 뇌에 공급하여 금단현상을 줄일 수 있었다.

여기서 이를 증명한 재미난 연구결과를 소개한다. 고성능 MRI를 이용해서 이 사실을 발견한 학자가 UCLA의 아이린 루터(Irene Luther)이다. 루터는 참선, 명상가 22명과 명상 경험이 없는 22명의 대조군을 구성했다. 명상가들이 명상을 해온 햇수는 5~46년(평균 24년)으로, 개인 나름대로의 명상 노하우들이 있는 사람들이다. 그들의 과반수가 고도의 집중력이 마음 수행에 꼭 필요하기 때문에 매일 10~90분씩 명상을 한다고 했다.

이들의 뇌를 고성능 MRI로 관찰한 결과 명상가의 뇌는 전체적으로 확대되어 있었다. 특히 오른쪽 해마(hippocampus; 장기 기억과 공간 개념, 감정적인 행동을 조절), 오른쪽 안와전두피질(전두엽의 한 부분으로 눈 위에 위치), 오른쪽 시상, 왼쪽 측두엽의 확대가 두드러졌다. 한편 대조군의 뇌는 명상가에 비해 큰 부위가 전혀 없었다.

주목할 점은 확대된 부위가 모두 감정을 통제하는 영역이라는 사실이다. 해마는 뇌의 다른 부위로 신호를 전달하는 중요한 역할을 하며 학습과 기억, 감정 행동 및 일부 운동을 조절한다. 인간의 감정을 조절하는 것은 마음을 다스리는 것이고 마음은 행동의 연결로 이어지게 된다. 흡연의 욕구를 조절할 수 있다는 것이다.

안와전두피질은 감각의 통합센터인데 후각·미각·시각·촉각 등이 만나 본능적 욕구와 감각을 처리하여 느낌과 자아감을 생성하게 된다. 우리가 맛있다, 맛없다고 하는 것은 음식을 섭취할 때 느끼는 쾌감이 많다 적다를 말하는 것이다. 이것의 최종 판단이 안와전두피질의 몫이다.

금연할 수 있는 힘, 즉 에너지는 기존의 담배 맛을 역겹다거나 썩고 있는 폐의 모습을 사진으로 본 후 그 장면을 혐오하게 되었다는 것을 전제로 하기 때문에 안와전두피질의 활동이 강화되면 금연의 에너지가 활성화될 수 있다고 필자는 판단한다.

시상도 마찬가지이다. 후각·미각·시각·촉각 등을 대뇌피질로 전도하는 감각의 임펄스를 중계하는 중계핵으로서 작용하는 곳이 시상이다. 시상은 또한 신경섬유결합에 의해 대뇌피질과 대뇌기저핵과의 사이에 개재함으로써 운동기능을 억제 또는 촉진하고 있다. 감각을 전달하는 과정에서 운동기능을 촉진 또는 억제하는 과정을 통해 흡연의 욕구를 통제하는 것이다. 그렇기 때문에 운동과 명상으로 흡연을 억제할 수 있는 에너지를 얻게 되는 것이다. 금연 수행자들의 명상 수행은 금연회로망의 구성을 위하여 필요한데 진지한 운동과 명상은 단 한 번만의 수행으로도 유의한 결과로 이어질 수 있다.

금연회로망의 완성을 위해서는 꾸준하고 반복된 운동과 명상이 필요함은 물론이다. 금연을 위한 달리기와 명상을 하기 전 흡연의 해악성을 뇌의 회로망에 입력시키고 명상의 집중력으로 기존에 형성되어 있던 '흡연의 욕망회로망'을 지워버려야 한다.

명상은 금단증상을 줄이는 데도 효과가 있는 것으로 밝혀지고 있다. 명상을 하는 사람은 열린 마음과 안정된 감정을 갖고 있으며 배려 깊은 행동을 한다고 알려져 있는데, 그 이유를 뇌의 확대에서 찾을 수 있을 것 같다. 뇌의 이런 특성은 감정을 편안하게 유지하면서 인생의 다양한 고통에 적절하게 대응하게끔 이끌어주는 근간이 된다. 이 연구는 명상이 뇌의 특정부위를 확대한다는 사실을 밝혔다. 하지만 그것이 신경세포 수의 증가 때문인지 아니면 신경세포의 크기가 증가했기 때문인지, 또한 명상가는 대조군이 만들지 않는 특정한 뇌 회로를 만드는지 등의 문제가 여전히 베일에 가려져 있다. 이는 앞으로의 연구에서 밝혀야 할 과제이다.

한편 명상가가 명상을 시작하기 전 상태는 확인하지 못했기 때문에 뇌가 큰 사람이 명상에 매력을 느끼는 것은 아닐까 하는 주장도 배제할 수 없다. 하지만 지금까지 수많은 연구에서 밝혀진 대로 뇌는 변화하기 쉽고 뇌세포는 항상 운동으로 성장한다. 또한 명상으로 새로운 뇌 회로가 형성된다는 것은 틀림없는 사실이다. 직접 몸을 움직이는 운동이 아니라 마음 운동인 상상, 관심 갖기, 명상 역시 우리의 뇌를 되살아나게 한다.

내 뇌에서 담배 지우기

종전까지 우리의 뇌에 관한 지식은 "인간의 뇌는 일생동안 변하지 않는다"는 것이었다. 그러나 오늘날 그것을 믿는 사람은 아마 없을 것이다. 그러나 이러한 사실이 밝혀진 것은 극히 최근의 일이기는 하다.

인간의 뇌는 죽을 때까지 새로운 뇌세포를 생성시키고 새로운 습관의 기억을 만들 수 있다. 우리의 뇌는 살아있는 동안 끊임없이 변한다. 죽을 때까지 변하는 게 인간의 뇌세포인 것이다. 담배를 피우고 싶다는 욕망도 지워버릴 수가 있다. 그러니까 인간이 죽을 때까지 못할 일이 없는 것이다.

못할 것이 없는 인간의 뇌는 담배를 피우고 싶은 뇌의 기억도 지울 수 있는 것이다. 담배를 피우고 싶은 습관도 변화시킬 수 있다. 다만 그 기억을 지우고 새로운 습관을 만드는 데 시간이 걸릴 뿐이다.

금연을 결심한 순간부터 흡연자에게는 금연 메시지가 대뇌에 전달되고 기억된다. 인간의 뇌는 단순히 바뀌는 것이 아니라 환경에 적응하면서 끊임없이 변모한다. 즉 흡연 환경에서 금연 환경에 쉽게 적응할 수 있는 능력을 가지고 있는 것이다. 그런데 이런 진실이 알려지기 시작한 것은 최근의 일이다. 오랫동안 뇌 과학자들 사이에서는 인간의 뇌는 변할 수 없다든가 하는 논란이 끊이지 않은 것도 사실이다.

그래서 "세살 때 버릇이 여든까지 간다", "쇠귀에 경 읽기"라는 속담도 있지 않은가? "담배 피우는 것이 인이 박혀서 못 끊는다"는 이야기도 있다. 그러나 이런 속담이나 이야기는 담배 끊기를 포기한 사람들이 만든 변명일 뿐이다. 인간의 뇌는 분명 변할 수 있고 담배 피우는 습관이나 대뇌의 흡연 기억은 지워질 수 있음을 믿어 주기 바란다.

흡연자들은 대뇌에 강하게 기억되어 있는 흡연 기억을 지워버려야 한다. 강력하게 자리 잡아 똬리를 틀고 각인된 '흡연'에 대한 기억을 '금연'의 새로운 기억으로 대체시키는 작업을 이제부터 실시하여야 한다. 그 대체 작업이 그리 만만치는 않겠지만 천지개벽의 혁명적인 패러다임의 전환이라면 할 수 있다.

혹여 "인명은 재천(在天)이야, 우리 외조부는 흡연으로도 98세까지 장수했어", "흡연의 즐거움을 어떻게 버려", "담배는 기호품인데 많이만 피우지 않으면 괜찮아"는 흡연자가 있을지도 모르겠다. 여기서 나의 경험담을 들어보자.

내가 담배를 끊은 나이는 마흔두 살이었다. 그 전에는 나도 이런 생각을 잠시 한 적이 있다. "여태까지 피워왔는데 이제 담배를 끊어 건강에 무슨 도움이 되겠어", "담배 끊는 문제로 스트레스 받느니 차라리 피우겠다", "담배 피우는 것도 장점이 많은데…" 등으로 자기 합리화하는 데 열중이었다.

그런 말을 하면서도 마음 한구석에는 담배가 나쁘다는 것을 이미 알고 있기 때문에 양심에 찔렸다. 마음의 소리에 등을 돌리면 양치질할 때 구역질, 입 냄새, 아이들의 접근 거부사태, 아내의 성화, 동료들의 잔소리 등이 앞을 막아섰다. 그래! 이제 결단의 순간이 온 것 같았다. 고통이 따르겠지만 흡연 기억을 대뇌에서 지워버리기로 했다. 1993년 5월 8일 어버이날 나는 대뇌의 흡연 기억을 대청소하기로 결심했다. 그리고 그 결심은 성공했고 그 후 생활이 변하고 인생이 달라졌다.

흡연 결심도 대뇌가 하지만 금연 결심도 대뇌가 한다. 그 결심은 금연의 마음이 되고 다시 대뇌에 입력되어 실행에 착수하게 되는 것이다. 실행의 착수는 행동으로 나타나고 흡연 기억을 지우는 작업부터 시작한다. 그때부터 대뇌에서는 지워지지 않으려는 흡연 기억과 새롭게 금연을 기억시키려는 의지의 일대 충돌이 일어난다.

이 일생일대의 대뇌 속 전쟁에서 흡연 기억과 새로운 금연 기억! 어느 것이 이기느냐가 금연성공의 열쇠가 된다. 부디 금연 기억이 승리하기를 기도한다. 금연 의지가 승리하면 당신의 인생 자체가 달라질 수 있다. 뇌의 흡연 기억이 바뀌게 되고 새로운 금연 기억의 역사가 출발하는 것이니 당신은 새로운 삶의 역사를 쓰게 될 것이다. 금연이 가져다 줄 새로운 선물들은 당신에게 환희의 새 역사를 쓰게 할 것이다.

금단증상의 여러 가지

나의 금단증상은 유별났었다. 머리가 온통 비어있다는 착각과 함께 불안 증상이 나타나 견디기 어려웠던 기억이 난다. 사무실에서는 기안지와 싸움을 하였고 아무것도 할 수가 없어 조퇴를 한 적도 있었다. 금연 후 자율신경 및 내분비계통의 부조화로 인해 생기는 증상 때문이었다. 이 밖에도 초조, 욕구불만, 노여움 등의 증상이 나타나기도 하는데 수일간 지속되다가 사라지는 것이 보통이다.

금연을 할 때 나타나는 금단증상은 보통 4주 정도 경과하면 없어지거나 약화된다. 그러나 흡연에 대한 갈망(craving)은 6개월 또는 그 이상 지속될 수 있다. 갈망은 물질사용에 대한 참을 수 없는 욕구로, 심장의 박동과 흥분, 냄새를 맡는 듯한 느낌, 머리를 꽉 채워 피할 수 없다는 생각, 그리고 피로와 권태 등 신체·인지·정서적으로 다양한 형태로 나타난다.

금연으로 인한 니코틴 박탈상태가 장기간 지속되면 흡연자들은 더욱 강한 갈망을 느끼게 되어 약간의 흡연유발 자극만 있어도 흡연행동으로 나갈 수 있다. 즉 갈망은 재발의 주요 원인과 촉발자로서 역할을 하므로 흡연 갈망의 관리를 잘해야 한다. 흡연 갈망에 대한 대처와 태도의 변화가 재발방지를 위해 매우 중요하다

나의 경우 담배만 끊었을 뿐인데 예상치 못한 복병이 나타났다. 손이 떨리는 증상과 함께 극도의 불안감이 전신을 에워싸는 느낌이 계속된 것이다. 전신이 마비되는 것 같은 착각도 하곤 하였는데 의사인 친구가 이를 공황발작(panic attack)이라고 설명해 주면서 그럴 때 먹으라고 약을 지어주었지만 먹지는 않았다. 나중에 안 이야기이지만 내게 지어주었던 약은 일종의 신경안정제였다고 한다. 지금 생각하면 먹지 않기를 잘한 것이다. 공황발작의 증세는 공포와 불안한 마음이 온몸을 지배하면서 심장이 두근거리고 가슴이 답답하고 숨이 차오르고 까닭 없이 땀이 흠뻑 나기도 하는 증상이다.

담배를 끊으면 가래가 안 나와야 정상으로 생각하는 사람들이 의외로 많다. 그런데 이러한 생각은 잘못이다. 나의 경우는 담배를 끊고 1개월까지는 시꺼먼 가래가 많이 나왔고, 3개월 이후까지 가래가 나왔다. 점차 그 양이 많이 줄어들어 2~3년간은 아주 가끔씩 가래가 나왔던 것으로 기억된다. 의사들의 이야기로는 폐에 잔류하여 붙어있던 니코틴들이 하나둘 떨어져 나오는 것으로 매우 좋은 증상이라고 하였다.

한 번의 흡연은 이렇게 장기간에 걸쳐 인체의 장기를 원상으로 회복하기

위한 끈질긴 투쟁을 하고 있는 것으로 보아야 한다. 기침을 동반하는 경우도 있다. 기관지에 붙어있는 타르와 니코틴의 영향으로 인한 것이 대부분인데 기관지가 깨끗해지면 며칠 만에 기침이 멈추게 된다.

그런데 폐에 집어넣은 니코틴과 타르의 양이 얼마나 많을까 생각하면 지난날이 후회된다. 이왕 버린 것 다시 피울까 하는 생각도 들었다. 하지만 그간 피웠던 담배의 해독은 기침을 평생 동안 하게 하는 폐암이나 천식으로 발전할지도 모른다. 한번 담배를 피울 때마다 폐에 넣은 타르와 니코틴이 모두 빠지는 데는 담배를 피운 만큼의 시간을 요한다고 한다. 10년을 피웠다면 니코틴과 타르가 모두 빠지는 데는 다시 10년의 시간이 흘러야 한다는 이야기다. 20년간 피웠다면 당연히 20년이 지나야 니코틴과 타르가 몸 밖으로 모두 배출될 것이다. 그러나 운동을 열심히 하면 그 기간을 단축시킬 수 있다고 본다.

각자 금단증상이 다르긴 하지만 불면증을 동반할 수가 있다. 이 불면증은 대개 2주에서 4주까지 계속될 수 있으며 그 이후에도 계속되는 경우도 있다. 이 불면증은 갑자기 중단된 니코틴과 타르의 결핍으로 인한 몸의 긴장 때문이다.

또한 사람에 따라 두통이 동반될 수도 있다. 혈액순환 속도가 더뎌지면서 뇌로 가는 혈액과 산소를 충분히 얻지 못해서 나타나는 증상이다. 사람에 따라 다르긴 해도 1~2주 계속 되다가 멈춘다. 그러나 한 달 이상 계속되는 경우도 있다. 내 주위에서 금연을 한 뒤 피로감을 호소하는 금연 수행자가 많았다. 이러한 증상은 몸에 늘 거의 자동적으로 공급되던 니코틴과 타르의 공급이 중단되었기 때문에 몸 전체가 균형을 잃게 되어 나타나는 증상이다.

집중력의 감소를 호소하는 금연 수행자들도 있다. 담배연기의 주성분은 니코틴 타르 그리고 일산화탄소다. 이 중 니코틴은 각성작용이 있어 글을 쓰거나 문서작업을 할 때 일시적이지만 집중력을 높여준다. 그러나 일산화탄소는 세포에 산소를 전달하는 혈액의 헤모글로빈과 결합해 단기적으로 머리를 아프게 하고 장기적으로는 동맥경화와 온몸의 노화를 촉진한다. 그러니 일시적인 집중력의 향상을 위하여 평생 후회할 흡연은 하지 말아야 한다.

금연 수행자들은 체중이 대개 2~3개월간 2~3㎏ 늘어 중단하는 경우를 보았다. 그러나 성급한 판단이다. 2~3㎏ 정도 늘다가 더 이상 늘지 않는다는 사실을 알아야 한다. 음식을 채식 위주로 바꾸고 운동을 계속하면 체중이 늘지 않고도 금연할 수도 있다. 또한 금연 후 공복감은 대부분의 사람들이 느끼는 증상이다. 입이 심심하여 평소에 먹던 양보다 더 많이 먹으려는 경향이다.

금연 후에 우울해지는 것은 흔히 나타나는 현상인데 이런 증상은 수일간 지속되다가 사라진다. 이런 우울증 때문에 담배를 다시 피우기 시작한다면 좌절감과 죄책감으로 더 우울해질 수 있다. 담배 안에 있는 니코틴은 혈액순환 속도를 증가시키고 정신적 안정감을 주며, 긴장을 해소하는 진정효과로 중추신경계에 큰 영향을 미친다. 금연을 하면 이 니코틴이 더 이상 공급되지 않아 신경계가 혼란스러워져 신경과민 증상이 나타나게 된다. 곧 사라지는 증상들이다.

금연 후 발생하는 이러한 금단증상에 대처하는 단기 처방으로 찬물 마시기와 양치질을 자주 하는 것을 권한다. 흡연 습관에 따라 흡연 욕구가 배가되는 순간에 양치질을 하면 효과적이다. 예를 들어 기상 직후, 식사나 커피를 마신 후, 음주 후, 배변 시 등이다. 양치질을 하면 흡연 욕구를 순간적으로 억제하는 데 도움이 된다.

그리고 이러한 증상이 있을 때 물을 자주 마시라고 권한다. 물은 니코틴을 희석시켜 흡연 욕구를 줄여주는 한편 혈액순환과 체내 노폐물 제거를 통해 피부미용과 신진대사에도 효과적이다. 흡연 욕구가 들 때마다 담배 대신 신선한 물로 선강을 채운다는 마음가짐으로 물을 마셔보자.

또 담배를 피우고 싶을 때는 운동을 할 것을 권한다. 가벼운 산책이라 할지라도 운동은 흡연 욕구를 반감시킨다.

▌금연보조제와 약물 사용

금연 후 생기는 금단증상(불안·긴장·불면증 등)을 완화하기 위해 담배의 유해성분을 함유하지 않은 순수 니코틴을 외부에서 공급해 주는 방법이다. 일종의 니코틴 대체요법인 셈이다. 의사들은 "니코틴은 마약과 같은 물질이지만 적은 양으로 담배를 끊는 6~8주 동안 쓰는 것은 문제가 되지 않는다"고 한다. 현재 시판되고 있는 금연 보조제에는 패치형(니코레트와 니코스탑)과 껌형(니코레트)이 있다. 금연 성공률은 패치형의 경우 1.8배, 껌형은 1.6배 높은 것으로 보고되고 있다. 둘 다 일반의약품으로 분류돼 의사 처방 없이 약국에서 구입 가능하고 보건소에서는 무료로 얻을 수 있다.

니코틴 패치는 금연 시작일 아침에 목 아래에서 허리 위쪽 몸통이나 팔에 부착하면 된다. 6~8주 동안 붙이면 효과를 볼 수 있다. 패치를 붙이고 있는 동안 흡연은 절대 금물. 혈중 니코틴 농도가 너무 높이 올라가 구토나 두통 등의 증세가 올 수 있기 때문이다.

니코틴 껌은 3개월간 하루 8~12개씩 사용하는 것이 적당하다. 껌을 씹기 시작해서 니코틴의 특유한 민트향이 나면 잇몸과 뺨 사이에 껌을 물고, 구강 점막을 통해 니코틴이 흡수될 수 있도록 한다. 이 동작을 30분간 또는 껌의 맛이 없어질 때까지 반복한다. 그러나 "패치형이든 껌형이든 심혈관질환이나 위궤양, 피부 알레르기가 있는 자, 임신 중인 산모나 18세 이하 청소년들에게는 안정성이 확립돼 있지 않아 사용을 금해야 한다"고 의사들은 경고하고 있다.

금연을 위해 약물을 쓰는 경우도 있다. 항우울제로 쓰이는 부프로피온 (bupropion)이 대표적인 약물이다. 의사 상담과 함께 7주간 사용하고 끊었을 때 금연 성공률이 2배 정도 높은 것으로 알려져 있다. 그 후유증도 아직 검증되지 않았다. 보험 적용이 되지 않아 약값이 비싼 게(월 12만 원 정도) 흠이고 또 간질이나 경련·뇌손상·폭식증 환자나 정신과 약물을 복용하는 사람은 사용할 수 없다. 그러나 'RBDM 금연법'에서는 약물사용 등을 가급적 금한다.

금연으로 얻는 것들

금연 수행자들은 금연 즉시 흡연자에서 바로 비흡연자로 분류되는 영광을 얻는다. 대한민국 국민으로서 '국민건강증진법'에서 정하는 흡연 계몽 대상자에서 제외된다.

금연 수행자는 제일 먼저 가족들에게 간접흡연을 시키지 않아 가장으로서 체면이 서게 된다. 또한 주위 사람들에게 간접흡연을 시키지 않게 되어 매너가 좋은 문화시민의 대열에 들어간다. 청소년들이 흡연을 멈추면 당장 학습에서 경쟁력을 얻을 수 있어 평균 30% 이상의 성적향상을 가져올 수 있다. 또한 하루 한 갑을 피우던 금연자는 매일 2,500원의 담뱃값을 절약할 수 있으며 두 갑을 피우던 금연자는 5,000원의 담뱃값을 절약할 수 있다. 2015년부터 2,000원이 인상된다고 하니 더 많은 돈이 절약되는 셈이다.

금연자의 애인이 제일 좋아할 것이다. 담배를 피울 때 간접흡연을 하지 않아 좋고 공원·카페·공공건물 등 금연건물 내에서 오랫동안 데이트를 즐길 수 있기 때문이다. 금연 수행자들은 보건소 등에서 금연을 위해 요청하는 경우 금연보조제도와 금연지침서를 제공받을 수 있고 30일간 총 7회의 금연상담을 무료로 받을 수 있다.

금연 5~20분 후부터 혈압상승이 멈추고 맥박이 정상으로 진행되기 시작한다. 손발의 체온이 정상으로 돌아오고 피부의 니코틴이 줄어들기 시작한다. 구강 내의 니코틴과 타르의 양이 점차 줄어들고 몸의 담배 냄새도 옅어진다. 금단증상으로 곤혹스러움은 있겠지만 비정상의 몸 컨디션이 정상의 컨디션으로 바뀌는 과정으로 생각해야 한다.

금연 8시간이 지나면 혈중 일산화탄소와 산소량이 정상으로 회복되기 시작 한다. 혈액 내의 니코틴과 타르의 양이 현격하게 줄어들고 뇌의 산소량이 많아지기 시작한다. 금연 24시간이 되면 심장의 발작 위험이 줄어들고 혈액 내 니코틴과 타르의 양은 20% 수준까지 떨어진다.

금연 48시간이 지나면 기도 점막의 세포가 되살아나기 시작하여 후각이 예민해지고 미각이 향상된다. 음식의 맛을 알게 되어 식욕이 살아나기 시작하고 금연 2주부터는 폐기능이 좋아지기 시작하여 3개월이 지나면 폐 기능의 30%가 회복된다. 혈액 순환도 정상화된다. 머리가 맑아지고 몸에서 담배 냄새가 거의 사라진다. 폐와 기관지의 기증이 좋아지고 감기에 걸릴 가능성이 줄어든다.

금연 3개월이 지나면 기관지 섬모 기능이 회복되고 남성의 경우 정자 수가 증가하면서 성생활 능력이 향상된다. 금연 9개월이 지나면 기관지와 폐기능의 개선으로 감기나 독감에 걸릴 수 있는 가능성이 현저하게 줄며 피로감이 줄고 폐활량이 좋아진다.

금연 1년이 지나면 심장병 발병 위험이 절반으로 떨어지고 얼굴색은 완전히 밝아지며 기관지와 폐기능이 60% 이상 좋아진다. 폐와 허파꽈리의 기능이 현저하게 향상되어 니코틴과 타르의 양이 상당량 줄어들게 된다. 금연 5년이 지나면 폐암으로 사망할 확률이 흡연자의 절반으로 감소하게 된다. 금연자의 기대수명이 현저하게 늘어난다.

보건복지부에서는 30일 금연 성공자를 대상으로 이후 11개월 동안 금연유지, 금연의 중요성 재인식, 금연유지를 위한 생활관리, 금연을 통한 자기보상, 금연 후 심리적 신체적 변화 확인 등 총 14회 상담을 내용으로 금연 유지 프로그램을 제공한다. 경기도 하남시에서는 6개월 이상 금연에 성공한 대상자에게 기념품을 제공하고 폐암검사 혜택도 준다.

제3부

RBDM 금연법이란?

RBDM 금연법 소개

'RBDM 금연법'의 의의부터 알아보자. RBDM의 어의는 Running(달리기, 유산소운동)의 R, Bathing(반신욕, 씻기)의 B, Drinking(몸 니코틴 씻어내기)의 D, Meditation(명상, 우주의 氣받기)의 M을 조합한 것이다. RBDM 금연법을 우리 말로 표현하자면 "뛰어 땀을 내어 닦고, 폐와 몸속의 니코틴을 씻어내어, 명상의 정신에너지(氣)로 담배를 끊는다."는 의미이다.

RBDM 금연법의 특징을 더 축소하여 정의하자면 "오로지 정신에너지로 담배를 끊는 것"이다. 일체의 약품·금연보조제·기구 등의 사용을 자제하고 오직 운동·명상을 통한 에너지(氣)로써 금연을 실시하는 것이다. 법(法)이란 진리·규범·관습·의무·가르침과 같이 다양한 의미를 갖는 개념이나, RBDM 금연법의 '법'은 '방법'의 의미로 쓰이고 있음을 기억해 주기 바란다.

RBDM 금연법에서 가장 기초가 되는 생각의 바탕은 "세상사 모든 일은 마음먹기에 달려있다"는 것을 전제로 한다. 담배 피우고 싶은 생각도, 슬프고 짜증나는 일도, 생각을 거두고 마음을 비우면 아무것도 아닌 마음, 즉 편안한 마음이 될 수 있다는 말이다.

우리가 늘 아침마다 보는 신문의 사회면에는 온갖 나쁜 사람들로 가득한 것 같고, 세상이 곧 뒤집어질 것 같지만 지구상에는 좋은 사람이 더 많은 법이며, 세상에는 문제가 많은 것 같지만 진화의 바른 길로 가게 되는 것이다. 세상을 긍정적으로 살고 열린 마음으로 세상을 보라는 의미이다. "금연도 흡연도 모두 마음먹기에 달려있다"는 것인데 왜 금연을 할 수 없다는 말인가? "마음먹기에 따라 누구나 금연할 수 있다"는 것이 이 금연법에서 강조하는 것이다.

RBDM 금연법에서 세상의 중심은 '나'라는 것을 강조한다. 즉 현재 금연을 수행하려는 내가 이 세상의 중심인 것이다. 이 세상의 중심은 부모·종교·직장·가족 등이 아니고 내가 오히려 그들의 중심에 있다는 것을 전제로 한다. '내가 없다면 세상도 없다'는 데서 RBDM 금연법은 시작된다.

세상은 나를 중심으로 움직이고 있으며 나를 위해 존재하는 것이다. 나를 떠난 세상은 생각할 수 없다. 내가 있어 가족도 있고 친구도 있고 친척도 있다. 내가 있어 사회도 존재하며 나라도 존재한다. 내가 있어 지구와 우주가 있는 것이다. 내가 나의 주인이고 내 가정의 중심도 나고 이 사회의 주인도 나며 이 나라의 주인도 나다. 이 우주의 주인도 바로 나다.

나와 이 우주의 주인인 내가 나의 주인이기 때문에 '금연을 실행하고자 하는 결정'을 스스로 한 것이다. 그리고 금연 결정을 한 것은 금연을 수행하려는 본인의 깨달음으로부터 온 것이다. 그 깨달음의 에너지(氣)가 어디에서 왔는가는 문제되지 않는다. 다만 금연 수행자는 깨달음이 어디서부터 왔는지 알고 있다. 금연자가 큰 깨달음을 얻고 세상을 '일체유심조(一切唯心造)'의 눈으로 보기 시작한 것이다. "세상사 모든 일은 마음먹기에 달렸다"는 것을 믿음으로써 금연자는 '반드시 금연에 성공할 수 있다' 것을 전제로 하는 것이다.

RBDM 금연법에서 강조하는 것이 '내 마음의 의지로 담배를 끊을 수 있다'는 것인데, 금연 수행자가 금연을 결정한 것은 흡연이 자신의 건강은 물론 '나'를 중심으로 생활하고 있는 모든 사람의 건강에 해롭다는 것과 이 우주의 중심인 내가 건강해야 나를 둘러싸고 있는 모든 사람이 건강할 수 있다는 것을 깨달아서다. 이로써 모든 금연 수행자들의 금연 결정은 성스럽고 잘한 결단이며 반드시 성공할 수 있는 것이다.

그러나 금연 수행자들의 '끊겠다'는 각오와 의지는 '구도(求道)의 길'이다. 금연 수행자들의 성스러운 금연의 길에는 '니코틴'과 '타르'라는 방해물질이 배수진을 치고 훼방을 놓고 있기 때문이다. 그렇기 때문에 그 길은 험하고 가파르며, 언제 어느 때 나락으로 굴러 떨어질지 가늠하기 어렵다. 금연 수행자들이 똑바로 정신을 차리고 한발 한발 조심해서 걸어야 하는 길이다.

그러나 금연 수행자들의 '구도(求道)의 길'에는 다행스럽게도 '우주의 기(氣) 에너지를 활용할 수 있다'는 특권이 존재하고 있다. 이 우주의 기(氣)를 활용할 수 있는 것이 RBDM 금연법의 수행법과 맞닿아 있는 것이다. 즉 '이 세상의 중심은 나'이며 '나를 떠난 세상은 생각할 수 없다'는 믿음과 일치하고 있다.

RBDM 금연법에서는 '나를 둘러싸고 있는 것은 모두 나를 위하여 존재한다'는 것에서 출발한다. 따라서 '우주의 에너지(氣)도 금연 수행자의 금연을 위한 에너지(氣)로 사용할 수 있게 되는 것이다.' 자기 자신을 '이 우주의 중심인 동시에 마음의 출발점'으로 인식하고 있으므로 '나의 마음이 곧 우주'인 것이다.

RBDM 금연법은 담배를 여러 번 끊으려다 실패한 사람들을 대상으로 한다. 물론 초심자는 단 한 번에 가능할 수 있다. 담배를 끊으려고 이 방법 저 방법을 모두 사용해 보았고 금연을 위한 보조제와 금연기구, 심지어 금연음식을 섭취하는 등 할 수 있는 방법을 모두 동원해 보았지만 끊지 못한 사람들이 있다. 그 실패의 원인은 외부의 허접스러운 물건과 방법에만 의존했기 때문이다.

그런 수행자들이라면 RBDM 금연법을 마지막으로 택할 필요가 있다. RBDM 금연법은 어떤 외부의 물건이나 타인의 도움에 의한 금연과는 거리가 멀다. 모두 자신 내부의 의지에 의해서만 금연을 수행할 뿐이고 광활한 우주의 기(氣)에너지를 이용할 뿐이다.

RBDM 금연법은 인간의 정신에너지(氣·意志)를 발현시켜 그 에너지의 힘으로 담배를 끊게 하는 방법으로, 담배 피우는 사람의 '몸(實體)'과 '마음(氣)'만 있으면 된다. 이 세상 누구나 마음만 먹으면 스스로 혼자서도 할 수 있고 금연에 누구나 성공할 수 있는 금연법이다.

RBDM 금연법은 Running · Bathing · Drinking · Meditation의 순서로 진

행된다. 이는 금연을 위한 정신력을 강화시키기 위해 정신에너지를 생성시키는 '운동'과 '명상'을 불가결의 요소로 한다. 운동과 명상은 금연의 의지를 강화시키고 보다 쉽게 금연에 성공하게 하는 필수적인 요소다. Bathing·Drinking도 그 중요성에 있어서는 운동이나 명상과 비슷하지만 명상에 이르기 위한 과정이라는 점에서 명상의 보조과정이라고 할 수 있다. 명상의 순서는 기본적으로 3단계로 나뉘는데, 각 단계마다 금연명상자(이하 수행자라 한다)가 그 단계의 에너지를 얻어야 한다. 3단계이지만 '들어감(正坐)'과 '나옴(宣言)'을 제외하면 실제로는 '참명상(眞瞑想)'만이 존재한다.

다음 단계로 진행하기 위해 필수적으로 얻어야 하는 정신 에너지가 있다. 수행자의 형편에 따라 정확하게 말하면 '담배를 피우고 싶을 때마다' 수행해야 하는 관계로 처음에는 많은 시간과 노력이 필요하나 혼자서 얼마든지 가능하고 주위 사람과 같이 하면 더 성공의 확률을 높일 수 있다.

수행자가 명상에 들어가기 전에 거쳐야 할 세 가지의 과제가 있는데, 그것은 Running, Bathing, Drinking 과정을 거쳐야 한다. 이 과정도 쉽다고 생각하면 안 된다. 오히려 효과적이고 성공적인 명상을 수행하려면 Running, Bathing, Drinking의 과정을 잘 수행해야만 한다. Running, Bathing, Drinking의 과정에서 수없이 많은 자기와의 금연 키워드(keyword)를 접목하고 자기에게 적합한 키워드를 다시 만들어 자신과의 투쟁을 하는 과정과 맞물려 있기 때문이다. 이제부터 금연 수행자는 자신의 일거수일투족이 모두 금연 성공과 연결되어 있다는 점을 잊어서는 안 된다.

▌ 엔도르핀과 금연

금연 수행자들은 당분간 스트레스를 덜 받는 생활을 하도록 권고하고 있다. 금연 수행자들이 화를 내거나 강한 스트레스를 받으면 뇌에서 '노르아드레날린(강력한 혈압상승제 역할을 하는 신경전달물질)'이라는 물질이 분비되는데 이

물질은 호르몬의 일종으로 대단히 강력한 독성을 가지고 있기 때문에 금연에 좋지 않은 결과로 발전할 수 있기 때문이다.

이를 증명하기 위해 한 연구소에서 쥐를 가지고 실험했다. 쥐 8마리를 4마리씩 실험군과 비교군으로 나누고 한 상자의 쥐에게는 먹을 것을 비롯하여 생활환경을 잘 조성해주었다.

다른 상자의 쥐들에게는 먹을 것을 적게 주는 한편, 옆에 고양이를 놓아 항상 불안에 떨게 했다. 가끔 스피커로 고음을 내기도 하였으며 물을 뿌리기도 하였다. 그 상자의 쥐는 7일 만에 1마리가 죽었고, 10일과 11일 만에 나머지 3마리가 죽었다. 한편 환경을 좋게 해준 쥐들은 6개월 이상을 살 수 있었다.

이 실험에서 스트레스가 수명을 단축시킨다는 것이 밝혀졌고 그 원인은 '노르아드레날린'이라는 강력한 혈압상승을 유발하는 호르몬에 의한 사망임이 밝혀졌다. 이 호르몬의 독성 때문에 노화가 촉진되어 오래 살 수 없다. 인간도 쥐와 다를 게 없다. 스트레스를 강하게 받으면 인간도 사망에 직접적인 영향을 받게 된다.

따라서 금연 수행자들은 스트레스를 덜 받는 생활환경을 스스로 만들어야 한다. 그것을 만들기 위하여 운동과 명상이 필요한 것이다. 인간의 뇌는 스트레스를 받을 때는 노르아드레날린 호르몬이 분비되지만 명상을 통하여 '베타엔도르핀'이라는 호르몬도 분비하게 할 수 있다. 이 호르몬은 인간의 뇌에서 분비하는 호르몬 가운데 가장 긍정적인 효력을 발휘하는 물질이다.

만약 금연 수행자들이 명상으로 이 베타엔도르핀을 자유자재로 만들 수만 있다면 금연에 성공한 것이나 마찬가지다. 이 호르몬은 신이 인간에게 준 가장 큰 선물 중 하나. 쥐나 하등동물은 스트레스를 받으면 곧바로 노르아드레날린을 분비하지만 인간은 아무리 불쾌하고 충격적인 일을 당하여도 노르아드레날린이 아닌 베타엔도르핀을 만들 수 있다고 한다. 이것이 신이 준 선물이 아니고 무엇이겠는가? 모든 것이 마음먹기에 달려있는 것이다.

현대과학이 밝힌 바에 의하면 노르아드레날린과 베타엔도르핀은 아주 기묘한 상관관계를 가지고 있다고 한다. 아무리 불쾌한 일을 겪더라도 사태를 긍정적이고 발전적으로 받아들인다면 뇌는 신체에 이로운 호르몬을 분비한다. 인생을 유쾌하게 살아라. 유쾌하게 살면 병에 걸리지 않으며 젊고 건강하게 오래 살수 있다. 금연 수행자들이 유념할 것이 바로 긍정적인 생각을 가지고 금연생활을 하여야 한다는 사실이다.

RBDM 금연법과 키워드

RBDM 금연법에서는 키워드의 활용을 적극 활용하도록 하고 있다. 이를 수행자의 뇌에 잘 입력시켜야 금연 성공률을 향상시킬 수 있기 때문이다. 키워드는 '최면어(催眠語)' 또는 '구도어(求道語)'라고 할 수 있다. 금연을 확실하게 성공하기 위하여 수행자들이 지켜야 할 계율과 같은 것이다. 여기에서 제시하는 최면어 또는 구도어와는 다른 자기 최면어나 구도어를 개발하여 활용금연 수행자들이 나름대로 개발하여 사용할 수 있다.

RBDM 금연법에서 제시하는 키워드는 약속(約束)·혐오(嫌惡)·후회(後悔)·배출(排出)과 같은 것들이다. 이러한 키워드를 Running, Bathing, Drinking, Meditation을 수행하면서 최면어를 금연 수행자의 두뇌에 접목(기억)시켜 금연을 성공으로 이끌어야 한다. 필자가 제시한 키워드는 예시에 불과하다. 각자가 흡연을 하게 된 원인이 다르고 끊으려고 하는 배경·의지 등이 다르듯이 각자에 맞는 키워드를 찾아 Running·Bathing·Drinking·Meditation의 과정에서 흡연 기억을 지우고 금연 의지와 각오를 확고하게 하기 위한 최면어 또는 구도어로 활용하여야 한다.

1. 약속(約束, promise)

금연 수행자의 확고한 금연 의지와 각오의 확인이다. 현재 수행중인 금연 수행자들에게 다시 한 번 확인하고 싶은 것이 금연 의지와 각오다. 금연 의지가 확실하지 않으면 더 이상 금연 수행의 진도를 나가지 않길 기대한다. 그것을 제일 잘 알고 있는 것이 본인이므로 솔직한 답변을 하고 금연 수행에 임해주길 희망한다.

또한 여기까지 온 금연 수행자들도 담배와 확실하게 이별해야 한다는 의지를 확인하기 바란다. "나는 오늘 담배와는 영원히 안녕이다", "어떤 사람이 억만금을 준다 해도 담배와는 영원히 이별할 것임을 선언한다"는 의지를 다져야 한다. 이제 "나에게 숱한 원망과 병을 얻게 하고 돈까지 잃게 한 담배와 영원히 결별이다"라는 금연 수행자의 의지가 선행되어야 한다.

금연 수행자가 스스로 "담배와 이별을 해야 한다"는 것을 보다 구체화해야 한다. 누가 시켜서도 아니고 내가 내 스스로 판단해야 한다. 그간 흡연의 해독을 스스로 느껴서 "앞으로 절대 담배를 피우지 않겠다"는 각오를 확인하는 것이다. 자기체면으로 "이제 나에게는 담배 피우고 싶은 생각이 영원히 없어졌다. 담배를 끊는 데 아무 문제가 없다"는 것을 다짐해야 한다. 정말 그렇다면 "내가 오늘 가장 큰 결정을 했다"고 나를 스스로 칭찬해야 한다.

자, 그럼 필자와 약속하자. "나는 오늘부터 담배를 끊는다. 오늘부터 금연 전도사가 될 것이다." ('그렇다' '아니다') '아니다'에 체크한 사람은 금연 수행을 더 이상 진행할 수 없다.

그러면 다음과 같은 내용을 가족과 약속해 주기 바란다. "내가 만약 담배 피우는 모습을 보면 아내와 가족들이 어떤 요청을 해도 받아들이겠다"고 약속한다. 금연 수행자들은 그리하여 쿨하고 흔쾌하게 '흡연 습관'으로부터 멀리 스스로 떠나는 것이다.

누가 시키지 않아도 "내 스스로 결정했으며 나를 위해 그리고 가족을 위해 그리고 이웃을 위해 담배와 이별을 선언한다"며 담배와 영원히 이별을 선언한다. "담배를 피운 것을 후회함과 동시에 담배와의 인연을 끊음으로써 나는 이제 진정한 자유인이 되었다"고 선언한다. "나는 오늘부터 담배는 사지 않을 것이다"고 가족과 친지들에게 약속한다. "내가 만약 담배를 피우게 된다면 나에게 어떤 비난과 저주가 오더라도 달게 받겠다"는 것을 사람들에게 말한다. "내가 만약 담배와 이별하지 못하면…" 하고 자신과 약속한다. 즉 죽기를 각오하고 금연을 시작해야 하는 것이다.

2. 혐오(嫌惡, disgust)

혐오란 어떠한 것을 가까이 두기를 싫어하는 정도를 넘어 공포·불결함 때문에 역겹거나 기피하는 감정을 말한다. RBDM 금연법에서는 담배에 있어서는 관용을 용납하지 않는다. 모든 인간의 자유스런 활동과 사유에 있어서는 관용을 허용하지만 담배와 담배연기에 대하여는 일체의 어떤 변명과 궤변의 유희로도 농락할 수 없음을 천명하고 있다. 담배 무관용주의를 고수하고 있는 것이다.

담배를 가지고 '연초사탕'이니 '기호품'이니 주장하는 사람들을 '혐오'하고 담배를 피우면 스트레스를 없애고 불안을 없앨 수 있다고 주장하는 사람들도 '혐오'한다. 담배를 피우면 창조에 도움을 줄 수 있다고 하는 궤변론자를 '혐오'한다. 담배의 원료인 엽연초를 생산하는 사람들도 싫어하고 엽연초를 가지고 담배를 생산하는 사람과 회사도 싫어하며 그런 담배를 팔고 있는 사람들도 싫어한다. 그런 사람들은 생명과 건강을 볼모로 자신들의 이익만을 생각하는 사람들이기에 그렇다.

'혐오', 그리고 담배와 담배연기와의 관계를 생각하면서 금연 수행자의 '금연나라'는 담배와 담배연기처럼 허무와 자신과의 투쟁으로 세워질 수 있다고 생각한다. 그리고 내 금연 세계는 담배와 담배연기의 몰락과 소멸을 통해서만 승리를 쟁취할 수 있는 전쟁이며 구도의 길이라고 규정한다. 담배와 담배연기는 전쟁 아닌 전쟁으로 인간의 숱한 생명을 죽어가게 만들었으면서도 반성조차 하지 못하는 데 공분을 금치 못하며, 때문에 나는 담배와 담배연기에 전쟁을 선포하고 동시에 '혐오'의 대상임을 분명히 하는 것이다.

이 혐오의 대상인 '담배'와 '담배 피우는 것'을 달리기(운동)를 하면서 머리에 지겹도록 새겨 넣어야 한다. 한쪽 발에는 "담배", 다른 쪽 발에는 "혐오", 또는 "담배처단", "건강회복" 등의 키워드를 반복하여 두뇌에 기억하게 함으로써 금연 의지와 각오를 새롭게 하여야 한다. 목욕할 때에도 마찬가지다. 반신욕을 하면서 담배와 담배연기를 혐오의 대상으로 분명하게 기억시켜 놓아야 한다. 물을 마실 때도 마찬가지다. 내 폐와 폐의 허파꽈리에 들어간 니코틴과 타르를 빨리 빼내야 한다는 마음으로 물을 마셔야 한다.

명상 단계에서도 마찬가지다. 눈을 감은 내 앞쪽에 나의 적이며 내 전쟁의 대상인 담배와 담배연기를 상상하며 그 혐오의 인당(印堂; 두 눈썹 사이)점을 찍어 놓는다. 그 혐오의 점 속에는 담배와 담배연기, 그리고 내 금연세계를 건설하는 데 방해되는 모든 사물들을 모은다는 상상을 하는 것이다.

생각건대 모든 국민은 담배를 싫어할 권리를 가지고 있으며 이는 사생활의 자유뿐만 아니라 건강권 더 나아가 국민의 생명권에까지 연결되는 기본적인 권리인 것이다. 이를 무시한 그 어느 권리도 인정할 수 없다. RBDM 금연법에서는 무조건 모든 국민의 흡연권을 인정할 수 없으며 국민의 권리에서 삭제해야 하고 사라져야 할 권리라는 것을 천명한다. RBDM 금연법에서의 혐오는 이로부터 출발한다. 나의 뇌리에서 지워져야 할 담배의 기억을 혐오의 대상이라고 단정하는 것이다.

혐오는 통상적인 혐오를 뛰어 넘어야 한다. 담배는 이 세상에서 없어져야 할 물건 1호라고 나는 주장한다. 담배는 이 세상에서 가장 백해무익한 물건이고 인류문화에서 빠져 어디론가 사라져야 할 물건이며, 애초에 만들어지지 말았어야 할 '귀태 물건'이라고 생각한다. 담배와 담배연기는 담배연기처럼 사라져야 할 물건이다.

금연 수행자는 담배를 만든 사람도 미워하고 담배를 판 사람, 담배를 샀던 과거의 자신도 혐오한다. 담배는 없어져야 한 물건인데 왜 만들었으며 왜 팔았으며 나는 또 왜 그것을 사 피웠느냐고 원망하며 자신을 탓한다. 이 세상의 모든 담배를 내 눈앞에 산더미처럼 높다랗게 쌓아놓고 불을 붙여 활활 타고 있는 상황을 상상한다. 그 활활 타오르는 담배의 모습을 보며 "참 잘 탄다."

고 감탄하는 모습을 상상한다. 그 악마와 같고 저주받아야 할 담배가 활활 타오르는 모습을 보니 내 머릿속에 있는 담배 생각도 훨훨 타 없어지고 있다는 상상을 한다. 저 악마와 같은 담배가 없어져서 이 세상이 다 깨끗해진 것 같다고 생각하고 상상한다.

수행자는 혐오점을 더 간절한 마음으로 응시하면서 담배와의 전쟁에서 내가 이기고 있는 상황을 상상하며 대해 기쁨과 희열을 감추지 않는다. 담배를 모든 사람들이 싫어하고 있다고 믿는다. 그리고 담배를 피우는 사람에게 사람들이 손가락질을 하면서 그 나쁜 담배를 왜 피우느냐고 비난하고 있는 것을 상상한다.

담배는 인류에게 수많은 질병을 가져다주었고 지금도 그 담배 때문에 죽어가는 사람이 수없이 많으며 내 눈앞에서 지금도 죽어가고 있다는 것을 상상하라. 어떤 사람이 자기의 새까매진 폐를 꺼내며 울부짖고 있는 것도 상상하라. 이주일 씨가 코에 호스를 끼고 담배를 반드시 끊으라고 호소하던 모습도 상상한다. 배우 율 브리너가 죽어가면서 내가 담배를 피우다 죽었으니 당신만은 제발 담배를 피우지 말라고 울부짖던 장면도 상상한다. 나는 이제 담배를 만지지도 피지도 사람들이 담배를 피우는 것도 용서하지 않겠다고 자신과 약속하라.

딸과 아들이 아빠와 엄마가 할아버지와 할머니가 친구와 친지가 '담배는 없어져야 할 물건이며 피우지 말아야 한다'고 이야기하는 것도 상상하라. 폐암으로 죽은 귀신들이 자신들의 썩은 연탄재와 같은 폐를 들고 "이것 때문에 죽었다. 당신들도 담배를 피우면 이렇게 된다. 피우지 말라. 제발 피우지 말라"면서 울부짖으며 부탁하는 모습도 상상하라.

3. 후회(後悔, regret)

후회는 금연 수행자가 흡연한 것을 잘못된 것이라고 느끼고 이를 시정하기 위한 과정에 있는 것을 말한다. 살면서 후회는 하지 않는 것이 좋다는 것을 알지만, 오늘은 후회해야 한다. 오늘의 나는 내일의 나일 것이기에 오늘은 후회해야 한다. 더 나은 내일을 만들기 위해 오늘만은 후회해야 한다. 비겁하게, 진정으로 비겁하게 금연이 두려워 포기하고 비겁하게 흡연했던 것을 후회해야 한다.

오늘 후회하지 않으면 머지않은 날 이제는 돌이킬 수 없어 가슴을 치며 통곡할 날이 올 것이므로 오늘은 후회하여야 한다. 그리고 후회하는 나는 분명 이것을 기억해야 한다. "세상은 흡연의 고통으로 가득하지만, 그것을 극복하는 RBDM 금연법수행자들로도 가득하다"는 사실을…. 그리고 이 시간 이후에 나의 사전에 후회는 결코 없다고 약속해야 한다. 다시는 후회할 일이 없을 것임을 다짐한다.

달리기를 할 때도, 목욕을 하면서도, 물을 마실 때도, 명상을 하면서도 흡연을 하였던 것에 대하여 후회의 마음을 가져야 한다. RBDM 금연법 수행자들은 흡연이 질병이었음을 깨달아야 한다. 수행자들은 이제까지 환자였다는 것을 인식해야 하는 것이다. 내가 고질적인 흡연 환자였다는 것을 인식하는 것부터 후회의 출발을 한다.

환자가 아니라면 왜 생명이 단축되었고 또 중독성이 있었는지를 수행자 자신이 밝혀내야 한다. 그리하여 수행자들은 자신이 흡연이라는 질병에 걸려 있던 것을, 질병이 아니라고 생각하고 있던 것을 깊이 반성하고 후회하여야 한다. 내가 왜 흡연이라는 질병에 걸리게 되었는지에 대한 반성과 후회가 있어야 하는 것이다. 내가 악마와 같은 담배연기의 유혹과 꾐에 빠져 담배를 피웠다는 것을 스스로 인정하고 후회하는 모습을 보여 주어야 한다.

그리고 담배를 피워 내 생명이 몇 년, 혹은 몇십 년 단축된 것을 슬프게 생각하라. 내가 왜 그 허무의 담배 그리고 담배연기와 싸웠는가를 깊이 반성하고 후회해야 하는 것이다. 경제적으로도 내가 담배를 피워 없애 버린 돈이 한 가마니도 넘을 것이며 그 돈이 모두 담배연기로 사라졌다고 생각해 보라. 라면박스로도 몇 상자가 넘을 것이라고 상상하라. 그 돈을 가족을 위해서 썼으면 얼마나 가족들이 좋아했을까를 생각하고 상상하라. 그리고 계속 피울 경우 폐암에 걸려 내가 죽게 될 것이며 가족들이 울부짖는 모습을 상상하라.

금연 수행자는 프랑스의 개구리요리인 그레뉴이에(Grenouille)를 연상해 볼 필요가 있다. 흡연은 분명히 본인의 몸, 특히 폐와 허파꽈리에 나쁘다는 것을 알고 있다. 그런데도 당장의 흡연은 죽지도 않고 아프지도 않기 때문에 '서서히 죽음에 이른다'는 것을 잊어버린다. 그 순간! 그 찰나! 일시적인 흡연 유혹을 뿌리치지 못하고 또 피운다. 서서히 죽어가는 폐와 허파꽈리의 고통은 생각하지 못한 채 흡연의 달콤함(?)에 빠져 있는 모습이 그레뉴이에의 개구리와 다를 게 무엇인가? 흡연하는 사람은 15℃의 물에 안주하고 있는 개구리와 다를 바 없다. 더구나 흡연자들은 가족들과 이웃들에게도 고통을 주고 있으니…. 개구리만도 못한 인간이었음을 후회하여야 한다.

> ### 그레뉴이에(Grenouille)
>
> '삶은 개구리 증후군'(boiled frog syndrome), 또는 '비전상실 증후군'이라는 말이 있다. 프랑스의 개구리요리인 그레뉴이에에 관한 이야기이다. 살아있는 개구리를 끓는 물에 갑자기 넣으면 놀라서 뛰쳐나오므로 15℃ 정도의 미지근한 물에 넣고 서서히 끓이는 것이다. 그러면 개구리는 온도 변화를 느끼지 못하고 유유히 헤엄치다 결국엔 죽게 된다. 이처럼 닥쳐올 위기에 대응하지 못하는 인간에 대해 이야기할 때 쓰는 말이다.

양초는 자신을 태워 세상을 밝히지만, 흡연자들은 자기 몸을 태우면서도 주위 사람들에게 피해만 주고 있다니 얼마나 비극적인 이야기인가? 하물며 지렁이도 니코틴이 몸에 닿으면 피하고, 쥐는 쥐약인 줄 알면 절대로 먹지 않는데 인간은 자신을 죽일 수 있는 독약이라는 것을 알면서도 담배를 피운다. 얼마나 바보 같고 슬프고 아이러니한 존재인가? 흡연자 자신이 얼마나 부끄러운 존재였는지를 알아야 한다.

RBDM 금연법 수행자들은 나의 흡연으로 인하여 아내와 가족들이 담배연기와 담배냄새로 얼마나 큰 고통을 겪었을까를 생각해보라. 그들이 혹 간접 흡연으로 폐암에 걸려 있을지도 모른다는 생각을 해보길 권한다. 그뿐이 아니다. 길에서, 공공장소에서 담배를 피웠으므로 내 옆에 있었던 사람들이 얼마나 욕을 했고 담배연기로 고통스러웠나를 상상해보라. 그것뿐이랴. '담배꽁초를 아무 데나 버리지는 않았나' 반성해보라. 모두가 내 흡연으로 일어난 일이고 그것이 인간으로서 할 짓이었나를 반성해 보라. 흡연자들이 담배꽁초를 함부로 버려 얼마나 많은 산불과 화재로 이어졌는가?

이제 현실적인 이야기를 해보자. 내가 담배를 피우지 않았었더라면 적어도 담뱃값을 연기를 만들어 허공으로 날려 보내지는 않았을 것이다. 책을 한 권 더 사 보았을 것이고 지금보다 정신적으로 훨씬 성숙해 있지 않았을까? 책은 사보지 않았을 수도 있다. 하지만 담배만 피우지 않아도 가족들의 건강을 위해 더 좋은 음식, 더 신선한 친환경 음식을 사다 먹을 수 있었지 않았을까? 아니, 내가 나의 발전을 위하여, 내 비전을 완성하기 위하여 그 돈을 자기 계발에 투자했더라면 현재보다 더 능력 있는 사람으로 성장해 있지 않았을까?

더 현실적으로는 이 돈을 모아 종자돈으로 활용하여 모처에 투자했다면 적어도 지금보다 더 경제적으로 더 안락한 생활을 하고 있지 않을까? 아니 이보다 더 현실적으로 이 돈을 아이들을 위하여 썼다면 더 많은 추억을 만들고 더 많은 행복을 쌓아놓지 않았을까? 여하튼 후회할 일이다.

담배를 피우는 탓에 날아가 버린 나와 나의 가족의 슬픔에 대해 금연 수행자는 혹독한 자기반성이 있어야 한다. 어찌 생각하면 담배로 인하여 돈 잃고 명예 잃고 신뢰 잃고 내 건강과 가족의 건강까지 위협한, 하지 못할 짓을 도맡아 해온 불량스러운 사람이었음을 인정해야 한다. 내가 일생을 두고 하지 말아야 할 흡연을 함으로써 흡연이라는 질병에 걸리고, 가족에게도 고통을 주었음에 미안한 마음을 가지고 후회하고 용서도 구해야 한다. 친구와 친지 그 밖에 다른 사람들에게도 많은 피해를 주었다고 용서를 구하며 후회하는 마음을 가져야 한다. 예전에 금연을 시도했었는데 끊지 못하였다면 그때 끊지 못하였던 것을 후회하여야 한다.

그해 겨울, 내가 흡연을 하지 않았다면 그때 내 아내와 내 아들·딸은 감기에 걸리지 않았을 테고 그러면 병원에도 가지 않아도 되었을 것이라는 것을 인정하고 후회하여야 한다. 내가 만약 담배를 피우지 않았더라면 지금보다 많은 책과 많은 지식을 얻어 더 똑똑한 사람이 되어 있었을 텐데 담배를 피우는 바람에 경쟁력에서 뒤지게 되었다는 것을 인정하고 후회하여야 한다.

담배를 피우는 시간에 공부를 하였더라면 시험에 합격하였을 텐데 담배를 피우는 바람에 떨어졌다는 것을 솔직히 인정하고 후회하여야 한다. 내가 만약 담배를 피워 내버린 돈을 모아 은행에 복리로 저축했더라면 집을 한 채 사고 저 앞에 있는 빌딩을 샀을 것이라는 것을 인정하고 후회하여야 한다. 내가 만약 몇 년만 먼저 담배를 끊었더라면 나는 이렇게 피부가 노화되거나 늙지도 않았을 것이고 더 깨끗한 얼굴로 사람들에게 존경을 받고 더 잘 살 수 있었다는 것을 인정하고 담배를 피웠던 것을 후회하여야 한다.

이때 RBDM 금연법 수행자들은 자신의 가슴을 치면서 후회의 마음을 표현할 수 있다. 가슴을 치는 행위는 자신의 잘못을 인정한다는 의미이며 나의 잘못을 가슴 깊이 깨닫고 있으며 앞으로 절대로 담배를 다시 피우지 않겠다고 자신과 약속한다는 의미를 내포하고 있다. 절대로 종교적인 것은 아니고 일종의 자기체면으로 금연의 의지를 스스로 강화시키고자 하는 의미를 담고 있는 것이다.

필자도 금연을 위해 달리고 씻어내고 마시며 명상에 잠길 때 자기최면을 걸면서 수많은 자신과의 싸움을 하였고 자기와의 투쟁을 통하여 금연 약속을 스스로 하였다. 나의 의지와 각오를 강화하기 위한 여러 가지 구도어와 최면어를 반복하여 대뇌에 입력시키는 행위를 병행하였다. 이때 자기 자신만의 특별한 최면어와 구도어를 개발하여 사용할 수도 있다.

4. 배출(排出, emit)

배출이란 무엇인가? 인간은 생명을 유지하기 위해서 음식물을 섭취한다. 보통 3대 영양소라 불리는 것은 탄수화물·지방·단백질이다. 탄수화물과 지방은 소화 과정에서 에너지를 만드는데, 이때 음식물 속의 영양소들이 소화관을 따라 내려가다 흡수되지 못하고 남은 음식찌꺼기를 항문을 통해 대변으로 내보내는 것을 배출이라 한다. 좀 복잡하지만 이 책에서의 배출은 배설과 배출이 함께 쓰인 복합어라고 생각하면 된다.

더 전문적인 의학용어로 설명할 수도 있지만, 흡연자의 몸속에 있는 독소를 배출하고 몸속의 독성성분을 해독하는 것이 중요하다는 것만 알고 있으면 된다. 금연 수행자들은 흡연하는 동안 니코틴과 타르를 자신의 몸속에 강제로 집어넣었으므로 이 니코틴과 타르를 몸속에서 배출해야 한다. 이 니코틴과 타르를 어떻게 빨리 몸속에서 빼낼 수 있느냐에 금연성공 여부가 달려 있다고 해도 틀린 말이 아니다. 우리 몸속에 있는 니코틴과 타르의 성분이 중독성을 유발하여 금연 수행자들이 금연에 실패하게 되는 것이기 때문이다. 흡연 당시 흡연자들이 스스로 집어넣은 성분을 스스로의 노력으로 하루 빨리 금연 수행자들의 몸에서 빼내야 한다. RBDM 금연법의 주된 방법도 니코틴과 타르의 성분을 빨리 배출케 하는 데 모아져 있다.

금연 수행자들이 담배를 피우기 전의 시절로 돌아가 보자. 그 시절에는 공기가 얼마나 맑고 깨끗했었는지 기억하고 있을 것이다. 공기만이 아니고 냇가의 물은 얼마나 깨끗했는가? 또 이웃들의 인심은 얼마나 좋았는가? 모두 참 좋은 시절의 추억일 것이다. 또한 그 시절 나의 폐는 얼마나 깨끗했을 것인가를 생각해 보자. 좋은 공기만을 마셨을 것이며 깨끗한 물을 마셨을 텐데…. 아마 나의 폐는 '지고지순의 상태!', '더 깨끗할 수 없는 상태!', '깨끗한 폐와 허파꽈리의 종결자!'였지 않았을까? 금연 수행자들의 과거도 모두 그랬을 것이다.

자, 그러면 그 시절의 폐와 허파꽈리로 돌아가려면 어떻게 해야 될 것인가? 눈치 빠른 금연 수행자들은 이미 그 해답을 알고 있을 것이다. 아니, 필자보다 그 방법을 더 잘 알고 있을지도 모를 일이다. 그것은 바로 담배를 피우기 이전의 내 몸의 폐와 허파꽈리 상태로 돌아가는 것이다. 여기에서 또 한 번의 금연 의지를 다지자! 내가 담배를 피우지 않았던 어린 시기에는 내 몸의 폐와 허파꽈리가 얼마나 깨끗하였는지, 그로 인해 피부는 얼마나 깨끗했으며 몸과 마음이 얼마나 순수했었는지….

"그 시절로 돌아가자!"고 외쳐보자. 또 "나는 돌아갈 수 있다!"고 외쳐보자. 늦었지만 이제라도 그 시절로 돌아가고 싶다는 강렬한 희망과 의지를 다지는 것이다. 하지만 담배를 피우기 전의 깨끗했던 상태로 완전히 돌아가지는 못할 것이다. 그래도 "내가 이제부터 금연하고 그간 넣었던 니코틴과 타르를 빼내면 담배 피우기 전과 비슷한 상태로는 될 수 있다"는 강력한 희망과 의지를 다지면서 "나는 할 수 있다"를 외치자. 그러자면 내 폐와 허파꽈리에 붙어 있는 니코틴과 타르와 온갖 담배와 관련된 모든 공해물질들을 모두 몸 밖으로 배출하는 '금연 수행'을 계속해야 한다.

뿐만 아니라 또다시 흡연하고 싶은 나쁜 생각까지도 모두 버리겠다는 의지를 증강시켜야 한다. 마음·성격·습관·감정 등으로 마음속에 독소가 생기고 있다면 빨리 이 독소를 수행자의 몸 밖으로 배출시켜야 하는 것이다. 마음·성격·감정 등을 어떻게 배출할까? 운동을 하여 땀으로 배출시키고 찬물을 마셔 폐의 니코틴과 타르를 씻어내고 명상을 통하여 마음으로 버리는 것이다. 모든 욕심의 너울에서 벗어나는 것이다. 나를 낮추어 무상의 마음으로 나를 내려놓는 것이다.

놓아 버리고 내려놓으면 편한 것이다. 마음이 편해지면 내가 보인다. '오늘도 나는 운동을 했으며 목욕을 했을 뿐만 아니라 좋은 물을 마셨고 RBDM 금연법의 명상을 하고 있다'고 칭찬하자. 오늘 나는 금연의 수행자로서 보람 있는 일을 하고 있다는 것을 자랑스럽게 생각하자. 내가 흘린 땀으로 니코틴과 타르를 씻어냈으며 마신 물이 내 몸속에 있는 니코틴과 타르를 씻어내는 배설의 과정을 거치고 있다고 생각하여야 한다.

'내 몸속 모든 장기에 있는 니코틴과 타르 등 온갖 나쁜 물질을 씻어 내기 위해 내일도 모레도 계속하여 RBDM 금연법을 계속할 것'이라고 자신과 약속한다. 그 배출이 빨리 진행되어 '내 몸에 독소가 0%가 될 때까지 나의 RBDM 금연법은 계속될 것'이라고 암시한다. 그래서 내 몸속에 있던 니코틴과 타르 등 모든 독소들이 차지하고 있던 자리에 좋은 물과 우주의 깨끗하고 좋은 에너지들이 채워지고 있다고 상상하는 것이다. '내 몸의 많은 부분에서 노폐물이 씻어지고 있으며 지금도 내일도 그렇게 씻어내기 위해 나는 금연 수행을 계속할 것'이라고 자신과 굳게 약속한다.

더 구체적으로 '내 폐와 허파꽈리에 붙어있는 니코틴과 타르를 몸 밖으로 빨리 씻어 내야 한다.' 나는 아직도 국립과학수사연구원에서 보았던 말기 폐암 환자의 폐를 잊을 수 없다. 허파꽈리가 모두 파괴되어 시꺼멓게 찌그러지고 울퉁불퉁해진 그 저주받은 폐의 모습을 잊을 수가 없다. 그래도 그 폐는 주인에 의해 무지막지하게 손상을 입었음에도 마지막까지 폐로서의 역할을 다하려고 생폐를 찢어 구멍을 냈다는 사실에 할 말을 잃는다.

담배를 피우는 사람들이 담배를 피우고 싶을 때마다 그런 폐의 모습을 상상만 해도 아마 담배에 손이 가지 않을 것이다. 아무리 담배가 중독성이 있다한들 폐를 그 지경으로 만들고도 담배를 피워야 한단 말인가? 인간으로서도 저히 상상할 수 없는 일이다. 이제 막 금연을 시작한 수행자들은 가끔 그런 끔찍한 사진을 저장해 놓고 특히 담배를 피우고 싶을 때 한 번씩 꺼내 보는 것도 담배의 유혹에서 벗어나는 방법이 될 수 있다.

RBDM 금연법을 시작했다면 반은 이미 성공한 것이나 다름없다. 왜냐하면 이 금연방법은 다른 금연법과 달리 스스로 금연보조제나 약품의 사용을 가급적 자제하고 순수하게 수행자의 '의지만으로 끊을 수 있다'는 것을 전제로 하기 때문이다. 금연껌을 씹는 방법조차 사용하지 않는 것이 좋다. 오로지 달리기와 목욕과 생수와 명상만을 가지고 금연을 실시하는 것이 좋다. 껌을 씹게 되면 혹시나 금연 수행자의 의지가 흔들릴 수도 있기 때문이다.

제일 중요한 것은 금연 수행자의 의지이고 다음으로 중요한 것이 명상에서 얻은 우주의 에너지로 금연을 실천하는 것이다. 그렇지만 금연 수행자의 의사에 따라 금연 껌을 씹는 것이 도움이 될 수 있다고 판단된다면 금연껌뿐만 아니라 금연약품과 금연보조제의 사용을 어찌 말릴 수 있겠는가? 금연 수행자의 의지를 약화시키지 않는다면 사용할 수 있다. 그러나 RBDM 금연법은 이러한 금연보조제 없이 금연 수행자의 의지만으로 끊는 것을 원칙으로 하고, 그래야 성공가능성을 높인다.

숨쉬기도 니코틴과 타르가 밖으로 배출되는 과정이라고 생각하라. 명상에서의 복식호흡도 내 몸에 있는 니코틴과 타르가 밖으로 배출되고 있는 것이라고 믿는 것이다. 호흡을 더 깊게 하면 할수록 더 많은 니코틴과 타르가 내 몸 밖으로 배출되고 있다고 상상한다. 이러한 상상만으로 '내 몸의 니코틴

과 타르는 몸 밖으로 배출될 수 있다.'

RBDM 금연법의 순서

1. Running(유산소운동)

RBDM 금연법에서 필요한 운동은 반드시 유산소운동이어야 한다. 그 이유는 유산소운동을 통해서만 흡연자가 그간 거의 강제로 집어넣은 니코틴과 타르를 희석시켜 공기를 통하여 씻어낼 수 있기 때문이다. 근력운동을 하지 말라는 이야기가 아니고 반드시 유산소운동으로 마무리해야 된다는 것을 강조하기 위함이다. 달리기가 가장 좋지만 자전거타기·등산·수영 등 땀이 흠뻑 날 정도면 어떤 유산소운동이라도 좋다. 다만 주의할 것은 공기가 맑은 곳에서 운동을 해야 된다는 것이다.

> ### ▌왜 유산소운동인가?
>
> 집중력을 높이기 위하여 유산소운동이 필요하다.
> 인간에 의하여 길러진 지 400여 년이 넘는 카나리아는 십자매·잉꼬와 더불어 3대 사육조로 불린다. 특히 맑고 아름다운 울음소리가 매력적이고 개체변이도 가장 다양하다. 이 카나리아는 매년 봄이 되면 새로운 노래를 부르는데, 이때 '해마에서 수많은 세포가 새로 생겨난다'는 것이 밝혀졌다.
> 학자들의 연구에 의하면 운동하는 쥐는 운동하지 않는 쥐에 비해 해마의 신경세포가 활발하게 증식한다. 인간의 뇌도 운동 이후 전두엽, 해마, 측두엽 영역이 확대되는 것으로 관찰된다. 인간의 뇌에서는 신경줄기세포가 끊임없이 탄생하면서 신경세포 혹은 글리아세포(gliacyte: 신경섬유, 혈관계등과 함께 신경계를 구성하는 구성단위)로 발달한다. 이때 신경세포로 자랄 수 있는 세포는 일이 있는 세포로, 할 일이 없으면 소멸하고 말지만 자기 일을 찾으면 뇌세포로 성장

한다. 즉 용불용설이다. 쓰면 쓸수록 활성화되고, 쓰지 않으면 소실된다. 이를 뇌 과학자들은 '헵의 법칙'이라고 부른다.

뇌를 자극하여 기억력을 높이려면 뇌를 끊임없이 자극해야 한다. 끊임없이 자극하고 새로운 것을 학습시켜야 하는 것이다. 뇌를 훈련시키기 위해서 가장 좋은 방법은 유산소운동을 한 후 학습하는 것이 가장 효과적인 방법임이 밝혀졌다. 그렇다고 너무 과격한 운동을 하면 전두엽에 혈액이 제대로 전달되지 않아서 새로운 사실을 기억하기 어렵다. 유산소운동과 학습의 방법이 두뇌를 좋아지게 하는 것이다.

다음으로 꾸준한 독서도 앞쪽 뇌를 변화시킬 수 있는데 내용을 상상하며 읽어야 한다. 헵의 법칙은 인간의 뇌에도 고스란히 적용되는 법칙이다. RBDM 금연법에서의 유산소운동은 바로 학습효과를 높이기 위한 것이고 효과적인 명상을 하기 위한 준비과정이다.

아마 누구나 알던 사람의 이름이 갑자기 떠오르지 않아서 곤란했던 경험들이 한두 번 있을 것이다. 이를 건망증이라 하지만 이런 증상이 자주 발생하면 문제될 수 있다. 이를 경도인지장애(mild cognitive impairment, MCI)라고 한다. 미국에서의 연간 치매 발병률은 전체 인구의 1~2%이지만 경도인지장애의 경우는 10~15%로 훨씬 높다고 한다. 그런데 경도인지장애 환자도 운동을 통해 기억력과 사고력을 높일 수 있다는 사실이 속속 밝혀지고 있다.

연구진들의 실험결과 고강도 유산소운동을 한 실험군은 인지력(주의력과 집중력)·통합력·계획 등에서 놀라운 개선을 보였지만 가벼운 스트레칭만을 한 대조군은 인지력에서 하강선을 그렸다. 운동한 사람은 운동하지 않은 사람에 비해 기억력이 훨씬 높았다. 게다가 최대 산소 섭취량이 가장 많이 증가한 피실험자는 기억력 개선 정도가 가장 높았다.

"운동을 시작한 지 3개월이 지났을 때 뇌는 3년이나 젊어졌습니다!", "정말 대단한 발견이죠. 나이가 들어도 우리는 우리의 마음을 관장하는 뇌에 영향을 끼칠 수 있어요. 뇌를 되살릴 수 있다는 겁니다." 걷기, 수영, 달리기, 자전거 타기 등의 유산소운동은 최고의 안티에이징(anti aging) 처방전이다.

필자는 '청원 생명쌀 마라톤대회'와 조선일보의 '춘천 마라톤 대회'에 출전해 완주한 경험을 가지고 있다. 그러나 마라톤을 완주하지 않아도 된다. 운동선수처럼 체력이 강인하지 않아도 우리는 빨리 걸을 수 있고, 빨리 달릴 수 있다. 걷기라면 한 살부터 시작했으니 수십 년의 노하우가 쌓인 최고의 운동인 셈이다.

치매가 두려운가? 나이가 들수록 운동을 하라. 하루 1시간씩 일주일에 세 번 빨리 걷기를 하라. 유산소운동을 3개월 하면 뇌는 3년 젊어진다. 치매에 걸릴 위힘은 반으로 줄어든다. RBDM 금연법에서는 운동을 통하여 니코틴과 타르에 의하여 손상된 뇌세포를 재생시키고 뇌의 활력을 높여 금연 성공을 유도하기 위하여 비교적 높은 유산소운동을 요구한다.

달리기 할 때는 몸이 지면과 가급적 수직을 유지하는 것이 좋고 그런 자세는 중력을 덜 받아 좀 더 편안하게 오랜 시간 동안 달릴 수 있다. 발바닥은 운동화의 뒤꿈치가 먼저 땅에 닿고, 몸의 중심이 앞으로 이동하면서 발바닥 전체가 골고루 지면과 닿게 한다는 기분으로 달리는 것이 중요하다.

허리는 꼿꼿이 세우고, 가슴은 쫙 펴고, 엉덩이는 앞으로 당겨준다는 기분이 들도록 자세를 취한다. 어깨의 힘을 빼고 팔은 자연스럽게 내린 상태에서 팔꿈치 각도가 90°가 되도록 굽히고, 달걀을 가볍게 잡은 기분으로 살짝 주먹을 쥔다. 달릴 때는 L자 모양이 된 팔을 자연스럽게 앞뒤로 움직인다. 시선은 전방을 바라본다.

달리기를 하기 전에는 반드시 준비운동을 하고, 달린 후에는 정리운동을 하는 것이 좋다. 무릎 관절에 무리가 가지 않도록 쿠션 있는 운동화를 착용하는 것이 좋고 자신의 체력에 맞게 달리는 시간을 조정하되 땀이 흠뻑 나도록 하여야 한다. 땀을 강조하는 것은 몸에서 니코틴과 타르를 빨리 배출하여 조기에 금연 수행이 가능하게 하기 위함이다.

RBDM 금연법에서 유산소운동은 그간 흡연자가 쌓아 놓은 타르와 니코틴을 몸 밖으로 배출하기 위해서 필수적이다. 몸 안에 최대한 많은 양의 산소를 공급함으로써 심장과 폐의 기능을 향상시키고 강한 혈관조직을 갖게 하는 효과가 있다. 금연을 위하여 어차피 해야 하는 운동이지만 부수적으로 장기간 규칙적으로 실시하면 운동 부족과 관련이 높은 고혈압, 동맥경화, 고지혈증, 허혈성 심장질환, 당뇨병 등의 성인병을 적절히 예방할 수 있을 뿐만 아니라, 비만 해소와 노화 현상을 지연시킬 수 있는 효과도 덤으로 얻을 수 있다.

실내에서 하는 달리기는 가능하면 권하고 싶지 않지만 공기가 깨끗한 실내에서라면, 1968년 미국의 심장병 전문의인 케네스 쿠퍼(Kenneth Cooper)가 고안한 에어로빅(aerobic)도 괜찮다.

달리기는 누구나, 어디서나 할 수 있는 운동이다. 땀이 흠뻑 날 정도의, 시간으로는 약 30분~1시간가량의 운동량을 필요로 한다. 개인의 능력에 따라 1시간 이상의 유산소운동도 상관없다. 필자의 경우 담배 피우는 것 자체를 잊어버리기 위해 5시간 가까이 달린 날도 있었다.

달리기를 하기 전 혐오·후회·약속·배출과 같은 키워드를 충분하게 되뇌어야 한다. 달리기를 할 때는 철저하게 자기최면을 걸고 해야 한다. 자신이 달성하고자 하는 것을 음성 또는 상상으로 자신에게 지속적으로 최면을 걸어야 한다. 금연 수행자가 이루고자 하는 것이 담배를 끊는 것이므로 금연을 하기 위한 자신의 최면어를 개발하여 자기에게 끊임없이 전달하여야 한다. 담배를 끊는 데 도움이 되는 최면어라면 무엇이든 좋다.

각 개인에 따라 담배를 끊으려고 생각한 계기나 그 상황을 중심으로 한 최면어가 좋다. 예를 들자면 딸아이의 간접흡연을 예방하기 위해 금연하기로 했다면 "내 딸의 건강을 위해 반드시 금연을 해야 한다"든가 "예쁜 내 딸 위해 꼭 담배를 끊자!" 등이 최면어이고 이를 구호화한다면 "딸"과 "금연"이 키워드다.

나의 경우 달리기를 할 때는 왼발에 "내 딸!"을, 오른발에 "잘 키우기!"의 구호를 붙이며 달렸다. 그 구호는 나의 의지와 각오를 다지기 위해서 바뀌기도 하였다. 왼발에 "금연(못하면)"을, 오른발에는 "(나는)죽는다"를 연호하든지 속으로 생각하면서 뛰었다. 담배에 대한 혐오·후회·약속·배출 등의 구호를 뇌이면서 달리기도 하였다.

나의 금연동기

　나의 경우, 불혹의 나이가 넘어서 1993년에 막내딸을 얻게 되었다. 나는 당시 경찰청 국회연락관으로 근무하고 있었다. 국회연락관이라는 직책은 말 그대로 국회와 경찰청 간의 업무에 관한 연락을 담당한다. 예를 들면 국회나 국회의원들이 경찰청에 필요한 자료나 질의를 요청하면 국회연락관이 그 자료를 가지고 있는 경찰청의 부서에 전달하여 자료나 답변을 국회에 전달한다. 연락 업무 외에 국회와 국회의원의 민원을 처리하는 경우도 많았다. 그래서 국회가 열리면 새벽부터 밤늦게까지 업무가 이어지는 경우가 많았다. 국회직원·기자·국회의원보좌관·국회의원 등과의 저녁식사와 술자리가 하루가 멀다 하고 이어졌다.

　그 시절 나는 흡연력이 최고조에 달하고 있었다. 하루에 2갑이 모자랄 때가 많았다. 특히 술자리가 있는 날이면 3갑이 모자라 4갑을 피우는 경우도 있었다. 이렇게 방탕에 가까운 생활을 하면서 건강이 유지될 리 없었다. 나의 몸은 40대 초반이었지만 이미 많이 쇠약해져 있었다. 옆의 동료들도 나의 과도한 흡연에 걱정을 할 정도였고 집사람도 나의 흡연에 우려를 표하면서 잔소리가 늘어가고 있었다.

　당시 나의 집은 합정동에 있었다. 밀리지만 않는다면 여의도에서 집까지는 자동차로 불과 10여 분 거리였다. 집이 가깝다는 핑계로 평일에는 밤늦게까지 여의도에 있는 경우가 많았다. 그러던 어느 날 새벽녘에 잠이 깼다. 문제는 전날 저녁에 있었던 일이 아무것도 기억나지 않는다는 사실이었다. 기억에 남아있는 것은 다만 '누군가와 술을 마셨다는 것'뿐이었다. 누구를 왜 어디서 만나 무슨 이야기를 하면서 술을 마셨고 몇 시에 어떻게 헤어져 어떻게 집에 왔는지 도대체 생각이 나지 않았다.

　그것은 고통이고 공포 그 자체였다. 내가 어젯밤 무슨 짓을 했는지 모른다는 것! 아직 그럴 나이도 아닌데 공직자로서 부끄러운 일이었다. 이제 나이 마흔 둘! 아직 할 일이 많이 남아있는데 몸의 이곳저곳에서 벌써 경고음을 내고 있었다. 설상가상으로 엊그제 태어난 늦둥이가 천진난만하게 자고 있는데 소주 한 병에 인간으로서 맛이 가다니….

　방안에는 세 딸과 아내가 평화롭게 잠들어 있었다. 이 아이들을 잘 키워 교육을 제대로 시킬 수 있을까? 그리고 부모로서 책임을 다하고 시집을 보낼 수 있을까? 이대로 서서히 죽어가는 것은 아닌가? 이대로라면 나의 의지와는 상관없이 곧 병원신세를 지게 될 것만 같았다. 한 인간으로서 자기 인생에 책임을 다하지 못할 것 같은 생각이 엄습해 왔다. 이제 혁명적인 결단의 시기가 오고 있다는 것을 느꼈다. "그래, 이대로는 안 된다"는 결론에 다다랐다.

　이제 금연을 할 것이냐 금주를 할 것이냐를 결정하는 것만 남았다고 생각했다. 금연을 하기로 작정했다. 담배로 인한 폐해가 더 많다고 생각되었기 때문이다. 1993년 5월 8일 어버이날을 'D데이'로 정했다. 사전에 준비할 것이 무엇인가를 생각했다. 그러나 제일 중요한 것이 의지와 각오라고 생각했기 때문에 특별히 준비할 것은 없다고 생각했다. 운동화와 운동복도 있었고 목욕은 집근처의 목욕탕을 이용하기로 하였다.

　다만 아내에게 "금연하겠다"는 의사를 표시하고 "항상 생수를 냉장고에 준비해 달라"고 부탁했다. 다음으로 "나는 어린 내 딸을 잘 키워 아버지로써 책임을 다 하기 위해 죽기를 각오하고 담배를 끊겠다"고 자신에게 약속했다. 담배를 끊으려고 한 것은 그때만은 아니었다. 그 전에도 담배를 끊으려다가 술 마시는 바람에 실패한 경험이 있었고, 금연보조제에 의지하여 담배를 끊으려다가 실패한 적도 있었다. 그때에는 금연보조제도 사용하지 않기로 했으며 술은 잠정적으로 끊었다.

2. Bathing(반신욕)

　RBDM 금연법에서 금연을 하기 위한 두 번째 의식은 바로 목욕이다. 유산소운동으로 땀이 난 몸을 닦아내기 위한 절차이다. 목욕은 땀을 닦아 내기 위한 것이므로 목욕의 방법은 어는 것이나 상관없으나 가능한 한 전신의 반만 물에 담그는 반신욕을 권한다. 반신욕은 여러 가지로 인간의 건강에 좋은 결과를 가져다주는 목욕법이다. 땀을 내게 하여 니코틴과 타르를 씻어내며 혈행을 좋게 하고 신진대사를 활발하게 하며 피부호흡을 좋게 하기 때문에 빨리 금연을 성공시키는 데 도움이 된다. 유산소운동으로 쌓인 피로를 없애고 정신을 맑게 하기 위함이다. 금연 수행자의 형편에 따라 냉수욕, 온욕 등 어느 것이나 좋다.

　나의 경우는 집으로 돌아오는 길에 불가마 한증막이라는 목욕탕이 있어 그곳에 들러 목욕을 하고 집에 오는 경우가 많았다. 그곳에 가면 우선 땀을 씻어낸 다음 온탕(반신욕)-냉탕-한증막-온탕-냉탕-한증막의 순서로 땀을 추가로 더 빼고 씻어내는 방식으로 목욕을 하였다. 이러한 목욕법은 내 몸에 쌓여있는 니코틴과 타르를 빨리 배출할 수 있고 담배생각을 줄이는 데 효과적이었다. 목욕 후에 더 피우고 싶은 생각이 들기도 했었으나 뒤이어 진행된 명상시간의 즐거움을 생각하면 곧 그런 생각이 없어지기도 했다.

그러나 바쁜 사회생활을 하다보면 목욕탕에서 많은 시간을 보낼 수 없는 경우도 있다. 그럴 경우에는 시간을 아끼기 위하여 샤워로 대신하는 때도 있었다. 어떤 때는 목욕탕에 갈 때 미리 생수 1.8 l 짜리를 가지고 들어가 목욕탕에서 다 마시는 경우도 있었다. 몸의 컨디션에 따라 목욕탕에서 졸음이 와 수면실에서 잠을 청한 적도 있었다. 명상에 들어가기 전이라 할지라도 졸리면 잠을 잤다. 그러나 자고 일어나 명상은 꼭 하였다.

목욕은 흡연이라는 질병을 치료하는 데에도 효과가 크다. 37~44℃의 따뜻한 물은 긴장해 있던 근육을 풀어주며 피부나 혈관 속에 있는 니코틴과 타르를 씻어내는 데도 효과적이다. 온욕이 좋은 이유는 또한 혈관을 확장시켜 혈액순환을 촉진하고, 이때 피부 깊숙하게 있던 니코틴이나 타르의 독소가 쉽게 땀으로 배출되기 때문이다.

목욕 시간은 30~60분이 적당하다. 담배를 끊는 데 도움이 되는 목욕으로는 둥굴레차 목욕이 좋다. 둥굴레차 목욕은 니코틴으로 손상된 기관지를 보호하는 데 효능이 있고 기침을 오래하거나 니코틴으로 피부가 약해져 있거나 체중이 줄어든 사람과 뼈와 근육이 약한 사람에게도 도움이 된다고 한다.

> ▼ **반신 건강목욕법**
>
> 우리 몸의 냉기는 말초혈관의 활력을 빼앗아 전신의 혈액순환을 악화시킨다. 혈관의 역할은 신체의 각 기관과 조직에 신선한 산소와 영양을 공급하고 탄산

가스와 노폐물을 회수하는 일인데, 혈액순환이 나빠지면 생명을 유지하는 기본 기능이 저하되고 건강을 해치게 된다. 이러한 냉기를 제거하는 유일한 방법이 목욕이다. 냉기제거를 하기 위해서 좋은 목욕법으로 반신욕을 권하고 있다. 반신욕의 기본은 미지근한 물에 하반신만 오랫동안 담그는 것이다. 땀이 날 정도의 시간 동안 하는 것이 좋다. 목욕의 세 가지 효과는 온열작용·부력·정수압작용이다. 온열작용은 혈액순환과 신진대사를 촉진시키며 부력작용은 욕조 안에서 손쉽게 재활훈련이 가능하게 한다. 정수압작용은 전신을 물에 담그면 수압이 높아져 심장과 폐에 부담이 커지기 때문에 반신욕을 권하는 것이다.

3. Drinking(생수 마시기)

RBDM 금연법에서 운동을 마치고 목욕도 마쳤으니 다음 의식은 생수 마시기다. 이 생수 마시기는 흡연할 당시 흡연자가 강제로 폐를 비롯한 여러 장기에 넣어 놓은 니코틴과 타르를 씻어내기 위한 의식으로, 명상으로 들어가기 전 반드시 거쳐야 할 의식이다.

생수라고 표현하고 있으나 정확한 것은 '차게 보관한 생수'이다. 생수가 없다면 수행자의 취향에 따라 보리차·옥수수차·녹차·지장수 등을 차게 만들어 마시는 것도 무방하다. 지장수는 예로부터 인체의 독성을 빼는 데 좋다는 이야기가 있다. 그런데 시중에 나와 있는 지장수는 믿을 수가 없다. 황토를 직접 채취하여 만든 지장수라면 권할 만하다. 그러면 금연을 하는 데 많은 도움을 줄 것이다.

찬물을 고집하는 이유는 냉수는 육각수로 인체에 흡수되기 쉽기 때문이지만 개인의 컨디션에 따라 온수를 마시는 것도 좋다. 생수의 양은 정해진 것이 없다. 마실 능력이 되면 많이 마실수록 좋다는 것이 나의 판단이다. 그러나 너무 많이 마시게 되면 설사 등 부작용이 있음도 감안하여야 한다. 그간 흡연

시절에 강제로 넣어놓은 니코틴과 타르의 양이 많을 텐데 생수를 마시면 많이 더 많은 니코틴과 타르가 밖으로 배출될 것이다.

▌ 운동과 물

배출에 가장 좋은 약은 역시 '좋은 물'이다. 나의 경험으로는 좋은 물보다 니코틴과 타르를 배출시키는 데 좋은 것은 없다고 생각한다. 화학성분으로 니코틴과 타르를 배출시킨다는 제품들이 나와 있는 것으로 알고 있는데 그것은 부작용을 감안하지 않은 것이다. 화학약품으로 만들어진 제품은 반드시 인체에 또 다른 해독이 따를 수 있기 때문에 사용에 주의를 요한다.

다만 천연물질 중에도 배출을 도와주는 보조물이 존재한다. 예를 들면, 발아현미·주스·과일·효소 등을 먹으면 독소의 배출을 도울 수 있다. 지장수도 니코틴의 해독과 배출에 좋은 것으로 알고 있으나 어떻게 만들었느냐가 중요하다. 자신이 직접 황토를 채취하여 만들어 마실 수도 있다. 지장수를 만들어 파는 회사도 생겨났다. 그러나 효능에 대해서는 검증된 바 없다.

RBDM 금연법에서 권하는 더 좋은 방법이 있다. 우리가 매일 수행하고 있는 달리기(Running)다. 운동은 니코틴과 타르의 가장 빠른 배출 방법이다. 니코틴과 타르가 땀으로 배출되는 현상은 보약을 먹는 것과 같다. 땀을 흠뻑 내고 마시는 냉수를 상상해 보라. 그보다 더한 청량감과 시원함을 어디서 얻을 수 있으리….

나의 금연 수행자 시절! 담배 생각이 나면 무조건 달렸다. 달리고 또 달렸다. 왼쪽 발에는 "금연!", 오른쪽 발에는 "한다!"는 구호를 붙여 가면서 뛰고 또 뛰었다. 지칠 때까지 뛰었다. 어느 때는 구호가 달라지기도 했다. 오른쪽 발에는 "성공!", 왼쪽 발에는 "금연!" 등으로 바꿔 달리기도 했다. 구호는 생각나는 대로 수시로 바꾸었다. 담배 생각이 나면 또 뛰었다. 담배 피우고 싶은 생각을 없애는 데 뛰는 것처럼 효과적인 것은 없었다. 내가 지칠 때까지….

그리고 마시는 생수! 그때 그 물맛을 잊을 수가 없다. 내 몸속에 있던 니코틴과 타르가 놀래서 모두 밖으로 탈출할 것 같은 기분이 들기도 하였다.

그런데 금연 수행자들 중에는 영혼의 독소도 배출하여야 할 사람들도 존재하기 때문에 보다 복잡한 니코틴과 타르의 배출방법이 필요하다. 금연 수행자들이 자신의 삶에 정신적인 영양을 공급하지 못하면 금연에 성공할 가능성이 현저하게 떨어질 수 있기 때문이다. 마음·성격·습관·감정 등으로 마음속에 독소가 생기기 전 영혼의 독소를 배출시켜야 한다. 우선 편안한 자세로 마음을 안정시키고 내 영혼의 소리에 귀를 기울여야 한다.

만약 마음에 병이 생기면 그는 금연 수행자의 길을 걷지 못하게 될 것이다. 만약 그러한 심약한 금연 수행자가 발생하였다면 어느 단계에선가 잘못된 것으로, 되돌아가 다시 시작해야 한다. RBDM 금연법에서 마음의 수련은 어쩌면 다른 수행보다 더 중요할 수도 있다. 성공할 금연을 위해서는 정신적인 각오와 의지를 흩트려서는 안 된다.

4. 명상(暝想, meditation)

명상(暝想, meditation)은 딱히 '무엇'이라고 정의하기는 어렵다. 그러나 RBDM 금연법에서의 명상의 정의는 간단하다. RBDM 금연법에서의 명상은 "금연의 에너지를 만들기 위한 수행"으로 정의할 수 있다. 초월적인 절대적 · 형이상학적 의미에서의 명상은 제외된다. 다만 상대적 · 경험적 의미에서의 명상이 포함되어 있을 뿐이다.

상대적 · 경험적 의미에서의 금연명상은 개인의 흡연이유 · 습관 · 가치 · 감정 등 흡연의 주관적 편견과 선입관에서 벗어나 밝고 자유로운 모습으로 바뀌어가는 것을 말한다. 즉 흡연의 고통으로부터 자신을 해방시키고 자신의 신체와 정신을 맑고 깨끗하게 하여 금연의 강력한 의지, 즉 금연의 에너지를 만들기 위한 과정을 RBDM 금연법의 명상이라고 할 수 있다.

몸 · 호흡 · 마음을 고르게 하는 세 가지인 온기 · 목숨 · 의식은 서로 밀접히 관련되어 있어 떨어질 수 없기 때문에 함께 설명되어야 한다. 먼저 명상에 들어 갈 때에는 몸을 고르게 하여 느슨하지도 급하지도 않게 편안한 몸의 상태가 되어야 한다. 호흡을 고르게 하여 편안한 상태가 되어야 하고, 마음을 고르게 하여 가라앉지도 뜨지도 않게 하여 명상에 임하여야 한다. 편안하게 하면 된다.

"세상의 모든 것이 마음먹기에 달렸다"는 것을 수행자는 믿어야 한다. "금연도 수행자의 마음먹기에 달렸다"는 것이 RBDM 금연법 명상의 기본이다. 즉 '마음이 움직이고 시키는 대로 금연이 가능하다'는 의미이다.

'금연명상법'이 스트레스를 줄이고 생리적 건강과 심리적 건강 모두를 향상시킨다는 사실이 입증되고 있다. 생리적 스트레스를 일으키는 가장 흔한 원인은 '탈수'이며 '불충분한 산소공급'이 그다음 원인이다.

그러므로 RBDM 금연법의 수행자들은 하루에 물 6~8잔을 마시고 완전히 깊게 숨을 쉬는 '명상의 생활'을 꾸준히 한다면 '금연의 새로운 기억'과 '우주의 새로운 금연 에너지'를 자신의 수준에 맞게 끌어올려 금연에 성공할 수 있다. 아울러 금단현상에서 오는 일시적인 피로, 그리고 일반적인 통증과 고통도 줄일 수 있다. 이러한 '금연명상법'은 또한 일반적인 건강과 치유에도 도움이 되고 건강을 유지하는 방법도 된다는 것을 기억하기 바란다.

RBDM 금연법을 수행하는 자는 단연(금연)에서 오는 스트레스를 얻게 될 것이다. 단기적으로는 이 단연(금연) 스트레스가 명상을 하는 데 방해될 수 있다. 그렇다면 '금연명상'이라고 생각하지 말고 강한 호흡과 집중된 의도를 가지고 단연(금연)의 스트레스가 몸에서 떠나가는 상상을 하면서 명상하면 될 것이다. 이것 또한 금연에 도움을 줄 수 있기 때문에 '금연명상'과 동떨어진 것은 아니다. 오히려 금연에 대한 즉각 효과가 몇 시간 동안 그 효력을 지속하게 할 수도 있다.

금연을 함으로써 수행자는 마음의 고통을 얻는다. 이는 본인의 깨달음과 RBDM 금연법에서 진행하는 순서에 따라 하면 쉽게 극복할 수 있다. "이 세상의 모든 고통은 마음먹기에 따라 평온함으로 바꿀 수 있다"는 것에서 출발하여야 한다. 이 우주의 주인이 나이므로 내가 결정하는 바에 따라 무엇이나 할 수 있으므로 금연도 할 수 있는 것이다.

RBDM 금연법에서의 명상은 금연으로 인한 스트레스 관리, 금연학습 향상, 건강 증진, 니코틴 중독 치료, 심리 치료, 금연습관 교정, 자기 수양과 같은 다양한 효과를 기대할 수 있다. 금연명상은 휴식과 마찬가지로 마음을 쉬고 몸을 편히 함으로써 금연 수행자에게는 긴장 이완의 효과가 자연적으로 발생한다. 이것은 스트레스의 주요 증상인 마음과 몸의 긴장상태가 명상이라는 행위를 통하여 스스로 이완되는 효과다. 특히 일정한 틀에 얽매이지 않는 자연스러운 명상 자세는 수행자의 긴장을 푸는 데 도움이 된다.

RBDM 금연법에서의 명상 과정을 보면 먼저 수행자의 마음을 편안한 상태로 두어 스트레스의 원인이 되는 여러 가지 사고와 행동에서 수행자를 무조건 해방시킨다. 그리고 단계별로 극히 자연스러운 방법으로 흡연후회와 반성 등의 과정을 통해 흡연행동을 습관적으로 행하는 것으로부터 왔던 스트레스를 해소하여 준다. 다음 단계로의 명상을 진행하여 나가면 현재까지의 자기와 세계에 대한 통찰을 얻게 되므로 스트레스가 감소하며 금연 의지와 에너지가 발생하는 것이다.

RBDM 금연법에서의 금연명상은 담배를 피우고 싶다는 마음을 정리하며 신체적으로도 금연의 실행능력을 도와준다. 금연에 성공한 사람들은 명상 시간 외 일상생활에서도 명상적 상태에 이르는 경험들을 이야기하는데, 이런 상태를 '대체 의식대(zone of altered consciousness)'라고 부른다. RBDM 금연법에서는 이를 '담배를 피우고 싶은 마음으로부터의 탈출 과정'이라고 한다. 마음의 대체가 이루어진 상태를 의미한다.

경험자들은 이런 상태에 이르면 금연의 고통이 사라지고 '지고(至高) 상태의 쾌감'이 지속되고 있음을 보고한다. RBDM 금연법에서 수행자가 이런 상태에 이르면 담배를 피웠던 기억도, 담배를 피우고 싶다는 생각도 담배를 피워서는 안 될 것이라는 생각에 이르러 최고로 행복한 '순수쾌락 상태'에 이르게 된다. 그래서 몇 시간이고 이러한 상태에 머물기를 원하는 수행자도 있다. 멈추라고 하여도 멈추지 않고 아무것도 생각할 수 없는 무아의 경지에 이른 것이다. 일종의 금연 에너지가 몸에 충만하게 된 것이다.

▎ 명상은 금연에 어떻게 도움을 주는가?

이제부터 명상이 왜 필요하며 어떻게 금연에 도움을 주는지에 대하여 알아보자. 금연을 수행하고자 하는 자는 여러 가지 이유가 있었을 것이다. 보통 흡연하게 되는 이유도 각자 다르듯이 담배를 끊어야 하는 이유도 각각 다르지만, 한 가지 분명한 것은 금연을 결정하여 수행하려는 자는 모두 건강을 위해 금연을 결정하였다는 것이다. 이것은 금연 수행자들이 긍정적인 감정상태에 있다는 것을 의미한다. 이때 긍정적인 사고를 담당하는 뇌는 왼쪽의 전전두피질이고 이 부분이 더 활발하게 움직인다는 사실이 밝혀졌는데, 대부분의 명상 수행자들에게서 전전두피질이 활발하게 움직이는 것으로 보고되고 있다.

미국의 데이비슨 박사는 1만~5만 5,000시간 명상수행을 해온 티베트 승려 175명을 대상으로 fMRI를 촬영한 결과 한 사람의 예외도 없이 좌측 전전두엽의 활동이 우측 전전두엽에 비해 우세함을 발견했다. 이처럼 오랜 명상수행은 뇌의 활동성을 바꿔놓아 행복한 마음의 세계로 인도하게 된다고 한다. 다시 말해, 오른쪽 전전두피질이 활발해지면 불행과 고민이 많아지고, 왼쪽 반구가 활발해지면 행복해지고 열정에 찬다는 것이다. 이러한 연구결과들은 긍정적인 생각을 가지고 있는 사람들, 즉 긍정적인 사고를 가진 사람들의 금연을 결정하게 될 것이며 왼쪽 뇌의 활동을 강화시키면 금연의 성공률이 높아진다는 사실을 뒷받침해준다.

보통 사람들도 명상을 하면 똑같은 결과를 얻는다는 연구도 나오고 있다. 미국 하버드대 의대의 심리학자 사라 라자(Sara Lazar) 박사팀은 일반인들을 대상으로 하루 40분씩, 짧게는 2달, 길게는 1년 정도 명상을 하게 했는데, 그 결과 이들은 스트레스가 감소돼 기분이 좋아지고 긍정적인 사고를 갖게 되었다고 한다. 1~10시간 정도의 명상으로도 자기조절능력을 높이고 정신질환을 예방할 수 있다는 연구결과도 나오고 있다.

또 하나 유익한 발견은 명상이 면역기능도 강화시킨다는 점이다. 즉 명상을 한 사람들을 대상으로 독감 바이러스를 주사하고 난 뒤 혈액 속에 형성된 항체의 양을 조사한 결과 명상을 하지 않은 사람보다 더 많은 것으로 나타났다. 또 독감에 걸리더라도 명상을 한 사람들의 증세가 더 가벼웠다. 이는 감정의 결정점이 왼쪽 전두엽 쪽으로 많이 기울어진 사람일수록 면역수치가 더 높다는 결과와 일맥상통한다.

이러한 연구 결과물은 명상이 금연에 중요하다는 것을 넘어 필수적이라는 사실을 증명하는 것들이다. 금연을 위해 명상이 필요하고 명상을 잘 수행하면 금연뿐만 아니라 일상생활에도 도움이 된다는 것이다. 이를 꾸준하게 수행하면 행복지수가 높아지고 노화방지에도 도움이 될 수 있다.

텔로미어(telomere)는 염색체 끝부분에 달려 있는 단백질 성분의 핵산서열을 지칭한다. 이 부분에서는 세포분열이 진행될수록 길이가 점점 짧아져 나중에는 매듭만 남게 되고 세포복제가 멈추어 죽게 되는데, 이것이 노화와 수명을 결정하는 원인으로 추정되고 있다. 이는 텔로미어를 계속 생성해내는 '텔로머라아제(telomerase)'라는 효소 때문인 것으로 밝혀졌다. 그런데 명상을 계속적으로 수행한 집단의 텔로머라아제 활성이 평균 30% 더 높았다. 금연명상을 잘 하면 담배를 끊을 수 있는 것은 물론이고 오래 살 수 있는 길도 열리는 것이다. 이것이 금연명상을 해야 하는 이유다.

RBDM 금연법에서의 명상법

RBDM 금연법에서의 금연명상은 금연 수행자의 흡연 욕구로 인한 스트레스, 금단증상의 불안 및 통증을 관리할 수 있도록 돕는다. 금연명상은 기본적으로 상대적·경험적 명상에 속한다. 금연명상은 특정한 대상을 고정시키지 않지만 금연을 위한 마음가짐을 온전하게 하기 위한 의지를 기르는 수행과정을 거친다.

자신의 금연 의지가 약해지고 있음을 직감하는 수행자들은 다시금 의지를 다지기 위한 에너지를 본인의 몸과 우주의 에너지(氣)에서 구해야 하는데 그 에너지가 바로 명상에서 오는 것을 느낌으로 알 수 있다. 그 느낌이 오지 않는 수행자는 각 단계별 수행과정에서 다음으로 진행할 에너지를 얻지 못했기 때문인데, 이런 수행자는 처음으로 돌아가 수행을 다시 시작해야 한다.

Running·Bathing·Drinking의 과정을 다시 거쳐서 명상의 자리에 와야 한다. 무조건이다. 변명은 자신과의 싸움에서나 하는 것이다.

먼저 정신을 집중해야 한다. 모든 명상에서 주의를 한곳으로 모으는 것은 기본이다. 평소 우리는 외부에서 오는 자극이나 내부에서 발생되는 마음의 혼란에 의해 주의가 분산되는 경험을 많이 하게 되는데, 이러한 상태에서의 금연명상은 의미가 없다. 적정 수준의 각성과 마음의 집중을 통하여 금연명상을 위한 준비에 만전을 기하여야 한다.

호흡이 가빠지거나 마음이 어지러워져 혼란스럽다면 금연명상을 위한 마음의 자세가 아니다. 주의를 집중하는 동안에도 여러 생각, 즉 잡념이 계속해서 나타나고 사라지는 것을 경험할 수 있다. 일반적으로 주의를 집중하는 시간에 잡념이 들면 다시 원점으로 돌아와야 한다. 그 잡념을 그대로 두고서는 금연명상을 할 수 없다. 아무리 시간이 걸리더라도 최초의 상태로 돌아와 다시 시작해야 하는 것이다.

RBDM 금연법에서의 금연명상은 세 단계를 거치며 수행하게 되는데 각 단계마다 수행의 꼭지가 있고 그 꼭지어에 따르는 의식을 수반하여 진행한다. 세 단계는 정좌·참명상(眞瞑想)·선언이다. 개인에 따라 축소 또는 확장해도 된다. 다만 이러한 의식을 거치면서 자신의 금연에 대한 의지가 강화되고 확실성이 증강되는 것이다.

제일 중요한 단계는 2단계임을 잊지 말자. 2단계의 '지고(至高) 쾌락'의 경험 없이는 RBDM 금연법의 금연명상을 성공시켰다고 할 수 없다. 항문의 괄약근을 조이면 등골을 타고 올라오는 알 수 없는 짜릿한 쾌감이 온통 대뇌에 채워져 무아의 경지에 이르게 된다. 이 에너지가 바로 금연을 할 수 있는 정신에너지가 되는 것이다. 이 쾌감의 에너지는 수행자 내부의 기(氣)와 우주의 기(氣)가 만났을 때 생성되는 것으로 파악하고 있다.

또한 이 에너지는 베타엔도르핀이라는 것으로 인간의 질병을 예방하기도

하지만, 수행자가 가지고 있던 모든 질병을 치유할 수 있고 수행자를 오래오래 살게 할 에너지가 될 수도 있다. 필자가 금연을 권고한 사람들 중에는 이 지고의 쾌락 덕분에 담배를 끊을 수 있었다는 사람이 많았다. 경험하라. 지고의 쾌락, 그 경지를 체험해야 한다.

1. 정좌(正坐)

RBDM 금연법에서의 명상 1단계는 명상을 시작하기 위한 준비단계를 말한다. 목욕 후 생수를 마셨다 하더라도 냉수를 준비하여 마시는 것을 원칙으로 한다. 다만 목욕 후 마신 물과 다른 점은 이때 마시는 물은 그냥 물이 아니고 내 몸에 있는 니코틴과 타르를 씻어 낼 아주 소중한 약과 같은 작용을 할 것이라고 생각하며 마시는 것이다. 일종의 자기 최면어로 자기를 세뇌시키는 단계이다.

물을 한 잔 마신 후 잠시 눈을 감고 있다가 마음을 간추리고 심호흡을 한 뒤 정좌, 즉 바르게 앉는다. 정좌면 족하고 특별한 자세를 요하지 않는다. 의자에 앉아도 좋고 온돌방이라면 편하게 앉아도 좋다. 그러니까 가부좌, 의자에 앉은 상태로 상체와 머리를 꼿꼿하게 세운 상태, 즉 눕지 않은 상태면 족하다. 호흡을 가다듬어 마음을 최고로 편안한 상태에 두며 눈을 감고 한참 동안 무심의 상태를 유지한다. 눈의 초점은 인당(印堂; 양쪽 눈썹 사이)에 두는 것이 좋다.

손의 위치가 중요하지만 이도 흐트러진 상태만 아니면 좋다. 즉 손의 균형이 맞으면 된다. 예를 들어 두 손이 앞·뒤, 상·하로 흐트러진 상태가 아니면 좋다는 것이다. 주먹을 쥐거나 일부러 쫙 편 상태만 아니면 된다. 편한 상태면 좋다. 즉 인위적이거나 형식에 얽매이지 말라는 것이다. 종전에 어떤 명상법에서는 지나치게 형식을 강조한 나머지 실체적인 명상의 단계에서는 아무엇도 남지 않는 무의 명상을 하는 것을 많이 보아왔기 때문이다.

우리는 일체의 인위적인 것을 배격한다. 자연 상태에서 시원적인 명상을 시작해야 한다. 의식적으로 몸의 자세와 손의 위치 등을 생각하면 안 된다. RBDM 금연법에서의 모든 자세는 자연스러움으로부터 오고 자연스러움으로 끝난다. 마음도 무엇을 의식하면 안 된다. 아무것도 생각하지 않는 상태면 족하다.

꼭 담배를 끊어야 한다는 생각을 일부러 하여 스트레스를 받을 필요도 없다. 어떤 생각이 자꾸 떠오르더라도 그냥 무시하며 지나치면 자연스레 그 생각의 그늘로부터 벗어나게 된다. 설사 그 생각의 그늘로부터 벗어날 수 없다 하더라도 지나치자. 그냥 무념무상의 마음으로 눈을 감고 시간을 보내면 된다. 이때 시간은 마음을 붙잡기 위한 최소의 시간이므로 지키는 것이 좋다. 다만 수행이 본 궤도에 오르면 단계를 뛰어 넘을 수 있는데 그 경지에 도달하기 전까지는 원칙을 지키는 것이 좋다.

2. 기(氣)모음

RBDM 금연법의 2단계 명상법으로, 이 단계가 RBDM 금연법에서 가장 중요하다고 할 수 있다. 먼저 RBDM 금연법이 권하는 명상법에서 가장 배격하고자 하는 것이 형식이다. 별것도 아니면서 인간을 형식에 얽어매 놓아 실질적인 결과에 이르지 못하게 하는 현상들을 너무 많이 보아왔다. 여기서 권하는 명상법은 누구나 바로 어디서든 스스로 할 수 있는 방법이다. '명상을 하고 있다'는 인식만 있으면 되고 복잡한 방법은 없다.

다만 효과는 보아야 하므로 한 가지만 부탁하고자 한다. 호흡에 관해서다. 호흡은 단전 밑에까지 내려가도록 깊게 하여야 한다. 복식호흡이면 된다. 더 간단하게 말하면 "배꼽 밑까지 배에 힘을 주어 속에 있는 공기를 짜 낸다"는 기분으로 호흡을 길게 하면 된다. 숨을 깊게 들이마시고 잠시(약 1~2초간) 멈춘 후 서서히 내뱉는데, 이때 아랫배에 힘을 주면서 배를 집어넣고 내장에 있는 공기를 모두 짜낸다는 기분으로 해야 한다. 단전 밑까지 힘을 주면서 그 끝 지점에서는 내 안에 있는 모든 기(힘)를 대뇌에 보낸다는 기분으로 괄약근을 최대한으로 오므리고 잠시(2~10초까지, 그러나 숙달되면 1분까지 하는 사람도 있음) 멈추었다가 숨을 깊게 또 들이마시는 것을 반복하는 것이다.

그러면 괄약근을 오므릴 때 몸의 기운이 등골을 타고 대뇌로 이동하는 것을 느낄 수 있으며 대뇌에서는 '지고의 쾌락'으로 그 기운을 받아들이게 된다. 그 순간 내 몸이 안으로 움츠려진다는 기분이 들며 어느 때는 소름이 솟으며 그 쾌감이 몇 배로 증폭될 때가 있다. 이 쾌감은 베타엔도르핀이라는 일종의 유익한 호르몬이 분비되면서 솟아오르는 유쾌한 쾌감이다. 이 호르몬을 지속적으로 오래 분비할 수만 있다면 만병통치가 가능하므로 이제부터는 모든 건강에 걱정을 놓아도 될 것이다. 이러한 기를 아픈 곳에 보낼 수만 있다면 그곳의 통증도 낫게 할 수 있다. 필자의 경우에는 허리의 통증도 거의 완벽하게 잡을 수 있었다.

그러나 이 지고의 쾌감에 빠져 헤어 나오지 못하면 안 된다. 너무 오랜 시간 그 쾌감에 빠져 있느라 더 중요한 일인 우주의 기를 받아들이는 일을 못하게 될 수도 있다. 우주의 기를 받아들이는 것은 어렵게 생각하면 안 된다. 우리는 우주의 공기를 호흡하고 있으므로 무심결에 우주의 기를 늘 받고 있었기 때문에 오늘 새삼스럽게 다시 하는 것도 아니기 때문이다. 그러나 이제 받아들이고자 하는 우주의 기는 금연 수행자로서의 금연을 하기 위한 에너지(氣)라는 것을 기억하면 된다.

금연을 하기 위한 기라 해서 특별한 것도 아니다. 나는 우주의 중심에 존재하기 때문에 나를 둘러싸고 있는 모든 존재는 나를 중심으로 움직이고 있으므로 내가 원하기만 하면 저절로 그 기가 내게 들어오게 되어 있다. 다만 이제까지는 내가 원하지 않았기 때문에 그 기가 오지 않은 것이다. 그러므로 이제부터는 호흡할 때마다 "나는 RBDM 금연법의 금연 수행자로서 우주의 에너지(氣)를 받기를 원한다"고 생각하면 된다. 눈은 반드시 감는다.

날숨(내뱉는 호흡)은 내 몸속 폐와 허파꽈리의 니코틴과 타르 등의 오염물질을 내보내는 것이고, 들숨(들이마시는 호흡)은 우주의 기(氣) 중 금연의 기(氣)를 받아들이는 과정이다. 특별한 방법이나 별도의 동작과 형식은 존재하지 않는다. 그러나 오래 수행하다 보면 자신만의 방법을 터득할 수 있고 조금 더 발전된 형태로 진전될 수 있다. 우선 그런 마음으로만 수행하면 된다.

RBDM 금연법에서 강조하는 것은 내 마음의 의지로 담배를 끊을 수 있다는 것이다. '우주의 기(氣)를 활용할 수 있다'는 RBDM 금연법의 사상, 즉 '이 세상의 중심은 나'이며 '나를 떠난 세상은 생각할 수 없다'는 사상과 일치하고 있다. RBDM 금연법은 '나를 둘러싸고 있는 것은 모두 나를 위하여 존재하고 있다'는 것에서 출발한다.

따라서 우주의 에너지도 금연을 위한 에너지로 사용할 수 있게 되는 것이다. 자기 자신을 이 우주의 중심인 동시에 마음의 출발점으로 인식하고 있으므로 '나의 마음이 곧 우주'인 것이다. 그리하여 RBDM 금연법의 수행자들은 자기 자신이 마음먹은 대로 마음을 움직여 금연할 수 있는 것이다. 모든 금연 수행자들은 "모든 것이 마음먹기에 달려 있다. 또한 모든 것은 마음으로부터 온다."는 것을 믿고 있기 때문에 금연뿐만 아니라 다른 모든 일들도 마음을 움직이는 대로 잘 될 것이다.

그러므로 숨을 들이쉴 때는 '온 우주의 모든 기운이 내 머리의 대뇌와 몸속으로 들어오고 있다'는 마음을 가지고 있으면 된다. 또한 의식적으로 '우주의 에너지(氣)를 내 머리와 마음에 넣겠다'는 기분으로 숨을 들이마시면 된다. 이때 상상해야 하는 것은 빛과 소리다. '태양빛이며 우주의 소리며 저 멀리 있는 별들의 별빛과 소리까지도 내가 모두 받아들이고 있다'는 마음을 갖는 것이 중요하다.

'우주의 대 기운이 내게 쏟아져 내가 비워두었던 대뇌와 온 몸에 그 기운이 쌓이고 넘치며 온몸으로 퍼지고 있다'고 상상해 보자. 이것이 몸으로 우주의 기를 모아 넣는 단계이다. 심호흡을 보다 깊게 하고 '이 광활한 우주 공간의 모든 에너지가 내게로 오고 있다'는 상상을 하며 구도하는 단계다. 일종의 자기 최면이며 자기 세뇌의 과정이다. 니코틴과 타르가 빠져나간 자리에 이 새로운 에너지(氣)가 채워지고 '점점 더 체온이 높아지고 있다'고 생각하며 '믿을 수 없는 힘이 생겨나고 있다'고 상상하며 구도하는 것이다.

이때 호흡을 될 수 있는 한 깊게 하고 내쉴 때는 호흡을 단전 아래까지 짜내는 동시에 항문의 괄약근을 가장 세게 조여야 한다. 그러면 몸 아래에 있던 기가 등골을 타고 올라가면서 대뇌에는 베타엔도르핀이 전달되어 지고의 쾌락으로 변하게 된다. 이것이 좋으면 여기에 머물러 있어도 된다. 그러나 그 시간은 적절하게 조절되어야 한다. 여기가 바로 담배의 고통에서 벗어날 수 있는 천국이며 극락의 세계라고 생각한다. 그리고 "나는 이 우주의 주인이 되었다"고 선언해 보자.

이 단계에서는 자기 최면을 거는 것이 좋은데 자기 최면을 어떻게 거느냐고 불만이 있는 수행자도 있을 것이다. 그러나 최면을 건다고 하여 특별한 방식이 있는 것은 아니고 "나는 RBDM 금연법의 금연 수행자이다. 나는 금연을 결심했고 금연할 수 있다. 나는 분명히 성공할 것이다" 정도로 생각하면 된다.

단전까지 배를 쥐어짜 호흡을 해야 밑에서 올라오는 베타엔도르핀이 강하기 때문에 호흡이 중요하다고 했는데, 그것이 불편하다면 통상의 편한 호흡만으로도 베타엔도르핀을 경험할 수 있다. 호흡 시간도 자유롭게 정하면 된다. 길게 오래할 수 있으면 좋으나 그렇지 않아도 된다. RBDM 금연법에서의 명상은 형식보다 금연 실행자의 정성이 중요하기 때문이다.

인간은 누구나 폐호흡을 통하여 산소를 공급받아 혈액순환을 원활히 하여 생명을 유지하게 되며 이를 잘 운용하여야 인간다운 삶을 영위할 수 있다. 우리 몸에서 제일 필요한 것은 영양소이며 다음으로 필요한 것이 맑은 물과 맑은 공기이다. 더 필요한 것은 호흡을 통하여 우주의 기운을 섭취하는 것이다. 이를 기(氣)라 할 수 있으며 이 에너지가 잘 수행자의 몸에 섭취되어야 금연을 완성할 수 있다.

3. 선언(宣言)

RBDM 금연법에서의 마지막 명상 단계로, "나는 흡연이라는 병을 고쳤으며 새로운 몸으로 다시 태어났다"고 선언하는 단계다. 내 몸에 채워진 우주의 기와 에너지가 나를 지켜줄 것이며 그 에너지가 내 몸에 남아 있는 한 나는 담배로부터 자유로워졌고 새롭게 태어났다고 선언하는 것이다.

깊고 간절했던 호흡을 이제 서서히 늦추는 단계다. 호흡이 평상시로 돌아왔다고 생각되는 시점에서 서서히 항문 괄약근의 사용을 정지시킨다. 그 행복하고 아름다웠던 지고지순의 쾌락을 경험했던 시간의 끈을 놓아야 한다. 지락(至樂)의 천국과 극락의 세상을 빠져나와야 하는 시간이다. 호흡을 자연스럽게 유지하며 감았던 눈을 서서히 뜬다. 그리고 준비해 놓은 냉수 한 잔을 마신다.

"나는 이제 담배로부터 자유로운 사람이며 누가 어떤 유혹을 하더라도 담배는 피우지 않을 것이다"라고 선언한다. 그러면서 "앞으로는 그 지옥과 같은 담배연기로부터 불쌍한 사람들을 구하기 위해 금연전도사로 활동하겠다"고 스스로에게 약속한다. "우선 내 옆에 있는 가족과 친구, 친지들이 담배를 피우고 있다면 무슨 일이 있어도 우선적으로 금연하도록 권할 것"이라고 약속하여야 한다. "내가 이렇게 끊고 보니 좋아서 권하는 것이다. 제발 끊어라"라며 "금연전도사를 시작하겠다"고 선언하는 것이 RBDM 금연법의 마지막 단계다.

　우리가 지금 수행하는 금연명상은 즉각적인 효과를 볼 수도 있다. 잡념을 떠나보내는 데 집중하면 간단한 명상효과를 더 얻을 수 있다. 편안한 호흡과 집중된 의도(스트레스가 몸에서 떠나가는 상상)를 결합하는 것은 몇 시간 동안 그 효력을 유지할 수도 있다.

RBDM 금연법 주의사항

　RBDM 금연법에서 주의할 사항은 우선 꾸준하게 반복하여야 한다는 것이다. 금연은 마라톤과 같다고 할 수 있다. 마라톤에서 뛰다가 중지하면 완주하기가 어렵듯이 RBDM 금연법을 중간에 그만두면 금연에 실패할 수 있다. 처음에 독한 마음을 가지고 시작하였던 것을 늘 유지하여야 한다. 그것을 유지하기 위한 방법이 Running · Bathing · Drinking · Meditation인 것이다.

　운동이나 명상을 중단하게 되면 이내 정신상태가 해이해지게 된다. 그러면 어느 순간에 담배에 손이 가게 될지 본인도 잘 모른다. 그리고 실패가 확실해지면 의지가 약해진 것을 자책하면서도 흡연자의 대열에 합류하게 된다. 마라톤도 처음부터 오버페이스를 해버리면 완주하기 힘들다는 것을 우리는 알고 있다. 마찬가지로 자신의 컨디션을 잘 조절하고 의지와 각오를 잘 안배하여 끝까지 완주할 계획으로 나가야 한다.

　흡연을 경험한 사람이 현재 담배를 피우지 않는다는 것은 담배를 피우고 싶은 유혹을 견디고 참는 것일 뿐 완전히 끊었다고 말할 수 있는 사람은 이 세상에 존재하지 않는다. 누구나 다시 흡연자로 돌아갈 수 있다. RBDM 금연법의 꾸준한 수행으로 자신감이 붙어 "RBDM 금연법이 아니더라도 금연에 자신이 있다"는 단계까지 멈추어서는 안 된다. 만약 멈추었다가 또다시 담배 피우고 싶은 욕구가 생긴다면 그 자리에서 일어나 다시 뛰어야 할 것이다. 그러나 바쁜 현대 생활을 하다보면 Running·Bathing·Drinking·Meditation의 전 과정을 빠짐없이 수행하기 어려울 때가 있을 것이다. 이러한 수행자를 위하여 다음과 같은 수행법을 소개하고자 한다.

우선 운동시간을 단축할 수 있다. 처음에는 30분 이상 땀이 날 때까지를 고집하였으나 금연 수행 30일이 지난 후에는 수행자의 형편에 따라 적의 조정할 수 있다. 목욕이나 생수 마시기도 30일이 지난 후부터는 수행자의 형편에 따라 생략 또는 적의 조정할 수 있다. 다만 명상은 생략해서는 안 된다는 것을 강조하고 싶다. 전체적으로 운동과 명상은 금연의 수행뿐만 아니라 '확실하게 금연에 성공'하였다 하더라도 본인의 건강을 위하여 꾸준하게 수행할 것을 권하고 싶다.

담배를 피우고 싶은 욕망이 간절할 때는 찬물을 마시고 양치질을 하는 것이 좋다. 필자도 그런 유혹이 왔을 때 쓰던 방법이다. 그 방법이 안 통할 때도 있었는데 그때는 무조건 달리기를 하였다. 땀을 내어 씻고 명상에 돌입하다 보면 흡연의 유혹은 자연스럽게 멀리 달아났다.

제4부

담배 이야기 I

흡연! 백해무익의 현장

흡연은 흡연자의 폐와 허파꽈리를 형편없이 쓸모없는 장기로 만드는 자살행위이자, 타인에 대한 간접·장기·미필적 살인행위이며, 국민의 세금으로 충당되는 건강보험금 절도행위다. 게다가 소방방재청에서 발행한 2013년 〈화재통계연감〉에 의하면 화재원인으로 담뱃불이 2위(14.5%, 6,721건)에 올라 한국의 흡연자는 거의 '공동방화범'이라 해도 과언이 아닐 정도다. 등산객이 버린 담뱃불에 의한 산불 뉴스는 이제 매년 겨울철과 봄철에 겪는 한국의 주요 뉴스다. 어디 그것뿐이랴. 매년 발생하는 겨울철 주택가나 상가에 일어나는 화재의 원인도 부주의하게 버린 담뱃불에 의한 것들이 많다.

2014년 7월 27일 오전 3시쯤 제주시 이도동의 한 원룸에서 담뱃불을 붙이다가 가스가 폭발하는 사고가 발생했다. 또 영국에서는 차량 폭발로 인해 제니 미첼이라는 19세 소녀가 사망했는데, '차 안에 놔뒀던 머리 표백제에 담뱃불이 옮겨 붙은 것이 원인'이었다고 한다. 달리는 차에서 창문을 통해 담배꽁초를 버렸는데 그것이 다시 차 내부 뒷좌석으로 들어간 것으로 경찰은 보고 있다. 흡연과 생명을 바꾼 꼴이다. 흡연자들의 담배꽁초 버리는 습성은 기가 찰 노릇이다. 우리가 그들과 같은 세상에 살고 있다는 것이 부끄러울 정도의 사건도 있다. 광주에서는 길을 지나던 유모차에 담배꽁초를 버려 두 살배기 유아가 화상을 입는 어이없는 사건이 발생하기도 했다.

2014년 4월 18일에는 대구 북구 조야동 서변대교에서 시내버스가 추락해 운전기사가 사망했는데 경찰은 사고 당시 운전기사가 담뱃불을 붙이려 했던 정황을 포착했다. 승객들이 없었으니 다행이지 담뱃불을 붙이려다 자칫 대형사건이 될 뻔했다. 차를 시속 100㎞로 운전하고 있는 운전자가 담뱃불을 점화하는 데 3초 정도 걸린다고 하면, 자동차는 이때 어림잡아 80m에 가까운 거리를 주의력 없는 산만한 상태에서 주행하게 되는 것이다.

그뿐만이 아니다. 도로교통공단에서 발간한 2013년 교통사고 통계분석에 따르면 발생건수는 21만 5,354건, 사망자수는 5,092명인 것으로 나타났다. 이는 하루 평균 590건의 교통사고가 발생했고, 그로 인해 하루 평균 13.9명이 사망한 것이다. 발생 원인은 안전운전 불이행 56.4%, 신호위반 11.3%, 안전거리 미확보 9.3%, 교차로 통행방법 위반 6.7%, 중앙선 침범 5.7% 등으로 조사되었다. 안전운전 불이행과 신호위반 등은 차내에서 담배를 피우는 경우에 많이 발생하는데 이제 도로교통법을 개정해 운전 중 차량 내에서는 흡연을 금지하도록 해야 할 때가 왔다고 본다.

세금폭탄과 담배광고

담배가 국민들의 건강에 해가 되는 줄 알면서도 적극적으로 금연을 홍보하지 않는 이유는 담배회사들의 끈질기고 상상을 초월하는 광고도 한몫 하고 있다. 1964년 미국 공중위생국 국장인 루터 테리는 "흡연은 암을 유발한다"는 보고서를 발표하였다. 이 보고서의 영향으로 1964년 미국인 1인당 담배 소비량은 1963년에 비하여 3.5%나 줄어든다.

한국에서도 관련 보도가 쏟아져 나왔지만 아무도 보고서를 심각하게 받아들이지 않았다. 그 시절 한국의 사회분위기는 어른이 되면 으레 담배를 피우는 것이 당연한 일처럼 느끼던 시절이었다. 때문에 담배의 유해성보다는 담뱃값 인상에만 흡연자들의 관심이 쏠렸다. 담배 사업을 전담하는 전매청과 그 후신인 한국전매공사는 세금 걷는 재미로 국민을 상대로 국민의 건강을 담보로 하여 담배장사에 여념이 없었다. 오직 '구국의 일념'으로 담뱃세를 거둘 뿐이었다.

당시 전매청은 값싼 담배는 적게 만들고 비싼 담배는 많이 만드는 방식으로 사실상 가격을 인상하는 수법을 자주 써먹었다. 전매청의 농간에 양담배 소비가 늘고 관제담배 소비가 줄자 정부는 강력 단속으로 대응했다. 필자의 젊은 시절에는 양담배를 피우다가 걸리면 벌금이 부과되던 때도 있었다. 전매청과 양담배의 힘겨루기는 담배 소비만 늘릴 뿐이었다.

1975년 말 당시 세계 각국의 흡연 인구 1인당 1일 흡연량은 한국이 '골초 국가'임을 말해주기에 충분했다. 프랑스가 5.1, 이탈리아가 5.2, 오스트리아 가 6.6, 서독이 7.2, 벨기에가 7.4, 영국이 8.8, 미국이 10.4인 데 견줘 한국은 무려 14.9개비였다. 미국의 통상압력으로 1986년 담배 시장 개방 뒤 양담배 가 밀려들자, 양담배 저지의 역사적 사명을 띠고 '한국전매공사'가 민간기업 형태인 '담배인삼공사'로 탈바꿈한다. 그러나 양담배와 맞붙은 전쟁은 얄궂 게도 온 국민을 상대로 사실상 '흡연 촉진'을 하는 결과를 낳고 말았다.

1928년 아메리칸 토바코(American Tobacco)는 주력 브랜드인 럭키 스트라 이크의 판촉을 위해 '미국 광고의 아버지'로 불리는 에드워드 버네이스 (Edward Bernays)를 기용한다. 버네이스는 전문가를 고용해 담배 판촉에 나선 다. 그중 한 사람이 영국 보건의료계연합 의장을 지낸 조지 뷰캔(George Buchan)이다. 조지 뷰캔은 광고에 등장해 "식사를 바르게 끝내는 방법은 과 일, 커피 그리고 담배 한 개비다", "담배는 구강을 살균하는 효과가 있으며 신 경을 진정시킨다"고 말한다.

버네이스가 기획한 또 다른 행사는 '자유의 횃불' 행진이다. 젊은 여성 열 명이 뉴욕 시 맨해튼 5번가를 담배를 피우며 활보하는 행사였는데, 이 정도 로도 언론의 관심을 끌기에 충분했다. 겉으로는 담배를 여성해방의 상징으 로 연결한 것이지만, 속셈은 여성해방을 명분 삼아 여성의 담배 소비를 늘리 려는 것이었다.

1986년 우리나라 담배 시장이 개방된 뒤로 양담배회사들은 다양한 방법 으로 판촉을 벌였다. 처음 시도한 것은 불법 경품 제공으로, 제품보다 더 비싼 수첩, 볼펜, 미니카메라, 라이터 따위를 끼워 파는 불공정거래행위를 하다 시민 단체에 고발당한다. 양담배회사가 후원한 외국 가수들의 내한 공연과 양담배회사가 설치한 담배 자동판매기도 문제였다. 공연은 담배 광고에 이용됐고, 담배 자판기를 이용하는 사람의 60~80%가 청소년이었기 때문이다. 1992년 5월 금연운동협의회가 발표한 자료를 보면, 우리나라 고등학생 3학년 남학생 흡연율이 44.8%로 나타났다.

양담배회사들의 물불을 가리지 않는 판촉 활동은 미국 내 담배 규제 때문이었다. 미국 내 규제가 강화돼 줄어드는 매출을 해외 시장에서 채울 수밖에 없었던 것이다. 그 결과 선진국에서는 해마다 흡연율이 1%씩 줄어들었지만 개발도상국에서는 오히려 2%씩 늘어났다.

클루거는 담배 산업이 광고의 도움을 받아 성장했음을 강조했다. 그는 조지프 컬먼, 조지 와이스먼 등 담배업계의 거물들과도 만나 이들이 돈 버는 재미에 빠져 인간에게 끼치는 폐해에 대해서는 관심을 전혀 쏟지 않는다는 사실을 실토하도록 유도했다. 컬먼은 은퇴 후 "나는 양심이라곤 눈곱만큼도 없다"고 말한 것으로 기록돼 있다.

특히 한국에서의 '내 고장 담배사기운동'은 양담배회사에는 눈엣가시 같았다. 국산 담배건 양담배건 자기 고장에서 담배를 사면 세수가 증대돼 지방재정이 튼튼해지는 것을 알리는 운동이었지만, 애향심과 애국심이 자연스럽게 따라붙기 마련이라 아무래도 양담배 쪽이 불리했기 때문이다. 마침내 미국 정부까지 나서서 '내 고장 담배사기운동'을 중단하라고 요구했고, 우리 정부는 이 요구를 받아들일 수밖에 없었다. 1995년 5월 담배시장 개방 7년 만에 외국산 담배의 시장점유율이 10%선을 훌쩍 넘어서게 된다.

세기의 담배소송

우리나라 법원은 국가(담배전매공사) 등이 제조한 담배에 설계상의 결함이 있는지 문제 된 사안에서, "담배에 설계상의 결함이 있다고 보기 어렵다"고 판시하고 있어 아직 흡연에 대한 국민의 폐해에 고전적인 입장을 취하고 있다. 30~40년의 흡연경력자들이 폐암의 일종인 비소세포암과 세기관지 폐포세포암 진단을 받게 되자, 담배를 제조·판매한 국가 등을 상대로 손해배상을 요구한 사안에 대해 법원은 "흡연과 폐암 발병 사이에 인과관계가 인정되지 않는다(2014.4.10. 선고 2011다22092 판결)"다고 판결했다.

법원은 "30~40년의 흡연경력을 가진 을이 폐암의 일종인 비소세포암과 세기관지 폐포세포암 진단을 받게 되자, 담배를 제조·판매한 국가 등을 상대로 손해배상을 구한 사안에서, 폐암은 흡연으로만 생기는 특이성 질환이 아니라 물리적, 생물학적, 화학적 인자 등 외적 환경인자와 생체 내적 인자의 복합적 작용에 의하여 발병할 수 있는 비특이성 질환인 점, 비소세포암에는 흡연과 관련성이 전혀 없거나 현저하게 낮은 폐암의 유형도 포함되어 있는 점, 세기관지 폐포세포암은 선암의 일종인데 편평세포암이나 소세포암에 비해 흡연과 관련성이 현저하게 낮고 비흡연자 중에도 발병률이 높게 나타나 흡연보다는 환경오염물질과 같은 다른 요인에 의한 것일 가능성이 높은 점 등에 비추어 흡연과 비특이성 질환인 비소세포암, 세기관지 폐포세포암의 발병 사이에 역학적 인과관계가 인정될 수 있다고 하더라도 어느 개인이 흡연을 하였다는 사실과 비특이성 질환에 걸렸다는 사실이 증명되었다고 하여 그 자체로 양자 사이의 인과관계를 인정할 만한 개연성이 증명되었다고 단정하기는 어렵다는 등의 이유로 갑, 을의 흡연과 폐암 발병 사이의 인과관계가 인정되지 않는다."고 판시하였다.

이는 대법원이 "담뱃잎을 태워 그 연기를 흡입하는 것은 담배의 본질적 특

성인 점, 담배연기 중에 포함되어 있는 니코틴과 타르의 양에 따라 담배의 맛이 달라지고 담배소비자는 자신이 좋아하는 맛이나 향을 가진 담배를 선택하여 흡연하는 점, 담배소비자는 안정감 등 니코틴의 약리효과를 의도하여 흡연을 하는데 니코틴을 제거하면 이러한 효과를 얻을 수 없는 점 등을 고려하면, 설령 니코틴이나 타르를 완전히 제거할 수 있는 방법이 있다 하더라도 이를 채용하지 않은 것 자체를 설계상의 결함이라고 볼 수 없고, 피고들이 흡연으로 인한 담배소비자의 피해나 위험을 줄일 수 있는 합리적인 대체설계를 채용할 수 있었음에도 이를 채용하지 아니하였다고 인정할 만한 증거가 없으므로, 피고들이 제조한 담배에 설계상 결함이 있다고 보기 어렵다는 취지로 판단(대법원 2003. 9. 5. 선고 2002다17333 판결)”한 이래 똑같은 입장을 고수하고 있는 것이다.

대법원의 이러한 입장은 현재 건강보험공단이 제기한 500억 원대 소송의 전망에 다소 회의적인 시각이 있으나 담배의 해독성에 대한 인식도 많이 바뀌었다.

이에 반하여 미국은 2006년 소송에서 승소하기 전 다국적 담배회사들이 1992년까지 800건의 개인 담배소송에서 승리했으나 1994년 의료비를 지출하던 미국 주정부가 소송 전에 나서면서 판도가 바뀌어 이들 담배회사들은 약 260조 원의 합의금을 물어야 했다.

우리나라에서도 간간이 개인적으로 담배피해로 인한 소송을 제기했지만 번번이 담배회사의 손을 들어준 바 있으나 이번에는 건강보험공단의 승소 가능성이 커지고 있다. 전 세계적으로 담배는 더 이상 기호품이 아니라는 것이 입증되었고, 담배는 69개의 발암물질과 4,800여 종의 화학물질이 들어있는, 마약보다도 중독성과 해악성이 강한 물질임이 밝혀졌기 때문이다. 이미 세계보건기구를 비롯한 세계 각국의 모든 보건관련 기관이 담배의 유해성을 인정하고 있을 뿐만 아니라 세계의 모든 의사들이 담배가 유해하다고 반생

명물질임을 인정하고 있는데 유독 담배회사만이 담배는 '기호품', '연초사탕'
이라느니 사실관계를 호도하고 있는 것이다. 담배가 인체에 유해하지 않다
면 2006년도 미연방대법원에서 내려진 거액의 판결에 불복하지 않는 이유
가 궁금하다.

"흡연은 인간에게 질병과 고통을 주며 결국 사망에 이르게 한다. 이러한
사실을 내부적으로 인지하였음에도 담배회사들은 공적으로 이를 부인하고
왜곡했으며 피해가 아주 적다고 국민을 속여 왔다. 회사들은 강력한 중독성
물질을 생산·판매해 많은 질병을 일으켰고, 이로서 사망 등 측정할 수 없을
정도의 많은 이들의 고통과 경제적 손실, 국가 보건제도에 대한 부담을 지우
며 이익을 취득했다."

이는 2006년 일명 '케슬러 판결문'이라 불리는 미국 워싱턴 D.C. 지방법원
의 담배소송 판시 일부다. 아울러 국민건강보험공단(이사장 김종대, 이하 공단)
이 희망하는 건강보험 재정 손실분에 대한 손해배상 청구소송의 이유기도
하다. 이 같은 결과를 도출하고자 공단은 2014년 8월 22일 한국프레스센터
에서 〈담배규제와 법〉이란 국제심포지엄을 개최했다. 아울러 세계보건기
구 서태평양지역사무처(처장 신영수)의 도움으로 판결을 이끌어낸 주역을 국
내로 초대했다.

샤론 유뱅스(Sharon Y. Eubanks) 변호사는 "담배소송의 쟁점은 흡연과 질환
과의 인과관계를 입증하는 것이다. 미국 법원과 국민들은 전문가들의 증언
과 연구로 담배의 위해성을 인정하는 분위기가 형성됐다"면서 "이들의 역할
이 소송을 승리로 이끌었다"고 전했다. 아울러 "중독성에 대한 문제는 아직
도 해결되지 않은 영역"이라며 "니코틴을 제거하는 방법만이 유일할 것인데
담배회사들은 이를 원하지 않고 있다. 이에 질병과의 연관성 등 위해성을 명
확히 밝혀 이들을 압박해야 한다. 그전까지는 끝나지 않는 싸움"이라고 덧붙
였다.

담배회사의 조직적이고 악의적인 담배 위해성 은폐를 증언한 로버트 닐 프록터(Robert N. Proctor) 박사 또한 담배소송의 중요한 인물이다. 그는 미국에서 두 번째로 큰 담배회사 레이놀즈(R. J. Reynolds Tobacco)로부터 24조 원에 이르는 징벌적 손해배상을 승리로 이끈 사람 중 한 명이다. 이런 그가 의학자들과 과학자들에게 담배회사의 부정·부당행위를 경고했다.

그는 "(담배회사가) 막대한 자금력으로 의학자들과 과학자들을 꾀어 담배의 위해성에 대한 논지를 흐리거나 반대되는 연구를 지원하고 있다"면서 "개인이 위해성을 밝히는 것은 어렵다. 연구자들의 협조가 필요하다"고 호소했다. 이어 "회사들의 마케팅은 집요하고 교묘하며 지능적이다. 광고 등을 통해 사회적 통념을 담배에 친화적으로 유지하려 한다. 이를 명확히 경고하고 지적해야 한다"는 입장을 밝혔다.

미국의 담배소송에서 결정적 역할을 한 이는 공익제보자 빅터 디노블 박사다. 그는 프록터 박사의 우려처럼 1980년 담배회사 필립모리스로부터 니코틴의 효과를 재현하는 유사물질 개발연구를 의뢰받은 장본인이기도 하다. 하지만 연구를 수행하던 중 디노블 박사는 담배에 포함된 니코틴의 중독성과 아세트알데히드 조합에 의해 중독성이 증폭되는 현상을 밝혀냈다. 이를 전해들은 필립모리스 회장은 "니코틴에 취한 실험용 쥐 때문에 수조 원의 이익을 포기할 수 없다"며 그를 해고했다.

이후 그는 주변의 도움으로 그를 옭죄던 비밀유지서약을 풀고 이 같은 사실을 밝혔고, 법원에서 이를 증언함으로써 소송의 흐름을 바꾸는 중요한 열쇠가 됐다. 그로 인해 담배와 담배회사를 바라보는 미국 국민들의 의식이 변화하기에 이르렀다. 변화를 이끈 단초는 "과학자로서의 긍지와 사명감이었다"고 그는 망설임 없이 말했다. 그는 "옳은 일을 하는 데 주저할 필요는 없었다"면서 "개인의 안위를 살피는 일은 할 수 없었다. 당신도 그렇지 않겠느냐"고 반문했다. 이어 "흡연과 질병의 관계를 밝히는 것이 의사들의 역할"이라며 "무엇이 옳은지를 살펴 자신이 할 수 있는 일을 한다면 담배회사의 부정은 막을 수 있을 것"이라는 뜻을 전했다.

이 소송이 얼마나 걸릴지는 아무도 모른다. 그러나 많은 국민들은 대법원의 입장이 바뀌어 국민들을 흡연의 고통에서 벗어나게 하고 담배회사들이 더 이상 담배를 생산하지 않게 되어 담배가 없는 청정 한국이 되는 시기를 앞당기는 계기를 만들어 주기를 학수고대하고 있다. 분명한 것은 담배에 중독성이 있고 흡연은 폐암에 직접적인 원인이 되고 있다는 사실을 더 이상 감추어서는 안 된다는 사실이다. 법원이 더 이상 담배를 옹호하는 국가기관이어서는 안 된다.

중세유럽의 엉터리 의사들

미국의 자유저술가 볼프강 쉬벨부쉬(Wolfgang Schivelbusch)는 "담배의 주성분인 니코틴은 그 작용에 있어서 카페인보다는 알코올에 비견될 수 있다. 니코틴은 자극하는 것이 아니라 신경체제를 마비시킨다. 독물학으로 볼 때 그것은 신경계 독약이다. 보통의 흡연자가 하루 동안 나누어서 흡입하는 니코틴 양은 한 번에 흡수하면 치명적인 작용을 할 것이다. 담배가 초보자에게 불쾌한 작용을 가한다는 점에서도 담배와 술의 비교는 자연스러운 것이다. 현기증, 구토증, 진땀은 첫 번째 흡연 시도의 결과이다. 술의 경우와 비슷하게 익숙해져야만 그것을 즐길 수 있다"는 것을 강조하고 있다. 그런데 그는 유럽에서의 담배가 만병통치약으로 잘못 알려진 데 대한 책임을 엉터리 의사들의 엉터리 선전 때문이라고 밝히고 있다.

17~18세기의 유럽에 흡연, 즉 '담배 마시기(담배 피우기)'를 선전하는 팸플릿에는 다음과 같이 쓰여 있다.

이 담배 마시기는 점액과 점액질의 수분을 배출하여 수종(水腫; 몸이 붓는 질환)에 좋다. 연기가 수분을 배출하고 신체를 홀쭉하고 마르게 만들기 때문이다. 담배파이프를 통해 흡입한 이 연기는 천식, 폐병, 해수병 등, 모든 고질적인 점액질의 액체들과 수분을 치료하는 데 적절한 의약품이다.

세상에, 담배를 피우는 것이 폐병과 해수병, 심지어 천식에도 좋다는 식의 상술이 존재했었다니 어안이 벙벙할 뿐이다. 프랑스에서 1700년에 쓰인 〈가루담배의 유익한 효과〉라는 글에는 다음과 같이 적혀 있다.

담배는 두뇌와 신경을 건조하고 저항력 있게 만든다. 이로부터 확실한 판단력, 보다 명료하고 사려 깊은 이성과 정신이 보다 강하게 지속될 수 있게 된다. 동시에 담배는 건조화 작용 때문에 에로틱한 열정을 약화시키고 그렇게 많은 빈둥거리는 남자들을 사로잡는 호색적인 상상력을 다른 방향으로 돌린다.

이 시기에 담배의 작용은 처음부터 안정·쾌적·명상·집중 등의 표제어를 가지고 묘사되고 있다.

현대의학서의 저자 Kurt Pholisch는 다음과 같이 기술한다.

흡연활동은 목적과 표현운동의 대단히 풍부하고 변화무쌍한 상호작용으로 형성된다. 이미 운동학적으로, 즉 니코틴 때문만이 아니라 다른 이유로도 흡연은 심리운동학적인 긴장상태를 일으킨다. 흡연은 흥분 상태를 안정된 리듬으로 바꾼다. 신경질적으로 불안정한 손은 담배를 피우면서 합목적적으로 작동한다. 흡연은 운동학적으로, 약리학적으로 그리고 감각적으로 유쾌한 기분, 아주 다양한 음조의 느낌, 정신적 작업을 하도록 이끄는 안락한 흥분, 유유자적함, 아무런 바람 없이 만족스러운 상태, 편안한 즐거움을 준다.

가히 만병통치약으로 둔갑한 대표적인 메시지의 전달이다.

네덜란드의 의사 코르넬리우스 본데코는 "앉아서 생활하는 사람들에게 일어나기 쉬운 모든 불행을 흡연을 통해서 미리 막을 수 있다"고 기술하고 있을 정도다.

또 다른 네덜란드 의사인 바인테마 폰 팔마는 "공부하는 사람은 생각들이 사라지지 않도록, 혹은 생각이 너무 천천히 움직여 특별히 어려운 문제를 잘 파악하지 못하기 때문에 이해력을 다시금 일깨우기 위해서 반드시 담배를 많이 피워야 한다. 그러면 그는 모든 것을 분명하게 숙고하고 판단할 수 있게 된다"고 기록하였다.

17세기부터 지금까지 이구동성으로 '흡연은 심신을 안정시키고 긴장을 풀어주며 동시에 집중력을 높여주는 보조역할을 수행하는 것으로 특징지어진다'고 다수의 의사들이 엉터리로 떠들었으니, 중세 유럽에서는 당연히 담배를 인간에게 이로운 것으로 인식할 수밖에 없었을 것이다. 그리고 공부를 잘하기 위해서 담배를 권하고 있는 의사들이 있었다니 놀라울 뿐이다.

흡연과 문학

우리나라의 흡연율을 높인 데는 문학하시는 분들의 공로가 크다는 이야기를 할 수밖에 없다. 그렇다고 글 쓰시는 분들을 원망하거나 폄하할 의도는 전혀 없음도 밝힌다.

나의 청년 시절에도 내 방의 재떨이에는 담배꽁초가 수북이 쌓여 있었다. 나는 생각을 글로 옮겨 쓸 때 담배를 물어야 글을 쓸 수 있다고 믿었다. 담배가 그리 맛있다고 느끼진 않았지만 글을 써야 한다는 일념으로 꽉 차 있어 담배 피는 양도 많았던 것 같다. 좋은 담배도 아니었다. '새마을'이나 '신탄진'

같은 싸구려 담배였다.

이렇게 쌓인 담배꽁초는 고뇌의 증거일까? 글이 매끄럽게 흐르지 않을 때 '글쟁이(?)'들은 담배를 피운다고 한다. 나도 글쟁이들의 흉내를 낼 때라 연서와 습작 소설을 쓸 때 담배를 많이 피웠다. 어느 겨울날 너무 많이 피운 탓으로 가슴이 조여 오는 통증을 경험했다. 놀라 병원에 가니 심전도를 체크하는 등의 검사를 받은 바 있었다. 그것이 협심증의 전조증상으로, 담배를 즉시 끊어야 한다는 진단을 받았다. 그러나 무지했던 나는 그 진단을 비웃기라도 하듯 의사의 말을 듣지 않았다.

나의 그 무지함은 첫 직장을 잡아 세 딸의 아빠가 될 때까지 계속되었다. 마흔 둘이 되어서야 담배연기의 고통에서 벗어날 수 있었으니 순전히 글쓰기의 고뇌에서 비롯된 일이라고 자위하고 있다.

고뇌에도 불구하고 연애에는 실패하였는데 그 고통의 글쓰기에도 불구하고 그녀를 감동시키지 못했던 결과를 보면 내 글쓰기는 그렇게 신통스럽지 않았나 보다. 만약 내가 그 고뇌로 그녀를 감동시킬 수 있었다면 어쩌면 나는 글쟁이가 되었을지도 모르겠다. 그러나 공무원이 되어 글쓰기는 멀어지겠다는 기대와 희망은 무너지고 말았다.

공무원 역시 글쓰기에서 여전히 멀어질 수 없었다. 업무계획이며 새로운 사업에 대한 사업계획 등도 글을 쓰는 만큼의 머리를 써야 하는 것들이었고, 때로는 책도 쓰고 논문도 써야 했기 때문이다. 글쓰기를 잘 하느냐 못하느냐는 업무능력의 척도가 되었으며 진급에도 직접적인 영향을 미쳤기 때문에 소홀히 할 수 없었다. 아이디어가 소진되고 기승전결의 마무리가 잘 되지 않을 때는 늘 담배연기 속에 묻혀 지냈다.

우리 문학사에 향기로움을 더하고 있는 문인들 중에도 담배와 친한 문인들이 많다. 한 모금 담배연기와 예술과 문학 사이에는 우리가 흔히 이야기하는 건강의 적, 백해무익한 독성물질이라는 말로 설명할 수 없는 그 무엇이 존재하고 있다.

〈향수〉〈유리창〉 등을 남긴 서정시인 정지용, 담배 없이 살 수 없었던 공초(空超) 오상순, 탐정소설가 김래성, 월탄 박종화, 채만식, 서광재, 김진섭, 서항석, 임화, 박태원, 김광섭, 이헌구, 엄흥섭 등이 우리 문학사에서의 대표적인 흡연가들이다. 그중 가장 골초는 역시 오상순과 김래성이었다고 한다.

공초 오상순은 오른손에 담배가 쥐어져 있지 않은 경우가 드물었을 정도로 애연가였다. 하루에 10갑 이상 피웠을 정도로 니코틴 중독이었던 그는 〈나와 시와 담배〉라는 시도 썼을 정도였다.

"나와 시와 담배는/ 이음동곡(異音同曲)의 삼위일체/ 나와 내 시혼은/ 곤곤히 샘솟는 연기/ 끝없이 곡선의 선율을 타고/ 영원히 푸른 하늘 품속으로/ 각각(刻刻) 물들어 스며든다."

그는 결혼식 주례를 보면서도 담뱃불을 끄지 않을 정도였다고 한다. 눈을 뜰 때부터 잠자리에 들 때까지 담배가 손에서 떨어진 적이 없었다. 임종을 앞두고 "담배를 물지 않았음에도 입을 동그랗게 오므리고 있었다"는 일화가 전해질 정도다. 공초는 담배가 근심을 잊게 해준다며 망우초(忘憂草)라고 불렀다.

공초의 일화는 금연운동이 일상화되기 전에나 가능한 전설 같은 얘기다. 공초의 사후 폐암 유발 등 흡연의 폐해가 부각되면서 흡연자 스스로 금연을 시도하거나, 주변에서 금연을 재촉하기 시작했다.

오상순을 비롯한 작가들에게 담배는 그저 기호품에 그치지 않고 창작을 위한 도구이자 시적이고 신성한 대상으로 여겨졌을 것이고 시혼과 문학의 아이디어를 불러내는 마법과도 같은 존재였을 것이다. 그러나 그 시절에도 남에게 피해를 주면서까지 피워서는 안 된다는 공감대가 있었던 것 같다.

우리 문학사에 공초 같은 문인만 있었던 것은 아니다. 이태준, 김상용, 주요섭, 김환태, 박용철, 윤기정, 유치진, 김남천 등은 전혀 담배를 못 피우는 '무연파(無煙派)'도 있었다. 담배를 끊은 '금연파(禁煙派)'로는 양주동과 박영

희 등이 있었다고 한다.

우리 문학사에는 담배를 피운 문인과 피우지 않은 문인이 반반 정도 되는 것으로 보인다. 흡연파와 금연파, 작품은 어디가 우월했을까? 그것은 무승부다. 어디가 더 잘 썼고 문학성이 낫다고 할 수가 없다. 따라서 담배가 창작의 혼을 불러다주는 마법이었을 것이라는 추측은 맞지 않는다는 사실이다. 다만 그래도 그 시절에는 다행스럽게도 맑은 물과 공해 없고 오염이 안 된 대기가 살아 숨 쉬고 있었기에 그나마 다행한 시기의 골초들이었다.

지금도 작가들의 영역에서는 담배를 즐겨 피우는 분들도 있을 것이고 반면에 담배는 백해무익하다는 분들도 있을 것이다. 다만 그 시절과 다른 것이 있다면 담배의 해독성이 많이 밝혀졌다는 사실이다.

이제 현대의 문인들을 비롯한 모든 사람들은 금연을 강요당하고 있다고 할 수 있다. 흡연자들의 입지가 점점 좁아지고 있는 것이다. 모든 공공건물이 금연건물이 된 지 오래고 버스정류장·공원·국립공원·거리·아파트·공동주택 등도 금연 장소가 자꾸 확대되어가고 있는 것이 우리나라뿐만 아니라 전 세계의 일반적인 추세이기 때문이다.

싱가포르처럼 거의 모든 곳이 금연구역이고 흡연구역은 몇 군데 지정해 놓지 않은 나라도 있다. 흡연하는 인구는 자꾸만 줄어들고 혐연의 인구가 자꾸 늘어가고 있는 현실에 따른 불가피한 현상임을 인정해야 한다.

필자가 청년시절에는 버스에서 담배 피우는 것이 허용된 시절이 있었고 전철 내에서도 담배를 피우는 사람을 본 기억이 남아있다. 다 호랑이 담배 피우던 시절의 이야기임에 틀림없다. 그때만 해도 담배의 해악에 대해 지금처럼 자세히 알지 못했다. 자신의 생명을 갉아먹는 것이고 간접흡연이 더 나쁘다는데 공공장소에서 대놓고 담배를 피웠다니 지금 생각하면 부끄럽고 창피한 이야기가 아닐 수 없다.

현대 한국 문학에서 흡연을 예찬하고 금연을 폄하하는 예술가는 없는 것으로 안다. 만약 흡연을 예찬하는 문학가가 있다면 누군가에 의하여 저주나 테러를 당하지 않을까 하는 생각을 하는데 아직까지 테러나 저주를 당한 문학가는 없는 것을 보면 말이다. 금연이 흡연보다 훨씬 옳은 일이고 높은 문학적 가치에 있기 때문이 아닐까?

현재의 지구대기와 공기는 금연을 하지 않고서는 생존 자체가 너무 힘들어지고 있다. 그러니 아무리 담배가 좋은 글을 쓸 수 있게 도와주는 도구라고 한들 가까이 할 수 있겠는가? 행여 멋으로 담배를 찾는 분들이 있다면 도시락을 싸가지고 다니며 말리고 싶다.

담뱃값과 흡연구역

세계에서 담뱃값이 가장 비싼 나라는 아일랜드다. 2014년 9월 현재 한 갑에 14,975원이니까 우리나라에서는 2,500원짜리 6갑을 살 수 있는 가격이다. 영국·프랑스·독일·네덜란드·스웨덴·벨기에·덴마크·핀란드 등 유럽 국가들은 대부분 7,800원 이상으로 우리나라보다 2~3배가 비싼 것으로 조사되고 있다.

최근 정부에서 국민들의 건강을 위해 담뱃값을 2,000원 올려 금연을 유도하겠다는 정책을 들고 나오자 이해관계자들의 논란이 계속되고 있다. 우리나라의 흡연인구는 44%에 육박하고 있는데, 이는 아일랜드 31%, 영국 22%, 프랑스 30.6%, 독일 26.4%, 스웨덴 13.5%에 비하여 꽤 높은 편이다. 이러한 높은 흡연율은 담뱃값과 무관하지 않다는 것이 정부의 판단인 것으로 보인다.

건강에 해롭다는 것을 홍보하는 것만으로는 담배를 끊게 하는 데 한계가 있다는 것이 정부의 인식이다. 따라서 담뱃값을 올려 금연인구를 늘려가겠다는 정부의 의지로 분석된다.

야당은 또 서민들에게만 증세를 하냐고 불만이다. 당연히 할 수 있는 반론이긴 하나 세계의 담뱃값을 보면 우리나라 담뱃값이 너무 싼 것은 사실이다. 우리나라 국민들의 흡연율이 높은 것은 담뱃값이 다른 나라에 비하여 싸기 때문이라는 것을 부인하기는 어려울 듯하다. 그렇다 하더라도 담뱃값을 올리면 정부가 의도하는 대로 흡연인구가 줄어들 수 있을까? 두고 볼 일이다.

정부가 담뱃값을 올리려는 기미가 보이자 식당·PC방 등을 운영하는 소상공인들이 생계에 위협을 느끼고 있다며 반발하고 있다. 음식점의 53%가 금연으로 인해 매출이 감소하고 있다고 주장한다.

또한 음식점 내 금연 또는 흡연 여부를 점주가 자율적으로 결정할 수 있도록 하는 '선택적 금연구역 제도' 도입에 전체 응답자의 64.2%가 찬성하는 것으로 나타났다. 하지만 흡연은 흡연하는 사람뿐만 아니라 다른 사람에게도 영향을 주는 사안이기 때문에 원하는 대로의 선택권을 주는 것은 옳지 않다고 본다.

국가 전체의 입장에서 어느 것이 국민의 건강을 담보하고 국민의 건강을 지키는 정책인가? 이 문제는 국민의 건강을 위하여 미래지향적인 정책이 될 수 있느냐는 기준에 따라 결정되어야 할 문제라고 생각된다. 그러나 금연파가 많아지고 있는 현실에서 흡연이 가능한 식당에 갈 사람은 별로 없을 것이라고 생각한다. 절대로 임시적이고 단견적인 판단에 의하여 결정될 문제는 아니다. 흡연할 자유도 기본권적인 자유인가에 대한 심각한 검토가 있어야 한다. 이 자유권은 국가전체의 이익과 개인 건강을 최대한 보장하기 위한 보다 전향적인 국가와 개인의 결단이 있어야 하는 자유권이 아닐까 생각한다.

헌법 제37조 제2항에 따라 국가안전보장, 질서유지, 공공복리를 위한 목적으로 필요·최소한의 범위 내에서, 흡연권은 반드시 제한해야 하는 권리는 아니라고 생각된다. 다만 담뱃값을 올리더라도 국민건강증진기금의 일정비율을 금연정책 관련 사업에 사용하여야 한다는 것이다.

호주 빅토리아 주를 비롯한 선진국의 경우 건강증진기금을 담배법에 의해 기금 예산의 30% 이상을 건강증진 목적으로 사용하도록 강제하고 있다. 우리나라는 국민건강증진기금의 사용과 관련해 금연교육 및 광고 등 흡연자를 위한 건강관리 지원 사업 등에 1997년부터 2013년까지 기금의 5.2%만 사용한 것으로 나타났는데 이는 잘못된 정책이다. 국민들의 건강을 위하여 흡연자를 줄여야 하는 정책은 국가로서 당연히 해야 될 일이다. 담뱃값에 포함되어 있는 건강증진기금을 올려서라도 흡연자를 줄이는 정책에 써야 하는 것은 당연하다. 또한 금연구역을 넓히는 것은 당연하고 흡연율을 줄여야 하는 국가정책에 적극 찬성한다.

섬뜩한 담배 경고문

"청소년 때 피운 담배 육십 되니 사형선고"라는 표어를 본 적이 있다. 내가 그런 꼴이 된 것 같아 겸연쩍다. 나의 청소년기는 사회적인 분위기가 담배를 권하는 분위기였다. 또 담배의 해독에 대하여 이야기하는 사람도 없었다. 사회생활을 하려면 당연히 담배를 피워야 하는 것으로 알고 있었으니 참 무지몽매의 시절이기도 하다. 흡연을 오히려 권장하는 분위기였으니 말이다. 그래서 아마도 고등학교를 졸업하고 재수를 할 때부터 담배를 피운 것으로 기억되고 있다. 그 후회야 지금에 와서 생각한들 무엇하랴…. 가슴만 아플 뿐이다. "그간 담배로 사라진 생명이야 어쩌겠습니까? 남은 생명이라도 소중하게 쓰겠습니다." 이것이 내가 지금 하소연하고 속죄하고 싶은 문구이다.

최근에 와서 금연의 카피라이터 문구는 진화되었다. "총알과 담배의 차이는 속도뿐입니다"라거나 "지금 당신의 몸을 태우고 있진 않으신가요?" 등이다. "담배연기로 사라져간 내 목숨과 내 인생—허무를 사 피웠습니다."로 또한 단계 상승하고 있음을 알 수 있다. 더 긍정적인 것은 공감을 얻는 내용으로 바뀌고 있다는 것이다. "이제는 담배연기와 싸울 것이 아니라 담배 피우고 싶은 욕망과 싸우겠습니다." 그와 나는 금연에 성공한 자이거나 금연할 찰나에 와 있는 사람 같다.

"허파꽈리를 고가로 매입합니다. 이런 세상이 왔으면 좋겠습니다. 그러나 허파꽈리는 재생도 이식도 생성도 안 된다니 이를 어쩌면 좋습니까?" 가슴이 내려앉는 듯한 경고문이다. 허파꽈리가 재생이 안 된다고…?

폐의 기능 중 가장 중요한 것은 '가스교환'이다. 인체의 세포에 필요한 산소를 공급하는 '흡기'와 인체에서 생긴 이산화탄소를 몸 밖으로 내보내는 '배기'가 호흡이다. 폐 안에 들어온 공기 속의 산소는 허파꽈리를 포도 껍질 모양으로 둘러싸고 있는 혈관에서 이산화탄소와 맞교환된다. 허파꽈리의 가스교환 기능은 매우 정밀하게 이뤄지지만, '필터작용'이 완벽하지는 않다. 호흡할 때 외부의 해로운 물질이 폐 속으로 들어가지 못하도록 코에서부터 기관지까지 내부에 끈끈이 같은 점막이 있어, 공기가 이를 통과할 때 이물질이 여기에 달라붙는다. 달라붙은 이물질이 기관지 안의 섬모운동으로 밖으로 배출된 것이 가래다. 그러니까 가래가 많이 나오는 것은 이물질을 거르는 기능이 뛰어나다는 증거다. 하지만 담배연기나 아황산가스 등 대기오염 물질은 기관지를 무사통과, 허파꽈리에서도 걸러지지 않고 혈액 속으로 녹아 들어간다. 이것들이 심혈관질환이나 뇌졸중 등 여러 질병을 일으킨다. 폐가 바이러스나 세균에 감염돼 염증이 일어난 것이 폐렴이다. 폐의 허파꽈리가 하나의 포도알처럼 독립적으로 기능하지 않고, 터져서 하나의 덩어리처럼 된 것을 폐기종이라고 한다. 폐기종으로 한번 진행되면 원상회복이 되지 않으나, 약물치료 등을 통해 더 이상 악화되지 않도록 증상을 조절할 수는 있다. 폐암을 포함한 폐 질환의 가장 큰 원인은 담배이며, 대기오염도 중요한 위험 요소로 떠오르고 있다.

(출처: 조선일보)

정말이네. 복원이 안 된다니, 남의 폐를 이식받아야 하나? 그렇다. 폐이식 (lung transplantation, 肺移殖) 방법이 있다. 자기 폐를 절제하고 다른 생체의 폐를 이식하는 것을 말한다. 회복불능의 저기능 폐에 대해서 행해지나, 현재까지 사례수도 적고, 장기적 성공한 사례는 없다. 수술 방법상의 문제점은 적지만 이식 후의 저폐기능, 면역거부반응, 이식폐의 보존 등 해결되지 않는 문제점이 많다고 한다. 폐는 인간이 만들 수도 없는, 재생이 불가능한 정교한 장기이다. 그래서 결론은 담배를 끊어야 한다는 것이다.

무조건 뛰어라. 무조건 씻어라. 무조건 마셔라. 무조건 명상하라. 이것이다. 금연을 결심한 분들에게 큰 선물을 안겨줄 것이다.

담배를 사랑한 사람들

사람의 수명이야 미리부터 정해져 있는 것, 담배 끊는다고 수명이 늘어나는 것도 아니지 않는가, 윈스턴 처칠은 줄담배를 피웠는데도 아흔 살 넘게 살았다더라, 담배 안 피우는 사람 중에도 일찍 죽는 사람이 많더라, 폐암이나 심장병은 담배보다 유전적인 요인이 더 크다던데 등등 흡연자들은 담배 피울 궁리에만 골몰한다.

지금이야 담배의 여러 가지 해악성이 발견되어 인류에게 해롭다는 것이 밝혀졌지만 옛날에는 담배의 해독에 대하여 그리 밝혀진 것이 없었고 심지어 유럽에서는 만병통치약으로 알려지기도 하였다. 우리나라에서는 지금부터 200년 전 이옥(李鈺)이 담배가 조선 사람의 생활에서 얼마나 큰 비중을 차지하는지, 또 어떻게 생산하고, 어떠한 도구로 발전시키고 있는지, 또 흡연이 어떻게 삶에 영향을 미치는지 등 다방면에 걸친 흡연문화를 독특한 문체로 기록한 《연경(煙經, 1810년)》이란 책을 냈다. '늘 사랑하여 피우는 인생의 벗으로서 담배의 모든 것을 기록하고 싶다'는 열망을 책으로 지은 것이다. 그는 참으로 담배를 사랑했던 애연가였다.

현대에 와서도 한종수라는 담배예찬론자가 '한국애연가동맹'이라는 단체를 만들어 그 대표를 하면서 흡연권을 강조하며 책까지 썼다. 그는 그의 저서 《담배를 피우게 하라》에서 "흡연 3권은 담배를 자유롭게 피울 수 있는 권리(흡연자유권), 쾌적한 시설과 환경에서 담배를 피울 수 있는 권리(환경흡연권), 기호품인 담배를 즐길 수 있는 권리(행복추구권)를 말한다. '하늘은 스스로 돕는 자를 돕는다'라는 말처럼 권리는 스스로 지키려고 노력하는 사람에게 주어진다. 흡연권도 소비권과 같이 우리 스스로 지켜야 한다는 의지가 있을 때만 가능하다. 스스로 죄인시하고 스스로 폄하하는 상황에서 우리들은 영원히 천덕꾸러기요, 봉일 수밖에 없다. 비흡연자에 비해 연간 5조 원에 달하는 담배 관련세로 추가 부담하는 납세자로서 지킬 것은 지키고 당당하게 피울 수는 없는 것인가? 이것이 이 책을 통해 기대하는 작은 소망이다"라고 흡연자의 권리를 주장하며 투쟁하고 있다.

제5부

담배 이야기 II

쾌락과 금연

인간의 탄생은 신비롭다. 인간이 여타 동물과 다른 점은 무엇일까? 한두 가지가 아니겠지만 대표적인 것이 불·도구·언어사용이다. 그러나 인간의 뇌를 들여다보면 쾌감행동 시스템이 특히 발달해 있다고 하는데 인간은 누구나 이 쾌감행동 시스템이 작용하면 어떤 고통도 마다하지 않고 적극적으로 실행하지 않을 수 없다고 한다. 이 시스템을 통해 담배나 술맛을 기억하면 그것 없이는 뇌가 정상적으로 기능할 수 없고 담배를 끊고 싶어도 끊을 수 없는 의존·중독상태가 되는 것이다.

니코틴에 중독된 흡연자가 담배를 피우면 폐의 허파꽈리를 통해 일단 뇌로 들어간 니코틴이 중뇌피질 변연계의 원동력인 A10 신경핵의 신경세포에 반응해서 쾌감을 일으키는 신경전달물질인 도파민을 분비한다. 니코틴이 A10 신경세포의 막에 있는 니코틴리셉터에 부착하는 것이다. 그 뒤 쾌감행동 시스템이 작용해 쾌감을 느끼고 의욕이 솟구치며 집중력이 증가한다. 그 상태에서 니코틴이 부족해지면 더 적극적으로 흡연하고 싶은 충동이 생긴다. "금연해야 한다"고 입으로는 말하지만 실제로 뇌는 "담배를 피우고 싶다!"고 강하게 주장하는 것이다.

쾌감행동시스템은 인간 뇌의 뛰어난 기능이지만 양면성이 있어서 중독과 의존증을 만들어내기도 한다. 그러나 그 의욕과 집중력은 극히 일시적인 것이고 장기적으로는 인생을 망하게 하는 원인이 된다. 담배·마약이나 알코올 등에 탐닉하는 것만 중독이 아니라 섹스·게임·쇼핑 등 특정 행위를 광적으로 하는 것도 중독으로 분류된다.

인간 뇌의 변연계 부위에는 쾌락중추라고 불리는 부위가 있는데, 이 부위가 자극되면 정신적 고양감과 만족감을 느낀다는 사실이 밝혀졌다. 특정 약물이나 특정 행동은 도파민과 엔도르핀 등의 물질들을 분비시켜 뇌의 쾌락중추를 건드리기 때문에 그 짜릿한 자극으로 인해 쾌감을 경험하게 된다. 사회가 점점 복잡해지면서 직접적으로 신체의 생존과는 상관없는 특정 자극이나 행동에 대한 집착 현상이 늘어나고 있으며, 이러한 특정물질의 흡입·섭취, 행위·시각자극 등에 중독되어 스스로의 의지만으로는 극복하기가 매우 어렵다.

인간의 뇌는 3분 동안 산소가 공급되지 않으면 의식불명이 되고, 4분 동안 공급되지 않으면 뇌 세포의 활동이 정지될 정도로 민감하다. 인간의 뇌는 산소와 떼려야 뗄 수 없는 관계이다. 이러한 뇌의 산소 의존성은 인간이 호기성 세포의 진화로 탄생된 동물이기 때문이다. 이런 민감한 두뇌의 소유자인 인간은 쾌락의 추구에 있어서도 아주 민감하고 특이하다.

변연계 부위에 있는 쾌락중추에는 반복성을 요구하는 신경전달물질이 있고, 쾌락중추신경에 공급될 물질이나 행위가 나타나지 않으면 초조·불안·좌불안석·손 떨림 등의 증상이 있게 된다. 흡연 중독의 경우 뇌에서는 니코틴의 공급을 원하고 있어 흡연자는 뇌의 요구에 응하지 않을 수 없게 되는 것이다. 중독증상 환자들은 담배를 끊기가 어려운 것이 이런 이유 때문이다.

담배, 즉 니코틴 중독의 경우 아무리 환자가 끊고 싶은 마음이 있어도 뇌의 변연계 쾌락중추에서 니코틴의 공급을 강력하게 원하고 있으므로 안절부절 못하게 되는 것이다. 흡연자들이 금연을 하기 쉽지 않은 원인이 쾌락중추신경계의 영향에 따른 것이지만, 금연을 하겠다는 사람의 의지와 각오는 인간 뇌의 변연계 쾌락중추신경도 제압할 수 있다. 금연할 수 없다는 것은 다만 그 쾌락을 끊지 못하는 흡연자들의 변명일 뿐이다.

흡연자들의 암 발생이 비흡연자들보다 최대 6.5배 높다는 통계가 나왔으며 매년 이들의 치료를 위해 1조 7천억 원의 치료비가 추가 지출되고 있다고 한다. 그 정도라면 의료보험료를 흡연자와 비흡연자를 구분하여 부담시켜야 한다. 흡연자와 비흡연자를 구분하는 방법은 어렵지 않다. 흡연으로 인하여 자신의 건강을 해쳐 국가세수에 더 많은 부담을 줬으니 흡연자라면 그 책임을 져야 한다.

담뱃값을 2,000원 인상하면 담배소비량이 34.0% 줄고, 세수는 약 2조 8,000억 원 늘어난다. 1조 7천억 원의 진료비가 추가 지출되고 있다고 해도 정부는 흡연율을 줄일 수 있고 동시에 세수도 챙길 수 있어 꿩 먹고 알도 먹는 격인데 담뱃값을 올리지 않을 이유가 없다. 그렇게라도 하여 흡연율을 줄여 나가야 한다. 특히 이번에 담뱃값을 올리면 청소년들의 흡연율이 많이 줄어들 것으로 보인다.

> ### ▌(주)KT&G
>
> 한국에서 담배를 생산하는 KT&G는 외국인이 주식의 58.5%를 점유하는 다국적 기업이다. 그러고 보니 국산담배라는 인식조차 점차 줄어들고 있는 상황이다. 1948년 전매청, 1989년 국영기업인 한국담배인삼공사(Korea Tobacco & Ginseng)에서, 2002년 민영화되어 (주)KT&G로 상호를 변경했다. 계열사로는 (주)한국인삼공사, 케이지씨판매(주), 영진약품공업(주), 태아산업(주), (주)케이티앤지바이오가 있다. 2009년 12월 현재 최대주주는 중소기업은행으로, 6.93%의 지분을 소유하고 있다.

금연전도사

담배회사들은 담배를 단순한 기호품이라고 주장하지만 이는 이미 오래전에 지나간 이야기다. 담배가 인간에게 얼마나 해로운가는 이미 다 아는 것이며, 인류가 만들어 낸 최악의 물건, 백해무익한 인류의 공적, 죽음에 이르게 하는 조용한 살인자 등 담배의 해독성에 대한 비난의 수위와 해악성에 대한 경고도 높아지고 있다. 그런데 "한국인은 로고스(logos, 이성)보다 파토스

(pathos, 감성)가 강하다"는 어느 사회학자의 분석처럼 담배를 두고도 흡연주의와 금연주의로 팽팽하게 맞서고 끊으라고 하면 "너나 끊고 장수하세요."라든가 "너나 끊지 오지랖 넓게 남을 보고 끊으라 마라 하느냐?"고 핀잔을 넘어 싸우려고 한다.

필자의 경우 금연전도사를 하다가 크게 싸움이 될 뻔한 적이 한두 **번**이 아니었는데 이와 같은 분위기에서 금연전도사를 하기도 쉽지 않다. 그럴수록 개인이나 단체가 금연의식을 갖고 자기 주변 사람들부터 담배를 피우지 않도록 선도해야 한다. 담배를 피우도록 허용하는 것은 죽어가는 사람들을 보고도 아무 조치 없이 방치하는 것이나 다름없다. 자살하려는 사람을 방치하고 간접살인을 저지르고 있는 사람을 내버려 두면서 이 사회의 주인이라고 할 수는 없다.

한국인들에게 담배가 백해무익한 물건이라는 인식을 처음 알린 사람은 박재갑이라는 분이다. 한국의 최초·대표적인 금연전도사이며 한국인들에게 금연을 가장 많이 시킨 인물이다. 국립암센터 설립자이자 국내 암 분야의 최고 권위자이기도 한 박재갑 국제암대학원대학교 석좌교수는 "정부가 독극물보다 더한 담배가 팔리도록 허용하는 것은 국민에 대한 중대한 사기행위이고 한 해 7조 원을 세금으로 걷어 들이는 것은 마약 장사로 떼돈을 버는 '조직폭력배'가 하는 짓과 다름없다"고 정부를 맹비난했다.

그는 늘 우리나라는 생산하지도 팔지도 피지도 않는 국가를 만들어야 한다고 이야기한다. 2006년 2월 22일 '금연전도사'로 통하는 박재갑 당시 국립암센터 원장과 김대중 전 대통령, 박관용 전 국회의장 등 158명은 '담배제조·매매금지법안'을 국회에 입법청원하기도 했다. 물론 그 법안은 국회를 통과하지 못했다. 언젠가 통과되는 날이 오기를 기대한다.

그는 국내외 380여 편의 논문과 25권의 책을 집필한 대장암 명의이자 국립암센터 초대원장, 국립중앙의료원장, 아세아대장항문학회장, 대한암학회

이사장, 세계대장외과학회장 등을 역임해 오면서 담배의 해악성을 몸으로 체득해 온 사람이기도 하다. 그는 늘 이야기한다.

"지금껏 의사로서, 의료기관의 책임자로서 지켜본 결과 질병예방에는 금연과 운동이 가장 중요하다는 것을 깨달았다. 앞으로는 100세 시대를 넘어 120세까지 살 날이 올 것이다. 그렇게 되면 70세부터 120세까지 50년을 노인으로 사는 셈이다. 금연과 운동화를 신고 걷는 것은 돈들이지 않고 건강해질 수 있는 최고의 비결이다. 또한 담배는 매년 5만여 명을 죽이는 독극물이다. 담배로 인한 사망자는 교통사고 사망자의 10배에 달한다"면서 늘 금연전도 사임을 잊지 않고 후진 양성에 힘을 쏟고 있다.

다음으로 손에 꼽을 수 있는 금연전도사로는 현재 금연운동협의회 회장을 맡고 있는 서홍관 회장을 꼽을 수 있다. 서울대학교 의과대학에서 박사학위를 받았으며 희망제작소 이사, 글리벡 공동대책위원회 대표를 맡고 있으며 일산 국립암센터 본부장으로 있다. 일간지에 꾸준히 기고하는 칼럼니스트이자 여러 권의 시집과 수필집을 낸 문인이기도 하다.

그는 20여 년간 가는 곳마다 금연클리닉을 개설하여 2천 명 이상을 상담했으며 수백 명을 금연으로 이끌었고, TV에 수십 번 출연하여 금연을 전도하였으며, 일간지와 잡지에 수십 편의 금연 관련 칼럼을 기고하였고, 금연을 주제로 수백 번 강연해 온 베테랑 금연전도사이다. 그는 이야기한다.

"그간 흡연에 대한 인식에도 많은 변화가 있었다. 성인 남성 흡연율이 낮아지고 있으며, 흡연에 대한 규제도 심해져서 실내 공간은 물론이고, 버스 승강장이나 혼잡한 거리와 같은 실외 공간까지도 금연구역으로 선포되는 발전을 이루었다. 그러나 흡연자에 있어서는 여전히 어려운 일이다. 아직도 천만 명이 금연에 실패한 채 흡연하고 있다. 금연 실패에도 불구하고 또 금연을 시도하고 금연에 성공하여 인생에도 성공하기 바란다. 금연에 성공했을 때 가장 가까운 가족들이 행복해한다는 점도 금연을 해야 하는 이유가 될 것이다." 이러한 그의 금연전도사의 역할은 앞으로도 계속될 것이다.

가장 바람직한 흡연정책을 펴고 있는 나라는 부탄이다. 부탄은 담배의 제조·판매를 금지하고 있는 나라이다. 담배 판매와 거래가 법으로 금지돼 있는 세계 최초·유일의 완전 금연국가인 셈이다. 다만 흡연 자체는 불법이 아니기 때문에 외국인의 경우 두 보루(400개비)까지 무관세로 갖고 들어와 허용된 장소에서 피울 수 있는데 관광수입을 위한 어쩔 수 없는 정책이다.

흡연을 적극적으로 억제한 첫 번째 국가는 독일 나치정부였다. 히틀러는 담배냄새를 무척 싫어했다고 한다. 그리하여 그의 정부는 세계 최초로 금연 정부가 된 것이다. 처음에는 군화 뒤꿈치로 흡연자의 머리를 박살내는 그림으로 포스터 캠페인을 펼쳤다. 그리고 히틀러는 다음과 같은 연설로 캠페인을 지원했다. "담배는 백인이 독한 술을 준 데 대한 인디언의 복수이다."

또한 나치 여성 동맹 일원들에게 "우수종족 번식에 헌신하겠다"는 서약을 받고 담배를 끊게 하였다. 1930년대 말 반(反) 흡연정책은 더욱 확장되어 공공장소에서와 차량이동 중에 흡연을 금지했고, 특히 임산부와 독일공군의 흡연을 철저히 금지했다. 독일은 심지어 한 세대 전에 큰 반발을 샀던 야외흡연금지법을 부활시켰다.

1939년 뮐러가 최초로 임상의학적 방법을 사용해 흡연과 폐암의 관계를 밝혀냈다. 뮐러는 "담배 사용의 급격한 증가가 폐암 증가의 가장 중요한 원인"이라는 결론을 내렸다. 모두 히틀러의 지시에 의해 이루어진 연구 결과물들이다.

우리나라는 1650년께 인조가 '담배는 인이 박인다'는 이유로 단인령(금연령)을 내리기도 했지만 이 또한 오래가지 못했다. 담배를 싫어한 또 다른 임금은 광해군이었다. 광해군은 담배냄새를 지독히 싫어해 신하들에게 담배를 못 피우게 했다는데 이것이 윗사람 앞에서는 담배를 피우지 않는 예절로 발전하였다는 설이 있다. 영조와 정조는 곡식을 생산해야 할 좋은 밭을 담배로 소비하는 것을 걱정하여 재배금지령을 내렸다.

　박재갑 씨보다 몇 백 년 앞섰던 금연전도사도 있다. 숙종 때의 석학 이성호는 담배의 5익10해론을 주장하였다. 즉 "담배는 가래가 목구멍에 걸려서 떨어지지 않을 때, 비위가 거슬려 침이 흐를 때, 소화가 되지 않아서 눕기가 불편할 때, 가슴에 먹은 것이 걸려서 신물을 토할 때, 한겨울에 찬기를 막는 데 유익한 반면, 열 가지 해로운 것으로는 악취로 재계하고 신과 친할 수 없음이 그 하나요, 재물을 소모함이 그 둘이며, 할 일이 많은데도 시간을 허비함이 그 셋이라 했다. 그 외에 머리를 나쁘게 만들고 밖으로는 눈과 귀를 해치며 머리카락을 희게 하고 안색이 창백해지며 치아가 빨리 빠지고 피부가 거칠어져 일찍 늙는다"고 하였다.

　〈열하일기〉로 유명한 연암 박지원은 현실에 안주하지 않고 당시 허위의식에 빠진 세태를 비판하였다. 그는 또한 당시 중국의 선진 문물을 배우고 실천하려고 하였던 북학의 선두 주자였다. 그는 '담배를 삼액이라 하여 없어져야 할 나쁜 문화'로 배격하였다. 흡연을 구액(口厄)이라 하여 족액(足厄; 중국에서 여자가 어릴 때부터 발을 피륙으로 감아서 작게 하던 전족 풍속), 두액(頭厄; 상투를 튼 머리가 흐트러지지 않도록 두르는 남자들의 망건)과 함께 삼액(三厄)으로 꼽았다.

　연암과 같은 시대에 담배의 폐해(南草之弊)를 주장한 김경중과 담배를 피워서는 안 되는 10가지 이유를 열거한 이덕무 등도 금연 운동의 선두주자였다. 그러나 "좋은 밭에 요상한 풀을 심어 한 줄기 연기로 날려 버린다"고 담배의 경제적 손실을 경고한 조선 후기의 명필 이광사와 "옥토는 담배밭으로, 보석과 금은 흡연도구로 바뀌지만 그 용도는 뭇사람의 시간 낭비뿐이다"라고 한 이유원은 담배 배격론자이면서 자신은 애연가임을 고백하는 솔직한 면도 보였다.

　이덕리(李德履, 1728~?)도 금연전도사였다. 그는 금연에 대한 책을 지었을 정도로 열렬한 금연전도사였다. 그가 쓴 책의 이름은 《기연다(記烟茶)》다.

'연다'는 담배를 뜻하는 말로, '기연다'는 '담배를 기록한다'는 의미다. 여기에서 그는 담배의 해악에 대하여 자세하게 기록하였다.

담배는 진기(眞氣)를 소진시키는데 이것이 첫 번째 해로움이다. 눈이 침침해지는 것을 재촉하는 것이 두 번째 해로움이다. 담배연기가 옷가지를 더럽게 물들이는 것이 세 번째 해로움이다. 연기와 담뱃진이 의복과 서책을 더럽게 얼룩지게 만드는 것이 네 번째 해로움이다. 불씨가 늘 몸을 떠나지 않아 자칫 실수하기 쉽다. 작게는 옷에 구멍을 내고 방석을 태우며, 크게는 집을 태우고 들판을 태운다. 이것이 다섯 번째 해로움이다. 입안에 늘 긴 막대를 물고 있기에 치아가 일찍 상한다. 간혹 목구멍을 찌르는 불상사도 염려된다. 이것이 여섯 번째 해로움이다. 구하는 물건이 작은 것이라 큰 거리낌이 없다보니 위아래나 노소를 따질 것도 없고 친소(親疎)와 남녀를 따질 것도 없이 서로서로 구하기를 그치지 않는다. 간혹 담배를 얻으려다 망신을 당하기도 하고, 간통을 매개하기까지 한다. 이것이 일곱 번째 해로움이다. 집에 머무는 자는 화롯불의 숯을 일삼지 않으면 끊임없이 불을 가져오라 야단이고, 길을 떠나는 자는 부시와 담배 갑을 챙기는 것이 언제나 번거로운 한 가지 일이다. 이것이 여덟 번째 해로움이다. 한 번 들이마시고 한 번 내쉬는 행위가 오만한 자세를 조장하고 건방진 태도를 갖게 하는데 다른 음식에 견줄 바가 아니다. 따라서 젊은이가 자리를 피해 숨는 습속을 만들어 놓고, 아랫사람이 윗사람을 무시하는 행태를 조장한다. 이것이 아홉 번째 해로움이다. 담배란 물건은 항상 입과 손을 써야 한다. 그래서 일을 할 때는 이쪽에서 거추장스럽고 저쪽에서 방해받는다. 다른 사람과 대화를 나눌 때도 앞뒤의 말이 자주 끊긴다. 공경스런 자세를 지녀야 하는 예법에도 어긋나고, 용모를 단정히 하라는 가르침에도 소홀해진다. 이것이 열 번째 해로움이다."

《담바고 사연(淡巴菰說)》을 지은 이현목도 대단한 금연전도사였다. 그의 문집 《소암집(笑庵集)》에 실려 있는 내용을 보면 이덕리보다도 더 생생한 실례를 들어가며 백해무익한 담배에 대하여 신랄한 비판을 가하고 '요망한 풀'이라고 비판하고 있다. 모두 선각자적인 우리의 선조다.

내 생각을 논한다면, 이는 다름 아니라 사람을 미혹케 만드는 요망한 풀에 불과하다. 사람을 갖가지로 해쳐서 단순히 백성들의 재물을 소모시키는 데 그치지 않는다. 실제로는 사람의 풍속을 망가뜨려 세상 사람들이 모두 거기에 중독되어 있기에 누구도 깨닫지 못하고 있다. 참으로 이상한 일이 아닌가?

신체에 방해가 되는 것을 시험 삼아 말해보련다. 대추를 입에 물어 생기는 침을 삼키는 것은 양생(養生)하는 데 좋은 방법이다. 지금은 독을 빨고 있는 까닭에 옥 같은 침을 뱉어버리지 않을 수 없다. 유익한 침을 헛되이 낭비하니 어찌 건강에 해가 되지 않겠는가?

버들가지로 양치하여 이를 깨끗하게 하는 것은 몸을 정결하게 하는 방법의 하나다. 지금 담배를 피우는 까닭에 대부분의 치아가 검게 물드는 결과를 면치 못한다. 깨끗하고 하얀 치아를 더럽히니 어찌 안타깝지 않은가? 작게는 날카로운 쇠가 윗잇몸을 깎아 상처를 내는 폐단이 있고, 크게는 긴 장죽이 목구멍을 찔러 손상시키는 재앙을 낳기도 한다. 이 모두가 이 풀이 불러들인 결과 아니겠는가?

물건에 해를 끼치는 점을 들어 말해보련다. 방과 대청을 깨끗하게 청소하는 이유는 청결하게 유지하기 위해서다. 그런데 화로의 재와 부싯돌의 돌가루가 뒤섞여 주변을 어지럽히는 것을 금하기 어렵다. 창호지와 벽을 풀로 잘 바른 이유는 청결하고 하얗게 보이게 하기 위함이다. 그런데 담배 연기가 물들이고 진액이 뿌려져 끊임없이 검게 더럽혀진다.

작게는 맵시 있게 만든 옷과 이불가지가 담뱃불에 구멍이 나고, 크게는 잘 제본한 서책이 담뱃재로 인해 불이 나서 지전(紙錢)을 사르는 꼴이 된다. 이 모두가 이 풀이 불러들인 결과 아니겠는가?

게다가 농부들이 경작할 때나 나그네가 길을 나설 때는 바빠서 다른 일을 할 겨를이 없다. 그러나 한번 담배를 피우고 싶은 생각이 나면 반드시 피우고서야 생각이 없어지므로, 농사에 방해가 되거나 길을 출발하는 것을 막는 따위는 돌아보지도 않는다. 일을 하려는 사람으로 하여금 쉴 틈을 만들도록 유도하고, 태만하도록 조장하는 것이 이 풀이다.

심지어는 탕자가 봄나들이 하고, 음부(淫婦)가 사통(私通)하는 짓거리가 대개 모두 담배 한 대가 매개하여 성사된다. 피차간에 담배를 주고받을 때 눈이 맞아 떨어지고, 오고가며 담뱃대를 빼는 사이에 정을 도발한다. 그러니 풍속의 파괴가 특별히 이 풀이 빌미가 되었다고 아니할 수 없지 않은가?

아! 연초를 심는 밭이 곡식을 심는 밭보다 이익이 크고, 연초를 판매하는 상점이 다른 물건을 파는 상점보다 많다. 은죽, 동죽을 제작하기 위해 장인들은 갖가지 기술을 최대한 발휘하고, 중국 담뱃대와 일본 담뱃대를 무역하고자 하여 만 리나 떨어진 곳까지 교통한다. 높은 벼슬아치는 한 길이나 되는 얼룩무늬가 있는 장죽을 끼고 대로에서 (길을 비키라고) 외치고, 짙게 화장한 여자는 은으로 새긴 오묘한 제품의 담뱃대를 가로 물고 비스듬히 주렴(珠簾)안의 창에 기대있다.

인가(人家)에서 하루 동안 이 풀에 쓰는 돈이 많을 때는 엽전 수십 문(文)인데, 적어도 2, 3문 아래로는 내려가지 않는다. 그렇다면 서울 장안의 수만 가구에서 쓰는 비용은 얼마나 많겠는가? 아! 옛사람은 무익한 일을 해선 안 된다고 가르쳤다. 더욱이 이 풀을 먹는 것은 무익할 뿐만 아니라 해악 또한 많지 않은가? 또 백성들의 재물을 소모시키고 세상 풍속을 망가뜨리는 것이 이런 정도이지 않은가?

이로써 보건대, 세상 사람이 해가 있음을 알면서도 피우는 것은 담배를 좋아하여 혹한 것이다. 해가 없다고 여겨 피우는 자는 특히 심하게 미혹된 자이다. 음식이 아닌 물건을 음식처럼 먹게 만들고, 달지 않은 맛을 단맛처럼 즐기게 만든다. 사람을 미혹시키는 것이, 사람의 마음을 옮겨가게 만드는 고혹적(蠱惑的)인 여인과 다름없다.

그것을 보면, 담파고(담배) 무덤 위의 음탕한 귀신이 화한 것이라는 세상 사람들의 말이 비록 불경스럽기는 하지만, 귀신의 일이 세상에 간혹 발생하니, 그 성질과 맛으로 따져보건대, 도리어 그럴법하다고 말할 수 있다. 그렇다면 이 풀은 사람에게 백 가지 해만 있고 한 가지 이익도 없다.

온 세상이 미혹되어 이런 지경에 이르렀으나 아까 내가 이른바 요망한 풀이라고 말한 것이 분명히 올바로 본 견해이다. 명나라 조정이 담배가 처음 남쪽으로부터 전해 왔을 때 무언가 본 것이 있어서 금지한 것이 아니겠는가?"

그는 담배문화를 비판하며 담배는 없어져야 할 물건이라고 주장했지만 실현되지는 못했다. 우리 선현들의 견해는 유럽 의사들의 담배에 대한 견해보다는 한 수 위였다.

부끄러운 꼴초국가?

그런데 부끄럽게도 한국인들은 아주 옛날부터 담배를 좋아했었다는 기록이 있다. 담배와 흡연의 역사 현장을 가볍게 산책해보자. 《하멜표류기》는 하멜이라는 네덜란드인이 17세기 중반 조선에 14년 동안 억류됐다가 탈출하여 쓴 기록물이다. 물론 하멜이 단편적으로 본 것을 조선시대의 전체로 본다는 것은 무리가 따르지만 일부는 인정하지 않을 수도 없다.

하멜은 표류기 16쪽에 이렇게 기술하고 있다. "그들(조선인들) 사이에는 담배가 매우 성행(유행)해 어린아이들이 4, 5세 때 이미 배우기 시작하며, 남녀 간에 담배를 피우지 않는 사람이 매우 드물다"고 기술하고 있다. 남녀는 이해가 가지만 4~5세의 아이들이 담배를 배운다는 대목에서는 좀 이상해지는 것이다. 정말 그랬을까?

구한말 선교사로 궁중에 자주 드나들던 언더우드 여사는 궁녀들의 담배사랑이 어떠했는지 전한다. "나는 그들이 모두 담배를 피우는 것에 놀랐으며 그들은 내가 담배를 피우지 않는 것에 놀랐다."

독일인 에손서트는 이런 글을 남길 정도였다. "대한제국의 남자들이 얼마나 골초인가 하면, 그들이 50년 일생동안 피우는 담배연기만으로도 우리나라 베를린의 국립보건소 인원 전체를 그 자리에서 쓰러져 죽게 할 만하다. 그런데도 조선남자들은 모두가 괄괄하고 건강하게만 보인다."

담배가 이 땅에 들어온 것이 조선시대 광해군 때인 1616년이니, 한반도에서 담배연기가 피어오르기 시작한 지 채 400년이 되지 못한다. 그런데도 '호랑이 담배 피우던 시절'이란 말이 자연스럽게 쓰일 정도로 담배는 우리 역사에 친숙한 물품이다.

18세기 말인 정조 때에는 흡연율이 20%(전체 인구 1,839만 명 중 360만 명)에 이르렀을 것으로 추정된다. 한국인의 담배 사랑은 일제 강점기와 대한민국 건국을 거치면서 식을 줄 몰랐다. 해방 뒤에는 사제담배와 양담배가 성행했다. 특히 양담배는 '미제'라는 아우라까지 겹치는 바람에 인기를 끌었다. 양담배 장사가 제법 쏠쏠하자 미군 트럭을 '차떼기' 하는 일이 벌어지더니, 급기야는 미군 군용열차를 털다 사람이 죽는 일도 일어났다.

1957년 4월 12일 밤 미군 피엑스용 물품을 가득 싣고 인천을 출발해 의정부를 거쳐 동두천으로 가던 군용열차가 의정부와 덕정 사이 고갯길에서 멈춰 섰다. 열차에서 누군가가 손전등으로 신호를 보내자 한국 민간인 아홉 명이 열차로 달려가 산소 용접기로 문을 절단하고 양담배 스물네 상자를 꺼내 가려는 순간, 미군의 총격이 시작됐다. 이 총격으로 한국인 한 명이 사망하고, 두 명이 부상당했다.

담배 도둑도 들끓었다. 1960년 9월 6일자 〈조선일보〉에 다음과 같은 기사가 실렸다. "대전시 인동에서 연초 소매상을 하는 이낭이 씨는 금년 들어 다섯 차례나 담배를 도둑맞아 골치를 앓던 끝에, 좀도둑을 골려주기 위해서 아리랑 빈 갑에 나뭇조각을 넣어 진짜처럼 포장해서 20갑을 진열해놓았더니 5일 새벽 도둑이 들어 진열장을 부수고 훔쳐갔다고. 담배 대신 나뭇조각을 훔친 도둑도 약이 올라 재침을 노리겠지만 주인 이 씨도 새로운 대책을 목하 고민 중"이라는 소식을 보도하고 있다.

1975년 말 세계 각국의 흡연인구의 1인당 1일 흡연량은 한국이 골초국가임을 말해주기에 충분했다. 흡연율이 이 지경에 이르렀지만 전매청은 그 어떤 비난에도 아랑곳하지 않고 오직 국고를 채운다는 구국의 일념으로 담배를 팔았다. 급한 대로 양담배를 때려잡아 국산담배 판매를 늘리려 했다. 그러나 1986년 담배시장 개방 이후 양담배와 본격적으로 맞붙은 전쟁은 전 국민을 상대로 사실상 흡연촉진을 하는 결과를 초래하고 말았다.

1983년 11월 전매청의 표본 조사에서 20세 이상 흡연자는 959만 명으로, 흡연율은 41.67%로 나타났다. 성별로 보면 남성은 74.35%, 여성은 10.2%였다. 1975년보다 9%나 줄었다(47.7%, 남성 84.13%). 1994년도 세계보건기구의 통계를 보면 한국 남성의 70%가 담배를 피우는 것으로 나타났다. 성인 남성 흡연율에서 캄보디아(90%)에 이어 아시아에서 둘째로 높았다. 역대 정부에서 금연정책은 겉돌고 있었음을 보여주는 수치이다.

2003년 1월 22일자 미국 〈USA투데이〉지는 '세계에서 어떤 국민이 담배를 제일 많이 피울까'라는 기사에서 "한국인은 한 사람당 연간 4,153개비를 피워 세계 제1의 골초국"이라 보도한 바 있다.

전 세계적으로 흡연은 늘 흡연자의 의지 문제로 환원된다. 의지가 강한 사람은 금연을 할 수 있는데 의지가 강하지 못한 사람은 흡연자로 남을 수밖에 없다는 것을 전제로 한다. 여기에서 금연에 성공한 자와 금연에 성공하지 못한 자가 분명하게 가려진다. 성공한 금연자는 자신의 강한 의지를 확인했다는 점에 큰 의미를 부여한다. 성공하지 못한 자는 자신의 의지가 겨우 이 정도뿐임을 알고 후회하게 된다.

그래서 한국뿐만 아니라 전 세계적으로 이상한 게임이 벌어진다. 흡연자의 박약한 의지를 비웃는 모멸 또는 탄압게임이다. 이 거대한 게임에서 흡연자의 권리는 점차 축소되고 금연자들의 권리는 확대되어 간다. 금연장소가 늘어나고 담배가격은 이런저런 이유로 상승하며, 심지어 의료보험료의 상승도 고려되고 있다. 사회 전반적으로 금연하지 못한 자들의 의지를 꼬집어 흡연자들을 미개인처럼 대하고 모멸감을 주는 분위기를 만들고 있다. 한국도 이러한 사회분위기가 점점 확대되고 있는 중이다.

담뱃값 논란

얼마 전 정부에서 담뱃값을 올린다는 발표 후 사람들 사이에서 많은 의견이 오가고 있다. 선거가 끝나서 그렇다느니… 서민들의 주머니를 턴다느니… 더 올려야 한다느니… 담배 사재기를 한다느니…. 이 모두가 니코틴 중독성에서 오는 담론이다. 그리고 보니 다른 나라의 담뱃값이 궁금하다. 아일랜드 1만 6,000원, 영국 1만 5,000원, 프랑스 9,400원, 독일 8,900원, 네덜란드 8,400원 등이다. 호주는 한 갑에 1만 6,300원이다.

한국의 담뱃값이 싸다는 것을 안 것은 지난 7월 미국 LA에 있는 친지를 방문하면서다. 그 친지가 담배를 피우는데 면세점에서 담배 몇 보루를 사오라는 주문이었다. 그가 요구한 담배를 두 보루를 사가지고 갔으나 10일 만에 동이 났다. 담배는 주로 주유소에서 사는 것을 보았는데 한 갑에 8~10달러 정도였다. 그러니까 약 8천 원에서 만 원 정도 되었다. 한국에서 사면 3~4갑을 살 수 있는 금액이었다.

이들 나라가 담뱃값을 비싸게 한 것은 세수가 목적이 아니라 국민들의 흡연율을 줄이기 위해서다. 담뱃값이 싸기 때문에 국민의 흡연율이 높은 편에

속해 있는 것일까?

경제 협력개발기구(OECD)국가 중 한국은 전체 흡연율 23.2%로 전체 흡연율 23.9%인 스페인에 이어 2번째로 흡연율이 높은 국가로 분류되고 있다. 남성 흡연율은 41.6%로 OECD국가 중 가장 높으며, 일본은 32.4%로 두 번째로 남성 흡연율이 높은 국가이다. OECD국가 중 15~24세 인구, 즉 청소년 및 초기 성인기 인구에서의 흡연율이 가장 높은 국가는 스페인으로 21.7%이며, 이탈리아는 21.4%로 두 번째로 높은 국가다. 우리나라는 18.0%로 전체적으로 4번째로 흡연율이 높은 국가지만, 15~24세 남성 인구 흡연율은 28.2%로 OECD국가 중 가장 높다. 과연 부끄러운 골초국가임이 증명되고 있는 셈이다. 그렇기 때문에 국민의 건강을 위하여 유럽수준으로 담뱃값을 올려야 한다.

한국에서 가장 비싼 담배는 2007년에 한정판으로 나왔던 '에세 골든 리프 스페셜 에디션(ESSE Golden Leaf Special Edition)'으로, 1갑에 1만 원에 팔려서 국산 담배 중 최고가를 기록했다고 하는데 나는 구경조차 못했다. 그것보다 더 비싼 담배는 광주교도소에서 한 개비에 5만 원에 팔렸던 것이 아닌가 싶다. 1999년 4월 1일 광주교도소 정모 씨와 이모 씨가 재소자들에게 한 갑에 30만 원에서 110만 원, 즉 한 개비당 1만 5,000원에서 5만 원에 팔았다니 꽤 수지맞았던 장사였다. 이들은 마진 좋은 위험한 장사를 한 덕분에 특정범죄 가중처벌법 위반의 신세를 졌음은 물론이다. 니코틴의 중독성이 가져온 결과다.

세상에서 가장 비싼 담배는 한 갑에 1억 원이라고 한다. 그 담배를 제작한 곳은 1902년 설립된 BAT 담배회사이다. 전 세계 180여 개국에서 사업 활동을 하고 있는 세계적인 회사라고 한다. 그러나 담배 자체가 비싼 것이 아니고 담뱃갑에 18캐럿의 화이트 골드·루비·대형 다이아몬드 등이 박혀 있었다고 한다.

부탄처럼 담배를 만들지도 말고 판매하지도 말며 사는 사람도 없는 나라를 만드는 것이 우리의 이상일 것이다. 아직 그러한 나라는 존재하지 않지만 앞으로 그런 국가의 정부가 탄생하게 될 것이다. 그것은 국가의 정책에 관한 문제이지 전혀 불가능한 문제는 아니라고 생각한다. 그런 나라의 탄생을 보고 싶다. 그런 나라가 있다면 그곳에서 살고 싶다.

나는 개인적으로 우리나라가 담배를 만들지도 피우지도 않는 나라가 되길 바라고 있다. 즉, 담배를 독극물이나 마약으로 지정해 피우면 벌금을 내야 하는 최초의 나라가 되었으면 한다.

이제까지의 모든 국가는 나쁜 국가였다. 각국은 담배에 세금을 부가하여 거두어 왔으니 국민의 건강을 팔아 국가의 재정으로 활용한 것이다. 심지어 세금을 더 걷기 위하여 담배 피우는 것을 장려한 국가도 있었다. 담배가 인체에 유익하다고 주장하는 사람을 내세워 선전까지 하기도 했다. 그리고 그 시대에는 담배 피우는 것은 세금을 꼬박꼬박 내고 있으니 애국자라고 자부했던 사람들도 있었다. 담배 피우는 것이 자랑이고 미덕이라고 했던 어리석은 시절도 있었다.

최근에는 담배가 인체에 필요하고 좋다고 주장하는 사람은 없는 것 같다. 다만 최근에 나타나고 있는 현상 중 저가정책을 실시하고 있는 나쁜 나라가 있다. 대표적인 나라가 대한민국이다. 담뱃값을 결정하는 공무원들과 정치인들은 서민에게 경제적인 부담을 지운다는 이유로 인상에 반대해 왔다.

정부와 정치인들은 아마 담배를 생활필수품과 같은 수준으로 인식하고 있는 것 같다. 각종 생활필수품의 가격 안정을 위해 최선을 다하고 있듯이 담배도 물가안정의 차원에서 다루고 있는 나라가 바로 대한민국이다. 그런 어리석은 정책으로 서민의 건강을 더 갉아먹게 하고 있는 것이다.

또한 저렴한 가격으로 인해 청소년들이 쉽게 담배에 손을 댈 수 있다. 그렇다면 그들은 나쁜 사람들이다. 담뱃값이 제일 비싼 나라가 되어야 한다. 그리하여 경제적인 이유로 담배를 억지로라도 끊는 국민이 많이 나와야 한다. 더구나 청소년들은 감히 담배에 손도 댈 수 없도록 만들어야 된다. 그렇게 되면 흡연율이 10% 이하로 떨어지게 될 것이다.

다음으로 담배세를 재원으로 만들어 못 끊는 서민과 청소년이 있다면 그들을 중증 환자로 분류하고 치료해야 한다. 이러한 차원에서 보면 최근의 담뱃값을 올리는 정책에 쌍수를 들어 찬성한다. 다만 인상폭이 적어 금연율이 그리 높진 않을 것 같아 걱정이다.

질병론과 혈세론

담배를 피우는 것은 일종의 질병이다. 질병으로 분류하여 관리하는 것이 당연하고 현대 의학적으로도 타당하다. 흡연이라는 것을 마약·알코올 등의 중독과 마찬가지로 질병으로 편입시켜 국민의 건강을 관리해야 한다는 것이다. 국가에서는 국민의 건강을 위하여 단순히 흡연의 해로움을 홍보하는 소극적인 정책에서, 흡연하는 국민에게 건강보험료의 차별 징수·흡연의 질병 편입 관리·일정요건에 따라 강제치료제도의 도입 등 보다 적극적인 금연유도 정책을 추진해야 한다.

흡연자와 비흡연자를 구분하여 의료보험료를 단계적으로 상향하는 정책으로 흡연자를 심리적으로 압박해 나가야 한다. 아울러 흡연의 해로움을 깨닫고 흡연을 치료하려고 하는 국민에게는 의료보험 혜택이 적용되도록 하여야 한다. 흡연자가 일정기간 동안 금연 유지가 가능하다면 이들에게 단계적으로 의료보험료를 할인해주는 정책을 실시하여야 한다. 정부는 이러한 적극적인 금연정책을 실시하여 국민의 흡연율을 최대한으로 낮추어야 한다.

부탄과 같이 담배의 제조와 판매가 금지되고 흡연이 불법인 것을 이상으로 정하고 단계적이고 끊임없이 가까이 도달하려는 노력을 경주해야 할 것이다. 질병을 일으키는 니코틴과 타르를 '법정 마약'으로 지정하여 담배의 생산과 판매를 제한하는 정책으로 전환하여야 한다. 국민의 흡연으로 축적된 담배세금으로 국가의 재정 일부를 충당하면서 한편으로는 담배의 해로움을 홍보하는 어정쩡한 소극정책에서 보다 적극적인 금연정책을 실시하여야 한다.

정부는 이제껏 담배에 붙은 세금으로 국가재정을 운영해 온 전과가 있고 그간 흡연자들에게 담배의 해독성에 대하여 홍보를 게을리 한 책임이 일정 부분 있는 것이 사실이다. 또한 국민과 청소년의 흡연에 대한 소극적인 정책으로 일관하여 전 세계에서 흡연율이 최고로 높게 유지된 것에 대한 책임이 있다. 역대 정부들의 이러한 소극적인 흡연정책에는 일부 정당과 정치인들, 그리고 공무원들의 그릇된 담배인식과도 무관하지 않다.

최근 정부에서 담뱃값을 올리겠다는 움직임이 있자 일부 정당과 정치인들은 서민들의 세금을 올리는 것이라는 '서민혈세론'을 펴면서 반대하고 있다. 담배는 주로 서민들이 피우는 기호품이고 담뱃값을 올리는 것은 서민들의 호주머니를 얇게 만들게 될 것이라는 논리를 펴고 있는 것이다. '한 발 더 나아가 세상 살기 힘든데 담배조차 마음대로 피우지 못하게 할 수는 없다'는 것이다. '담배라도 싼 값으로 마음대로 피우게 하여 그들의 애환과 시름을 보듬어 주겠다'는 것이 그들의 입장인 것 같다.

그러나 이들의 '서민혈세론'은 대한민국의 담뱃값을 세계에서 가장 싸게 만들었고 대한민국을 부끄러운 최대의 흡연국으로 만들어 연간 5만여 명이 폐암 환자로 죽어가게 하는 원인이 되고 있다. '서민혈세론'이 많은 서민들의 지지를 받을 것으로 판단하고 있는 것 같다. 그러나 담배를 피우는 사람들로부터 오는 각종 국가적 피해는 간과하고 있다.

폐암 등 흡연으로 인한 질병의 치료에 연간 1조 7천억 원에 이르는 국민건강보험금을 부담하고 있는 것, 담배꽁초에 의한 화재가 15%에 이르는 것, 간접흡연으로 인한 피해 등 산술적으로 계산할 수 없는 국가의 각종 피해를 모른 척하고 있다는 것이다. 그들은 '서민혈세론'으로 서민들의 인기와 호응을 받을 것이라고 판단한 모양이나 결과는 정반대로 나타날 것이다.

흡연으로 인한 국민의 건강을 담보로 다른 부작용을 모른 척하면 안 된다. 담뱃값을 얼마나 올리느냐에 따라 흡연율이 떨어질 것이라는 것이 명백하다면 담뱃값은 올려야 된다. 담뱃값을 올리지 않고 흡연율을 떨어뜨릴 수 있으면 더 좋겠지만 현실적으로 담뱃값을 올리지 않고는 흡연율을 떨어뜨릴 수 없다.

흡연율의 저하는 국민들의 건강을 위해서도 필요하고 또 국가 정책상으로도 올바른 선택이다. '서민혈세론'의 논리대로라면 서민들의 건강보다 재정이 더 중요한 문제이며, 폐암으로 죽건 말건 상관없다는 것인데 이는 이상한 정당과 이상한 정치인들의 이상한 논리라고 할 수밖에 없다.

아직도 정치인이나 공무원 중 흡연권도 헌법의 권리라고 주장하는 사람들이 있다는 데 놀라지 않을 수 없다. 앞으로 금연전도사들은 그들의 인식을 바꾸는 데 힘을 쏟아야 한다. 이러한 인식을 가지고 있는 위정자들과 공무원들이 있는 한 대한민국은 결코 니코틴과 타르로부터 안전한 클린 지역이 될 수 없다.

그들의 주장은 담배를 마약으로 지정하지 않은 데서 발생하는 현상이다. 담배를 마약으로 지정하지 않은 단계에서 흡연권과 혐연권에 대하여 살펴보면, "흡연권은 위와 같이 사생활의 자유를 실질적 핵으로 하는 것이고 혐연권은 사생활의 자유뿐만 아니라 생명권에까지 연결되는 것이므로 혐연권이 흡연권보다 상위의 기본권이라 할 수 있다. 이처럼 상하의 위계질서가 있는 기본권끼리 충돌하는 경우에는 상위기본권우선의 원칙에 따라 하위기본권이 제한될 수 있으므로, 결국 흡연권은 혐연권을 침해하지 않는 한에서 인정되어야 한다"는 것이 법원의 입장이다.

흡연권은 헌법상의 권리가 아니라 혐연권을 침해하지 않는 범위 내에서 반사적으로 주어지는 권리인 것이다. 흡연권이 헌법적 권리라고 주장하는 정치인이나 공무원들이 있다면 국민소환운동을 전개해 나가야 한다. 더 나아가 앞으로 공무원을 채용할 때 담배를 피우는 사람은 공무원이 될 자격에서 제외되어야 한다. 담배를 피우는 사람이 어떻게 공무원이 될 수 있다는 말인가? 공무원은 모든 국민의 봉사자로서 옳은 일만 해야 하고 국민을 계도할 책임이 있다.

공무원과 정치인들은 국민의 공복으로서 국민의 건강과 행복을 위해 그들이 가지고 있는 모든 역량을 쏟아야 한다. 그런 위치에서 자신이 담배를 피우고 있다면 그 자격이 의심된다고 아니할 수 없다. 또 담배를 피우는 정치인이 있다면 국민의 이름으로 비난받아야 하며 그들이 당선되는 것을 막아야 한다.

흡연과 스트레스

"방안에 혓는 촛불 눌과 이별하였관데/겉으로 눈물지고 속 타는 줄 모르는고/저 촛불 날과 같아야 속 타는 줄 모르도다."

1456년(세조 2) 직제학(直提學)이 되고, 이해 성삼문·박팽년 등과 단종의 복위를 꾀하다가 발각되어 처형되었던 사육신 이개의 시조이다. 이개의 속 타는 마음을 촛농(눈물)에 대비시켜 감정을 잘 표현한 시조이다. "겉으로 눈물(촛농) 흘리며 속으로 타들어 가는 줄을 모르는가? 저 촛불도 나와 같아서 눈물만 흘릴 뿐, 속이 얼마나 타는지 모르겠구나!" 이개는 속이 타들어가는 줄 모르고 타는 촛불이 자신과 같다고 한탄하고 있다.

이개의 마음은 흡연자의 마음과 비슷한 마음이었을 것이다. 그럼에도 불구하고 촛불과 흡연자가 확연하게 다른 것이 하나가 있다. 인간이 촛불의 초만도 못한 존재일 수 있다는 가능성 때문이다. 촛불은 자기 자신의 몸을 태워

어둠을 밝히는데 사람의 흡연은 자신의 몸을 태워 주위 사람을 괴롭히고 피해까지 주고 있으니 흡연자는 초만도 못한 존재인가? 흡연자들은 깊게 반성하고 많은 시간을 할애하여 생각해 보길 권한다. 자신의 흡연이 얼마나 미개한 짓이고 자기 가족을 물론이고 주위 사람들에게 피해를 주고 있는가에 대하여 깊은 성찰이 있길 기대한다.

흡연자들도 흡연을 일종의 질병으로 생각해 주길 바란다. 이 흡연이라는 질병과 증상을 근본적으로 치유하는 길을 찾기 위해서는 지속적인 금연 노력이 필요하다. 무엇 때문에 흡연의 질병과 단절하지 못하는지 심각한 분석과 반성이 있어야 치료의 길이 열리게 될 것이다.

일상생활에서 오는 예측 가능한 스트레스 치유법을 발견해야 한다. 그 스트레스의 원인을 찾아 금연을 할 수 있는 실마리를 잡아야 한다. 화장실에 갈 때 흡연하는 습관이 있다고 치자. 그러면 왜 담배를 물어야 화장실에 가는가를 본인에게 스스로 물어야 한다. 대변이 잘 안 나오기 때문인가, 아니면 그냥 일상적인 습관인가를 분석해야 한다. 그래서 그냥 단순 버릇인지 아니면 또 다른 질병 때문인지 알아본다. 전자의 경우에는 한두 번 담배를 가지지 않고 화장실에 가 보고, 만약 괜찮다면 화장실에 안 가지고 가는 습관을 만들어 치유의 길로 들어가야 한다. 만약 후자의 경우라면 그 질병부터 치료해야 흡연을 고칠 수 있는 것이다.

흡연을 고칠 수 있다면 스트레스의 근원이 치유된다. 가족과의 관계가 좋아지고 다른 사람들과의 인간관계가 개선될 수 있다. 경쟁력이 강화되어 연봉과 수입이 증가될 수 있고 남성의 경우 성기능이 개선될 수 있다. 흡연 시에 악화되었던 신체의 기능이 점차 정상화되면서 신체의 곳곳에서 호전반응이 나타난다. 인체의 힐링코드 시스템이 활성화되기 시작하는 것이다. 몸의 힐링코드가 정상적으로 작동되기 시작하면 거의 동시에 심리적인 스트레스도 거짓말처럼 완전히 또는 현저히 사라지게 되는 것이다. 운동을 하고 무고통 무아의 경지에서 명상을 하라! 그러면 세상이 보이고 금연 에너지를 얻을 수 있다.

"going cold turkey"

담배를 끊기 어려운 것은 니코틴의 내성 및 의존성 때문이다. 니코틴은 내성이 있어 같은 효과를 나타내기 위해서라면 점점 더 많은 니코틴이 필요하게 되고, 더 많은 니코틴을 공급해주지 않으면 정신·신체·환경적 요소에 따른 금단증상이 생기게 되며, 담배를 피우던 습성 때문에 허전해지고 니코틴을 갈망(craving)하게 되는 것이다. 이렇게 니코틴의 내성과 의존성은 흡연자로 하여금 악순환을 반복하게 하여 중독되는 것이다. 이지연 교수(세브란스병원 가정의학과)는 "니코틴 중독에 의한 금단증상은 7일에서 10일 사이가 제일 힘들다"고 하면서 "아무리 힘들어도 한 열흘만 참겠다고 생각하는 마음가짐이 가장 중요하다"고 말한다.

금연을 시도하려는 수행자는 "담배는 피워도 되고 나중에 끊으면 되는 것이 아니라 지금 당장 끊어야 하는 마약"이라는 인식을 가지고 출발하는 것이 중요하다. 각종 심혈관계 질환부터 신경성 질환·소화기궤양·폐암·후두암 등 담배가 몸에 악영향을 미친다는 사실을 모르는 사람은 없다. 그런 것을 알면서도 금연이 쉽지 않은 이유는 뭘까? 이는 담배가 단순한 기호식품이 아니라 중독성을 지닌 마약의 일종이기 때문이다. 정부도 국민의 흡연문제에 대해 소극적인 정책에서 벗어나 마약에 준한 정책으로 전환하여 보다 강력하고 적극적인 자세로 바꿀 필요가 있다.

금단증상이란 담배를 끊고 난 후 생기는 여러 신체·정신적 이상증상을 말하는데, 기분이 가라앉거나 집중력이 떨어지고 괜히 불안해지며 신경질적으로 변하는가 하면 불면증에 시달리는 경우도 있다. 두통·변비·설사 등의 증상도 나타날 수 있다. 이러한 증상은 담배가 마약과도 같은 중독성을 갖고 있다는 증거이기도 하다.

금연에 성공하기 위해서는 적어도 7~15일 전부터 금연을 준비하고 단숨에 끊는 게 좋고, 흡연량을 점점 줄여가는 방법도 있지만 성공률이 낮다. 일단 금연을 시작하면 술자리를 과감히 줄여야 한다. 금연을 시작하면 처음 3일 정도가 가장 힘들다. 흡연욕구가 강할 때는 서서히 깊게 호흡을 하거나 물을 천천히 마시면 도움이 된다.

식사를 할 때는 생야채·과일·도정하지 않은 곡류 등 섬유소가 많은 음식이 좋으며 식사 후 입이 심심하면 저지방 저칼로리 스낵을 먹거나 물 또는 과일주스를 마시고 껌을 씹는 것도 좋다. 그러나 카페인이 함유된 커피, 홍차, 음료수 등은 마시지 않는 게 좋다.

나의 경우는 무조건 러닝(달리기)을 하는 방법을 택하였다는 사실은 전술한 바와 같다. 금단증상을 아예 잊어버리기 위한 나름의 방책이었다. 무조건 뛰어 땀을 내고 샤워나 목욕을 하였다. 그리고 냉장고에 항상 찬물을 준비하여 생수를 되도록 많이 마셨다. 다음으로 명상을 하였다. 명상을 하다가 졸리면 명상이 끝나기 전이라도 잠을 잤다. 명상 속에서 많은 것을 얻었고 세상을 바라보는 눈을 높이고 넓혔다.

RBDM 금연법에서도 'cold turkey' 금연을 권하고 있다. 구체적인 계획을 세우고 병원에 찾아가 주사 등 금연약품을 처방받고 언제 끊겠다고 하며 요란을 떠는 사람들의 금연 성공률이 낮은 이유가 어디에 있는가? 그들은 금연보조제나 금연약품에 의존하려는 심리가 강하기 때문이다. 금연보조제나 금연약품의 부작용도 만만찮기 때문에 금연약품의 처방이나 금연보조제의 사용을 권하고 싶지 않다.

우리 속담에 "부부싸움은 칼로 물 베기"란 말이 있다. 그러니깐 "칼로 물

베는 것과 같이 하나마나한 것이다"라는 뜻이겠다. 담배 끊기를 칼로 물 베기로 하는 사람이 많은데 담배 끊기는 "칼로 물 베기"가 아니라 "칼로 무우 자르듯이" 해야 된다는 것을 이야기하고자 한다. "담배 피우기를 단칼에 쳐 끊어야 된다"는 말이다. 즉 죽기를 각오해야지 성공할 수 있다는 말이다.

미국에서도 이 방법이 유행하고 있다고 한다. 독한 마음을 먹고 ~~끊는~~ 것을 "going cold turkey"라고 하는데 미국이나 유럽에서 유행하는 방식이다. 'Cold turkey'는 꾸준하게 담배를 피우다가 아무런 사전 준비도 없이 어느 날 갑자기 뚝 끊는 것을 말한다. 보조제를 이용하는 것도 아니고 담배를 조금씩 줄여 나가면서 끊는 것도 아니고 그냥 오로지 마음만으로 어느 날 갑자기 끊겠다는 것이다. 단번에 끊든지 금연 개시 1~2주일 동안 적은 양의 담배를 피우다가 단번에 끊는 방식을 말한다. "I am thinking of going cold turkey" 하면 "나 아무런 약물이나 보조제 없이 그냥 순전히 나의 의지로만 지금 당장 담배를 끊어볼 생각이야."라는 의미이다. 이 방법의 금연이 성공확률이 높다.

그런데 이 표현은 꼭 담배만을 말하는 것은 아니다. 담배든 약물이든 술이든 음식이든 무엇이 되었든 간에 오랜 기간에 걸쳐 이용함으로써 그것이 몸에 배어 끊기가 힘든 경우에는 언제든지 사용할 수 있다. 중독성이 있는 것이면 모두 이 표현의 사용이 가능하다.

요즘 사회가 복잡해지고 개인의 스트레스가 증가되면서 정신적인 질환을 겪는 사람들이 늘어나고 있다. 따라서 우울증 약물이나 불안 초조 약물, 수면제 등은 오랫동안 복용하면 습관성이 되는 경우가 많다. 그러한 우울증 등에 사용되는 약물을 오랫동안 사용하게 되면 반드시 부작용과 습관성이 생기게 된다. 그렇게 되면 몸의 균형이 깨지게 되고 결국에는 몸이 황폐화되게 마련이다. 'Go cold turkey' 방식의 금연 수행이 안전하다는 이야기다.

금연보조제나 금연약품에 의존하지 말고 오로지 본인의 강력한 의지로 끊는 것이 좋고 성공확률이 높다. 금연하려고 생각하는 사람들은 모두 'cold turkey' 방식으로 하자. '좌면우고·전후좌우 생각하지 않고 단호하고 강력하게 단칼에 승부를 내야 한다'는 뜻이다.

명사들의 금연 이야기(김홍신·문희상·김성환)

여기에서 소설가이자 교수인 김홍신 씨의 금연담을 들어보자.

지난 시절을 떠올리니, 저는 37년 6개월이나 담배를 피웠습니다. 폐암의 위험이 있다거나 가족에 대한 간접적인 살인행위라는 소리를 들을 때마다 한 번쯤 끊어볼까 생각하지 않은 사람이 어디 있겠습니까. 저도 마찬가지였습니다. 원고 쓸 때는 하루에 보통 서너 갑을 피울 정도였습니다. 오죽하면 〈죽는 날에도 담배를 입에 물고 죽겠다〉는 수필 한 편이 지금까지 애연가 동호회 사이트에 올라 있겠습니까?

그런데 어느 한 순간 탁 끊었습니다. 스승께서 던지신 말씀에 정신이 퍼뜩 들었던 것입니다. '쥐는 쥐약인 줄 알면 먹지 않는데, 사람은 쥐약인 줄 알면서도 먹는다.' '아주 뜨거운 물잔은 얼른 내려놓으면 되는데, 붙잡고 어쩔 줄 모르니 델 수밖에 없다.' '세상을 끌고 가도 시원찮은데, 담배한테 끌려 다니겠는가?'

저는 제가 스승으로 모시는 분이 운영하는 마음 수련 프로그램을 통해 37년 6개월간 쥐고 있던 뜨거운 물잔을 내려놓았습니다. 백해무익하고 남에게 피해를 주는 담배에게 끌려 다니기를 거부한 것입니다. 제 목에 채워진 쓸데없는 목걸이를 훌렁 벗어던지니 정녕 자유로웠고 속박에서 벗어난 듯 기뻤습니다.

그러나 6개월 동안은 심한 금단현상으로 인해, 머리가 어찔하고 심장이 두근거리고 불면증에 시달렸으며 불안감에 사로잡히고 사욕을 잃기도 했습니다. 오죽하면 옆에서 지켜보던 가족들이 '담배를 끊어서는 안 될 사람이니 좀 줄여 피우는 수밖에 없겠다. 조마조마해서 오히려 우리가 힘들다'고 했겠습니까. 저는 아름다운 사람, 바른 일, 보탬이 되는 삶, 세상을 향한 사랑에는 끌려 다닐 수 있지만 담배 따위에 끌려 다니지는 말자고 결심했습니다.

저는 마지막까지 피우던 담뱃갑과 일회용 라이터를 눈에 잘 띄는 곳에 몇 년 동안 놓아두었습니다. 피우는 거라면 나중에 누군가 권했을 때 또다시 피울 수 있기 때문입니다. 제가 담배를 끊었다니까 "참 독하다"고 말하는 사람도 있었습니다. 그만큼 금연이 어렵다는 뜻이겠지요. 그러나 독극물을 삼키는 사람이 독하지 어찌 버린 사람이 독하겠습니까?

그는 또 국회의원이던 시절의 이야기를 들려준다.

2002년 5월 8일이었어요. 한나라당이 총재 선출인가 대통령후보 선출인가를 할 때에요. 당 내에 큰 행사가 있어서 제가 반드시 있어야 했지요. 그런데 저는 그걸 던지고 '깨달음의 장' 수련을 하러 들어갔어요. 그 시절 저는 담배를 많이 피고 담배 없이 지낸 적이 없었지요. 그때 수련에 참가하러 가면서도 담배를 피면서 갔고 혹시 모르니깐 여러 갑을 챙겨들고 갔어요.

오후 2시쯤인가 도착해서 점심을 먹고 수련장 안에 들어갔는데 사람들 표정이 이상한 거예요. 뭐라고 말할까? '김홍신 모르면 간첩이야' 할 정도로 저 자신이 꽤 많이 알려졌다고 생각했는데 이 사람들이 나를 본척만척하는 거예요. 제가 '안녕하세요?' 했는데도 별로 말을 안 해요. 그래서 저는 이상하다, 이 사람들, 뭐 이런가? 나로선 참 충격이었어요.

그렇게 4박 5일이 시작되었는데 결국엔 깨달음의 시간들이 되었지요. 수련을 하면서 처음에 타성에 젖고 세상을 아는 체하고 유식한 척했던 내 모습들이 얼마나 허망한 것인가 아는 순간 못 견디겠더라고요. 게다가 그냥 싫어하고 미워한 적이 많았는데 내가 다른 사람이나 세상을 미워하고 싫어한다고 해서 상대나 세상이 바뀌지 않는다는 것을 자각했어요. 내 고정관념이 뒤집어진 것이었죠.

내가 크게 얻은 또 하나는 '내 인생에 있어서 내가 쉽게 변하는 건 불가능해.'라는 생각이 바뀐 것이었어요. 뭐냐면 37년이나 피웠던 담배를 딱 버린 것이지요. 수련이 끝나자마자 그 이후론 단 한 번도 담배를 입에 물거나 잡은 적이 없어요. 그때 뭔가 나쁜 것을 버릴 수 있는 용기가 생긴 거예요." (《월간 정토》)

문희상 새정치민주연합 대표는 하루에 5갑의 담배를 피웠던 골초 중의 골초였다. 그러던 그가 어느 날 갑자기 금연을 선언했다. 아무도 그의 금연선언을 믿지 않았다. 그러나 그는 금연에 성공했다. 세간에서는 그가 공개적으로 금연선언을 했기 때문에 성공한 케이스라고 평가하고 있다. 그러나 그 이면에는 "그의 아내가 온 동네방네 떠들어 당시 신문에 나게 만들어 문대표가 어쩔 수 없이 담배를 끊게 되었다"는 게 정설인 것 같다. 다음은 당시 청와대 비서실장이었던 문 대표가 한국일보에 쓴 〈나의 금연記(2003. 5. 18.)〉이다.

늦게 배운 도둑질이 밤새는 줄 모른다더니 흡연이 바로 그랬다. 나의 첫 흡연은 결혼 이후, 아마 30세 전후로 기억된다. 그 후로 줄곧 30년 가까이 담배를 손에서 놓아본 적이 없었다. 그래서 나 자신도 담배를 끊게 되리라곤 생각하지 못했다. 더구나 한국일보의 금연 캠페인에 '금연기'를 쓰게 되리라곤 더더욱 생각을 못했다. 담배가 없이는 어떤 일도 할 수 없는 생활이었기 때문이다. '한번 끊어볼까?'라는 생각은 자주 했으나 생각보다 실천에 옮기기가 쉽지 않았다.

하지만 금연의 계기는 정말 우연치 않게 찾아왔다. 2002년 1월 심한 감기몸살로 앓아누운 적이 있었는데, 근 1주일을 꼼짝 못하고 누워있는 동안 내 의지와는 상관없이 자연스럽게 담배를 손에서 놓게 되었다. 몸을 추스르고 나서 가만히 생각하니 '이번 기회에 담배를 끊어야겠구나'라는 생각이 들었다.

아내에게 무심결에 "나 담배 끊을까 봐"라고 했더니, 아내는 당장 그날부터 "우리 남편이 담배를 끊었소"라고 광고를 하고 다녔다. 혹시라도 마음을 바꿀까 조바심이 났던 모양이다. 하여간 아내의 작전은 성공해서 주변의 모든 사람이 나의 금연을 기정사실화했고, 신문에 가십기사로까지 나가기에 이르렀다.

정치권에서 담배 하면 떠오르는 정치인이 몇 명 있는데, 민망하게도 그중 하나가 나였다. 트레이드마크처럼 정치부 기자들 사이에선 '문희상은 골초'로 통했다. 세어본 적은 없지만 기자들 사이에서 내 흡연량은 하루 5갑이 정설이었다. 게다가 당시 고(故) 이주일 선생의 금연 캠페인으로 사회적 관심이 금연에 쏠렸던 시기였으니 나의 금연 소식을 전해들은 정치부기자들이 가십기사로 쓸 만했을 것이다.

흡연을 시작한 후 '금연을 했다'고 말할 수 있을 순간은 항공기 안에 있을 때와 잠잘 때뿐이었다. 그러니 본격적인 금연을 시작하고 처음 두어 달 동안은 여러 가지로 힘들었다. 한번은 꿈속에서 담배를 태우고는 "아, 내 의지가 이 정도밖에 안 되나"라고 자책하다가 벌떡 일어나 "꿈이었구나"하며 가슴을 쓸어내린 적도 있었다.

이제는 금연의 계기를 제공한 그때의 감기몸살이 내 인생에 새로운 전기를 가져왔다고 말하고 싶다. 가장 중요한 변화는 가족의 건강이다. 모두 아는 사실이지만 간접흡연의 폐해가 상당히 크다는 것이다. 이젠 나로 하여금 가족의 건강에 해를 끼치지 않고 있다는 사실에 대단히 만족하고 있다. 그런 의미에서 이 지면을 빌어 청와대의 대표적인 흡연가인 유인태 정무수석과 문재인 민정수석에게 금연을 권하고자 한다.

일상의 작은 변화라면 청결함을 말하고 싶다. 자동차 안이나 집안에까지 담뱃재로 인해 지저분했던 것이 아주 청결해졌다. 신체의 변화는, 종종 있어왔던 목의 통증과 두통이 거의 없어졌다는 것이다.

불명예스럽게도 우리나라 15세 이상의 남성 흡연율이 OECD국가 중 1

위라고 한다. 불명예스러운 통계에 나도 한 몫 했던 셈이니, 이제 와서 이런 말을 한다는 게 좀 쑥스럽기는 하다. 그렇지만 한국일보의 금연 캠페인을 계기로 대한민국 국민이 금연에 동참해주길 간곡히 바란다. 소중한 가족을 위해서라도.

탤런트 김성환 씨도 일찍 금연을 시도한 사람이다. 다음은 김성환 씨가 지은 《행복 반신욕》이라는 책에 나와 있는 그의 금연기이다.

23년 전으로 올라갑니다. 1991년쯤으로 기억되는 어느 날, 담배를 끊어야겠다고 굳게 마음먹었습니다. 하루에 2~3갑 정도 피워댄 담배를 끊을 수 있을까 하는 우려 속에 큰마음의 용단을 내렸습니다. 방송국 주위 동료들조차 "당신이 만약 담배를 끊는다면 내 엄지손가락에 장을 지지겠다" 등 비아냥거림의 농담이 쏟아졌습니다. 여기서 더 오기가 생겼습니다. "날 뭘로 보고 함부로 말하는 거야. 두고 보면 알 거 아닌가." 마음속으로 되씹으며 죽기 살기로 담배의 유혹을 뿌리친 내 용기가 가상했습니다. 여기서도 이유는 있습니다.

생방송 라디오 DJ를 맡으면서부터입니다. 가끔 쉰 목소리가 나오는가 하면 감기기운도 없는데 느닷없이 기침이 터져 나오는 등 생방송하기에는 부적합한 목소리가 나왔던 것입니다. 이래서는 안 되겠다 싶어 '끊겠다'는 결단의 용기를 냈던 것입니다.

처음에는 금단현상 등 마음고생이 이루 말할 수 없이 심했습니다. "그래도 참아야 한다"를 연발하며 참아냈습니다. 그때를 기점으로 단 한 대의 담배도 입에 물어 본 적이 없습니다. 나의 이런 결단을 지켜 본 주위 사람들은 하나같이 "지독하다"고 평가했습니다. 싫지 않았습니다.

지금은 담배 끊는 사람들이 많아지고 있습니다만, 23년 전 그 당시만 해도 담배 끊는 사람을 쉽게 찾아볼 수 없었습니다. 마음먹기에 달렸다지만 줄담배 피우던 사람이 한 순간의 결정을 실행으로 옮긴다는 게 그렇게 간단한 일은 아니었습니다.

　나는 해냈습니다. 얼마나 다행스런 일입니까. 우선 입도 청결해지고 몸에서 담배냄새도 안 납니다. 담배는 '백해무익'하다는 인식 아래 끊어야 합니다. 건강 해치는 제1의 무기와 다름없습니다.

그렇다. 그의 말대로 담배는 '백해무익'하고 인류의 건강을 해치는 치졸하고 악독한 제1의 '악성무기'일 뿐이다. 김성환 씨의 용단과 금연유지에 박수를 보낸다. 많은 연예인들이 김성환 씨와 같이 금연에 동참하기를 기원한다.

시인 정호승 씨에게 '가장 후회되는 일이 무엇인가'를 물었다. 그는 첫 번째로 '담배를 피운 것'을 들었다. 그도 담배가 얼마나 자신에게 긴 그림자를 드리우고 있는가를 온 몸으로 느끼고 있기 때문일 것이다.

우리의 이웃에 담배를 피우는 청소년들과 지인들이 있다면 제발 '금연'을 권하자. 맞아 죽을지라도 '금연'을 권하자. 그러나 금연은 자기 고통 없이 성공할 수 없다. 어떤 유혹과 간절함이 밀려와도 그것을 이겨낼 수 있는 용기와 인내가 필요한 자기와의 투쟁이다. 너무 많은 욕심과 자기애에 목숨을 걸면서 거꾸로 타락과 패망의 길을 가고 있는 것은 아닌지 자신을 돌아봐야 한다.

금연 수행자들도 욕심을 적게 가지면 적게 가질수록 금단증상도 적어진다. 폐와 허파꽈리는 당신과 한 몸이다. 10대에 끊지 못하면 20~30대가 불행하고, 20대에 끊지 못하면 30~40대가 불행하다. 30대에 끊지 못하면 40~50대가 불행하고, 40대에 끊지 못하면 50~60대가 불행하다. 50대, 60대에도 끊지 못하면 인생자체가 불행할 것이다. 후회할 날과 죽어갈 날만 기다릴 뿐이다.

흡연자들이여! 담배라는 악성무기에 자신의 인생을 걸지 마라. 반드시 땅을 치며 후회할 날이 올 것이다.

제6부

금연정책 제언

금연교육의 강화

현재까지의 금연교육은 원하는 사람만 신청하여 받는 방식이었다면 앞으로의 금연교육은 대한민국 국민이라면 강제적으로 받아야 하는 교육으로 바꾸어야 한다. '담배를 피우지 않는 사람에게 무엇 때문에 금연교육을 받게 하느냐'는 반론이 있을 수 있으나 교육내용을 금연에 국한시키지 않고 건강 전반으로 확대하면 금연하는 사람이라도 불만이 없을 것이다.

거꾸로 말하면 모든 건강과 관련한 교육에는 반드시 금연교육이 포함되어야 한다는 것으로 요약할 수 있다. 이렇게 되면 언제 어디서나 국민이라면 누구나 금연교육을 받게 될 수 있을 것이다. 국민건강증진법 제12조 보건교육의 실시에 의하여 '국가 및 지방자치단체는 모든 국민이 건강생활을 실천할 수 있도록 그 대상이 되는 개인 또는 집단의 특성과 건강상태에 따라 적절한 보건교육을 실시할 책임이 부여'되어 있기 때문이다.

금연교육의 실시는 어릴수록 좋다. 정부에서 제일 비중을 두고 실시할 대상이 바로 초등학교와 유치원생들을 대상으로 한 금연교육이 아닐까 한다. 즉 유치원 또는 초등학교에서부터 실시하여 어린이들이 담배는 마약이나 악마와 같이 이 '세상에서 없어져야 할 물건'과 '인류의 악' 또는 '인간을 파멸로 이끄는 마약'으로 각인시키는 것이 좋다.

그리고 간접흡연의 피해에 대하여도 자세하게 알려 줄 필요가 있다. 간접흡연이 '얼마나 좋지 않은지'에 대하여 설명하고 간접흡연을 피하는 방법과 '혐연권'이 '생명권'과 같은 헌법상 최고위치에 있는 것도 알려주어야 한다.

'어린이들에게 무슨 금연교육이냐'고 의문을 가질 수 있는데 조기교육은 일종의 세뇌교육이 되도록 해야 한다는 것이다. 내가 만난 담배 피우는 청소년들에게 초등학교시절 금연 교육을 받은 적이 있는지를 물었더니 대부분의 대답은 'NO'였다. 유치원이나 초등학교 시절 담배의 해독성에 대하여 어른들로부터 교육을 받지 못하였다는 증거다.

　이들에게 담배의 해독성을 알려주지 못한 어른들의 잘못으로 아이들은 너무나 쉽게 '니코틴과 타르의 중독 GATE'를 넘나들고 있는 것이다. 이들은 한 번의 흡연으로 평생 흡연자가 될 수 있다는 것을 모른 채 무심코, 호기심만으로, 친구의 권유 등으로 중독의 늪에 빠져들고 있다. 어린이들에게 담배가 나쁜 물질이고 인간이 접근해서는 안 된다는 것을 세뇌시킨다고 하여 반대할 부모는 아마 존재하지 않을 것이다. 대한민국 국민흡연율 제로%를 달성하기 위하여 유치원·초등학교에서 의무적으로 어린이들에게 금연교육을 받게 하여야 한다. 어린이들을 이용하여 어른들의 금연교육을 시킬 필요성도 대두된다. 이른바 거꾸로 교육이다.

　다음으로 중점을 두고 금연 세뇌교육을 시킬 대상은 청소년들이다. OECD국가 중 청소년 흡연율 제1위의 불명예를 씻어내기 위한 충격적인 조치가 필요하다고 할 수 있다. 어린이들은 아직 담배를 피울 나이가 아니기 때문에 예방에 그 목적이 있다면 중·고생들은 동료나 사회환경에서 담배를 접할 수 있는 가능성이 있는 집단으로, 실질적인 교육대상자들이다. 이들은 한 번 흡연에 노출되면 평생 흡연자가 될 수 있기 때문에 학부모·학교·교육청·자치단체·정부가 가장 신경을 써야 할 대상이다.

　중·고등학생 시절에 한 명의 흡연자가 발생하게 되면 평생 동안 자치단체나 정부에서 흡연으로 인한 의료비 등 지불해야 할 간접비용은 상상을 초월한다. 현재도 매년 1조 7천억 원의 의료비용이 발생하지만 중·고등학교 시절에 금연교육을 강화하여 금연에 동참하게 된다면 결국 국가의 이익이 될 수 있다. 이 시기 한 명의 흡연 청소년을 금연자로 만들면 지방자치단체나 정부에서는 10~20년 후 10~20명의 금연자를 만드는 것과 같은 경제적인 효과를 거둘 수 있을 것이다. 청소년들의 금연을 위한 교육의 필요성은 결과적으로 정책의 우선순위에서 최우선과제가 되어야 한다는 것으로 요약될 수 있다.

다음으로 성인들의 금연교육도 소홀히 할 수 없는 부분이다. 성인들의 경우 골수에까지 니코틴과 타르가 박혀 금연교육의 실효성에 한계가 있을 것이다. 오랫동안 흡연을 해왔기에 금연에 쉽게 동의하지 않을 것이기 때문이다. 그러나 그들도 담배의 유해성을 알고 있을 것이고 한 번쯤 금연을 시도했었거나 시도하려는 생각을 가지고 있었을 것이므로 성인들에 대한 금연교육도 중요하다.

독일의 한 금연연구팀이 60세가 넘은 흡연자들을 대상으로 연구한 결과 금연을 하면 바로 사망할 위험성이 줄어들 수 있으며 생명이 연장된다는 것을 증명하였다. 미국 뉴욕의 윈스롭대학병원 마이클 니더만(Michael Niederman) 박사는 "금연을 한다는 것은 삶의 질을 향상시키는 데 중요하며, 금연은 언제라도 시작하는 것이 좋다. 그리고 금연은 빠르면 빠를수록 좋다"는 의견을 제시하고 있다.

고령 흡연자들은 너무 늙었다고 생각하거나 늦은 나이에 금연을 시작해서 얻을 수 있는 이점이 없다고 생각할 수 있는데 이러한 연구결과는 성인들에게도 흡연을 돕는 교육이 얼마나 중요한 것인가를 알게 해준다. 다만, 성인들에 대한 금연교육은 보다 충격적인 방법으로 해야 할 것이다.

폐암 환자 병동을 체험하게 하거나 폐암 환자들의 수술장면 또는 담배로 인한 주변 질병 등 잔인하고 참혹한 폐해 등을 교육 자료로 만들어 제공하는 방법이 있을 것이다. 그리고 흡연자들로 인해 발생하는 의료비의 통계와 그 밖에 담배로 인한 화재와 사건·사고로 인한 사회적인 비용 등을 망라한 비용의 통계와 현장 상황 등도 교육내용에 포함시켜야 할 것이다.

금연을 하는 것은 나를 오래 살 수 있게 할 수 있을 뿐만 아니라 나를 인간답고 건강하게 살게 할 수 있는 유일한 길임을 알려주어야 한다. 아무리 나이가 들었다고 하더라도 현재의 나를 '가장 행복하게 할 수 있는 일'이라는 것을 흡연자들에게 전달해야 한다.

전 국민 금연 프로젝트

우리나라가 세계를 리드하는 선진국이 되기 위해서는 금연을 위한 정책에 있어서도 선제적인 정책을 만들어 추진하여야 한다. 그리하여 OECD국가 중 흡연 1위국의 부끄러운 불명예에서 가장 단기적으로 흡연율을 낮춘 국가로 만들어야 한다. 니코틴과 타르로 훼손된 두뇌를 소유한 국민들이 많은 국가에서 국가의 경쟁력과 창조력이 솟아오르기는 어려울 것이다. 깨끗하고 맑은 국민의 두뇌가 창의력과 국가경쟁력을 향상시킬 수 있을 것이다.

전 국민 금연 프로젝트는 행복한 나라를 만드는 첫걸음이라고 할 수 있다. 금연으로 국민들의 건강과 뇌세포를 보호하여 우수한 창의력과 경쟁력을 바탕으로 국가경쟁력이 나날이 솟아올라 창조경제를 이끄는 힘이 되기를 기대한다.

니코틴과 타르는 인간의 폐와 허파꽈리만 파괴하는 것만이 아니다. 그것은 인간의 뇌세포를 파괴하여 정상적인 사고가 불가능하게 만드는, 치매와 알츠하이머의 원인일 뿐만 아니라 종국적으로 국가경쟁력을 떨어뜨리는 원인이 된다.

로마시대의 시인 유베날리스(Decimus Junius Juvenalis)는 '건강한 신체에 건강한 정신이 깃든다'고 했다. 아주 오래전의 이야기가 새삼 새로워지는 이유는 어디에 있는가? 니코틴과 타르에 오염된 두뇌와 병든 폐와 허파꽈리를 몸에 지닌 국민은 경쟁에서 이길 수 없다. 국가 생존전략차원에서 국민의 금연을 생각하여야 한다.

우리나라는 60년대 이후 외국에서 '한강의 기적'이라고 부를 정도의 고도성장기를 구가하였지만, 최근 각종 경제 지표에서 20년의 잃어버린 일본과 비슷한 과정을 겪고 있는 것도 어쩌면 정신력과 뇌력의 저하에서 오고 있는 것은 아닌지 반성할 때다. 그리하여 전 국민 금연프로젝트가 필요한 시점이

기도 하다. 건강한 국민의 두뇌를 만들기 위해 다음과 같은 금연정책을 고려해 볼 수 있을 것이다.

청소년흡연율을 획기적으로 줄여나가야 한다. 청소년의 흡연을 막는 문제는 범정부적으로 다루어지지 않으면 안 되는 문제다. 학부모·학교·교육청·자치단체·보건복지부에만 맡겨서는 한계가 있을 수밖에 없다. 종합적으로 검토되고 정책이 추진되어야 우리가 원하는 국민 흡연율 0%에 가까워질 수 있다.

우선 금연하고 있는 학생들에게 대학 입학 시 가산점을 부여할 수 있도록 하는 근거를 만들어야 한다. 입법론적으로 교육기본법(법률 제11690호, 2013. 3. 23.시행)이나 고등교육법(법률 제12174호, 2014. 4. 30.시행)에 이 근거조항을 신설하는 방안을 적극 검토하여야 한다. 각 대학에서 가점을 부여하든 안 하든 그것은 자율에 맡긴다.

다만 각 대학들은 흡연으로 인하여 기억력과 창의력이 점차 사라지는 학생을 입학시켜 교육하지는 않을 것이다. 이는 청소년들의 금연을 유도하는 데 상당한 효과를 볼 수 있을 것이고 학교교육의 정상화에 많은 도움을 주게 될 것이다. 금연은 창의력을 높이는 제1의 과제이다. 따라서 금연하고 있는 학생들에게 일정한 인센티브를 주어야 한다는 것이다.

다음으로 대한민국의 모든 공무원은 금연을 하여야 한다. 금연하지 않는 자가 어떻게 국민에게 진정한 봉사를 할 수 있겠는가? 아무리 훌륭한 인격과 능력이 있다고 하더라도 '백해무익'한 담배를 피우고 있다면 공무를 담임할 자격이 없다고 할 수 있다. 우선 담배 피우는 시간 동안 공무를 회피할 것이고 국민들에게 간접흡연의 피해를 주게 될 것이다. 금연을 위해 적극 홍보할 자격을 잃은 사람이며, 국민건강보험의 재정을 악화시키게 될 것이다.

더구나 담배는 대마초보다 6배 강한 중독성과 해악성을 가지고 있는 것을 알고 있으면서 피우고 있다면 국가의 공인으로서 공무를 맡을 자격이 없는 것이다. 국민은 그러한 공직자를 원하지 않는다. 만약 흡연자를 국가공무원으로 쓰고자 한다면 국가도 그에 합당한 이유가 있어야 하는데 그 이유를 어디에서도 찾을 수 없다. 정치인도 그 범주에서 벗어날 수 없다. 오히려 현재 근무하고 있는 공직자들의 흡연 여부를 확인하여 국민소환을 서둘러야 한다.

따라서 정부와 국회에서는 국가공무원법(법률 제12792호, 2014. 10. 15. 시행)을 개정하여서라도 국가공무원이 되려고 하는 자는 공무담임권을 제한할 수 있는 근거조항을 만들어야 한다.

다음으로 흡연하지 않는 병사에게는 어떠한 방법으로든 인센티브를 주어야 한다는 것이다. 흡연을 하는 군인은 병든 군인이다. 흡연을 하면서 신성한 국방의 의무를 다하고 있다고 할 수 없다. 오히려 국방을 방해하고 있는 것은 아닌지 숙고해 볼 필요가 있다. 흡연하는 군인은 자신의 건강을 해치고 있는 것을 알고 있을 것이고 건강을 잃게 되면 신성한 국방의무를 다할 수 없는 것은 확실한 것이다.

흡연하는 것은 자신을 자해하는 행위일 뿐만 아니라 현재의 국방력을 현저하게 훼손하는 결과가 되고 있는 것이다. 국방부에서는 흡연자를 줄일 수 있는 방안을 하루빨리 마련하여 시행하여야 한다. 금연에 성공한 병사에게는 2박 3일의 휴가라든가 또 다른 인센티브를 주는 방안을 적극 연구하고 검토하여야 한다.

대기업 등은 신입사원을 채용할 때 금연자에게 우선권을 주어야 한다. 아무리 출중한 능력을 소유하고 있다고 하더라도 장기적으로 보면 금연자를 채용하는 것이 훨씬 이익이 될 것이다. 출중한 흡연자보다 능력이 조금 뒤처지더라도 모든 면에서 비흡연자가 회사의 발전을 위하여 더 많이 일하게 될 것이다. 비흡연자의 능력은 점차 향상될 것이기 때문이다. 흡연자는 현재 능력이 우수하다고 할지라도 장기간 니코틴과 타르에 노출된다면 뇌 손상으로 인해 능력이 점차 쇠퇴할 것이다.

대기업을 비롯하여 대한민국의 모든 회사는 채용 시 보건소나 병원에서 발행한 '금연확인서' 제출을 의무화하고, 불법으로 사실과 다른 금연확인서를 발급한 자에 대한 처벌을 할 수 있는 근거를 만들어야 한다. 근로기준법(법률 제12325호, 2014. 7. 1. 시행)에 그 근거조항을 만들어 놓아야 한다.

각 회사에서 그것을 원용하든 하지 않든 그 관련 조항이 있다는 것 자체만으로 많은 국민에게 금연 효과를 가져 오게 될 것이다. 현재 담배를 피우는 회사원들이 있다면 금연할 수 있는 당근책을 제시하여 하루빨리 담배를 끊게 하는 것이 현명한 시책이 될 것이다.

일반 성인들의 금연을 위한 정책도 있어야 한다. 일반인들에게는 금연자와 흡연자의 건강보험료에 차이를 두어 징수하면 좋은 금연시책이 될 수 있다. 흡연자의 각종 질병 치료에 연간 국민건강보험료 약 2조 원이 소요되고 있는 현실에서 흡연자와 금연자를 구분하여 건강보험료에 차등을 두는 것은 너무나 당연한 일이다. 오히려 지금과 같이 흡연자나 금연자 똑같은 비율로 건강보험료를 징수하고 있는 것이 형평성에 어긋나는 것이다.

건강보험료 차등 징수의 근거법은 국민건강증진에 관한 사항이므로 국민건강증진법(법률 제12446호, 2014. 7. 29. 시행)에 신설하여야 한다. 이 법의 목적이 '국민에게 건강에 대한 가치와 책임의식을 함양하도록 건강에 관한 바른 지식을 보급하고 스스로 건강생활을 실천할 수 있는 여건을 조성함으로써 국민의 건강을 증진함'에 있기 때문에 법의 취지에도 맞는다. 차등징수에 관한 구체적인 것은 국민건강증진법 시행령이나 부령에 의하도록 할 수 있다.

국민건강증진법 개정

며칠 전 KBS 〈생로병사〉에서 우리나라의 흡연 실태와 그 대책에 관한 방송이 있었다. 청소년의 흡연문제가 심각하다고 하면서 이어서 왜 담배를 피우게 되었는가를 몇몇의 청소년들에게 물었다. 그랬더니 담배 파는 가게에서 담배를 '예쁘게 진열'하여 그들이 '호기심'을 가지게 되었고 그래서 흡연을 하게 되었다는 이야기를 듣고 일리 있다는 생각을 한 바 있다.

그렇다면 담배를 팔고 있는 상점에서는 감추어 놓고 팔아야 한다. 청소년들이 잘 볼 수 없는 곳에 감추어 놓고 팔도록 국민건강증진법을 개정하여야 한다. 담배를 팔지 않겠다고 선언하는 편의점이나 마트 업체가 나왔으면 한다. 미국의 최대 편의점 CVS가 담배 판매를 중단하겠다고 선언한 것을 뉴스를 통하여 접한 바 있다. 약 20억 달러의 매출감소를 감수하고도 고객들의 건강에 해로운 것을 팔지 않겠다는 CVS의 결단이었다.

> **▌ CVS**
>
> CVS Corporation은 1963년 매사추세츠 주(州) 로윌에서 컨슈머밸류스토어 (Consumer-Value Store, CVS)라는 이름으로 설립되어 잡화를 판매하였고, 얼마 후에는 여러 곳에 회사를 세웠다. 1968년에는 의약품 부문을 추가하였으며, 1990년 피플드러그(Peoples Drug)와 합병하였다. 그리고 1997년에는 레브코 D.S.(Revco D.S., Inc.)를, 1998년에는 아버드럭스(Arbor Drugs, Inc.)를 흡수함으로써 미국에서 가장 큰 규모의 의약품 체인점이 되었다. 2001년 현재 미국 24개 주에 걸쳐 4,000여 개의 소매점에서 의약품과 화장품, 기타 잡화를 판매하고 있다.

사실 국민건강증진법이 1995년 9월 1일 시행되면서 대한민국은 흡연천국에서 점차로 금연할 수 있는 국가로 획기적인 계기를 맞이하게 되었다. 그간 수차례의 개정을 겪으며 현재에 이르고 있다. 국민의 건강을 확보하고 전 국민 금연프로젝트를 쟁취하기 위해서 앞으로 더 많은 개정이 필요함은 물론이다.

우선 제7조와 제9조의4에서 제한적으로 허용하고 있는 광고를 전면금지하는 조항으로 개정하여야 한다. 내용의 변경과 금지를 명할 수 있는 현재의 규정으로는 흡연율 제로라는 목표를 달성할 수 없다. 제9조의 금연을 위한 조치에서 담배자동판매기를 모두 철거하여야 한다. 공공도로를 모두 금연구역으로 정하고 차내에서의 흡연을 일체 금지하는 조항을 신설하여야 한다.

모든 담배에는 흡연이 폐암 등 질병의 원인이 될 수 있다는 내용뿐만 아니라 가장 흉측한 폐암 환자의 폐 사진을 겉면에 천연색으로 인쇄하여야 한다. 또한 현재는 발암물질이 일곱 가지만 적혀 있지만 밝혀진 모든 것을 빠짐없이 작은 글씨로라도 담뱃갑 전면에 모두 기재하여야 한다.

제23조에서 정하는 국민건강증진부담금의 부과·징수 등을 대폭 상향조정하여야 한다. 그로 인해 징수된 많은 부분을 국민들의 금연을 위한 재원으로 써야 하는 것은 물론이다. 담뱃값 또한 미국과 같은 수준인 7,000~10,000원이 되도록 고가정책을 실시하여야 한다.

마약으로 분류

대한민국을 니코틴 청정지역으로 만들기 위해서는 마약류 관리에 관한 법률(법률 제12495호, 2014. 9. 19.시행)을 개정하여 니코틴을 마약에 준한 물질로 편입시켜야 한다. 그리하여 단기적으로는 그 관리를 엄격하게 하면서 차차 그 생산과 판매를 점차 불가능하게 하는 조치를 점차로 취하여야 한다.

몇 년 전 '담배 제조 및 매매 등의 금지에 관한 법률'이 국회에 제출되어 화제가 된 적이 있다. 17대 국회 때인 2006년도의 일이다. 박재갑 당시 서울대 의대 교수가 주도하여 입법 청원했지만 차일피일 미뤄져 회기가 끝나면서 자동 폐기됐다. 18대 국회 들어 2008년 11월 다시 입법청원을 했지만 또다시 무위로 끝났다. 대한민국의 국가 경쟁력을 확보하기 위해서 궁극적으로 이 법률이 제정되기를 바란다. 당시의 신문보도 내용이다.

당시 국립암센터원장을 지낸 박재갑 서울의대 교수가 주도했고, 김대중 전 대통령을 포함해 각계각층 저명인사 158명이 공동으로 참여했다. 담배를 제조해서도 안 되고, 사고팔아서도 안 된다는 다소 과격한 10년간의 유예기간을 둔 이 '담배제조 및 매매금지 법안'은 '찬성'(69.0%)이 '반대'(19.2%)보다 압도적으로 많았으며 모름·무응답은 11.8%였다. 당시 한국금연운동협의회 회장이던 김일순 박사가 한국갤럽에 의뢰해 전국 20세 이상 남녀 1,508명을 대상으로 실시한 여론조사결과다. 95% 신뢰수준에 표본오차는 ±2.5%다. 흥미로운 대목은 흡연자들조차 이 법안 통과에 대한 찬반이 엇비슷하게 나타났다는 점이다. 흡연자의 45.5%가 찬성했고, 43.6%는 반대 입장을 밝혔다. 예상대로 비흡연자의 76.6%는 법안통과 찬성을, 11.2%는 반대라고 응답했다. 성별과 연령 등 전 계층에 걸쳐 고루 법안통과 찬성의견이 많았다. 찬성 비율은 남자(60.6%)보다 여자(77.0%)에서 더 높았다. 나이가 많을수록 찬성비율은 더 높아 60세 이상(72.4%), 50대(71.5%), 40대(70.3%), 30대(70.2%), 20대(61.5%) 등의 순이다. 젊은 층의 흡연 비율이 높다는 사실을 보여주는 결과로 해석된다. 가정주부층(81.5%)에서 찬성하는 비율이 다른 직업층보다 훨씬 높았다. 소득수준이 낮을수록 이 법안통과에 찬성하는 비율이 높은 것으로 나타났다. 박재갑 교수는 11일 국회에서 기자회견을 열고 "여론조사결과 대다수가 담배제조 및 매매 금지를 원하는 것으로 나타난 만큼 정책적 결정이 뒤따라야 한다"며 즉각적인 법안통과를 주장했다.

국민의 건강을 생각한 박재갑 님의 선각자적인 금연운동과 용기에 박수를 보낸다.

그간 나름대로 금연전도를 해 오면서 여러 사람에게 담배를 피우는 이유를 물었다. 대부분 스트레스 때문이라고 답한다. 이해가 안 되는 것은 아니지만 스트레스는 다른 방법으로 풀 수 있는데 왜 담배에 의존하고 있는지…. '어떻게 그것을 해결할 수 있을까?' 고민을 많이 하였다. 복잡하고 생존경쟁이 치열해지고 있는 현대를 살아가는데 스트레스가 없을 리 없다.

인간이란 본래 사는 것 자체가 고독이고 스트레스다. 일상의 일을 스트레스라고 이름 붙이고 있는 것은 아닌지 되돌아보기를 권한다. 설사 일상사 그것이 본인에게는 스트레스라고 하더라도 담배가 스트레스를 줄이는 데 도움이 된다는 의학적인 증거는 어디에서도 찾아볼 수 없다.

그럴 때마다 나는 운동과 진지한 명상을 권했다. 이제 만나는 사람이 한정되어 책으로 금연전도를 하려는 강한 의지를 가지고 집필하려고 노력하였지만 RBDM 금연법은 호랑이를 그리려다 토끼를 그린 격이 되었다. 미션(소명)보다 패션(욕망)이 강했던 탓이다. 차차 부족한 것을 보충해 나가기로 하고 독자들의 지도와 관심을 부탁드린다.

사실 이 책은 금연을 준비하는 분들에게 힘이 될 수 있도록 하겠다는 처음의 의도와 목표에 도달하지 못했음을 솔직하게 인정한다. 특히 뇌의 전문가가 아닌 탓에 국립과학수사연구원 시절에 알던 법의학자들의 자문을 받아 이것저것 꿰맞추어 이론을 구성해 놓은 것을 부끄럽게 생각한다. 앞으로 더 세밀한 연구 결과가 나오는 대로 더 발전시켜 나가기로 하겠다.

인류가 만든 문명 중 인류의 건강에 가장 해악을 끼치고 있는 물질이 담배,

담배연기이고 담배 피우는 습관이라고 규정하였다. 다시 말하면 인류에게 있어 담배는 태어나지 말았어야 할 물건인 셈이다. 앞으로 이 담배의 해악은 혐오의 단계를 넘어 국가적·세계적인 재앙을 불러오게 될 것이다. 우리나라만 해도 한 해에 58,000명씩 담배로 인한 질병으로 사망하고 있으며 앞으로 죽어갈 숫자의 끝을 아는 사람은 아무도 없다.

이러한 상황에 있는데도 정부가 소극적인 금연정책을 취하고 있는 것이 안타깝다. 정부에서 국민에게 강요와 강제의 형식을 취하더라도 진취적이고 강력한 금연정책이 필요하다고 하겠다.

담뱃값을 올리려 하자 정치권에서는 서민에게 세금폭탄을 내리고 있다고 비난하기도 한다. 흡연에 대한 잘못된 인식일 뿐이다. 정치권에서 먼저 고가의 담배정책을 정부에 요구했어야 했다. 진정으로 국민들을 위하는 마음이 정치인들에게 남아있다면 더 많은 세금을 요구하여야 한다. 국민들에게 그것이 고통스러울지라도 그로 인해 담배를 끊게 되는 국민들이 늘어나 국민들의 건강이 향상될 수 있는 방법이 된다면 국가의 정책은 그것을 택하여야 한다. 그리하여 대한민국은 니코틴 청정국가가 되기를 희망한다. 담배의 제조와 판매가 금지되어 있는 유일한 나라인 부탄처럼 말이다.

과거 우리나라는 세금을 많이 걷을 목적으로 국민의 건강을 담보로 하여 흡연을 장려한 정권도 있었다. 나쁜 정권이었다. 현재는 그런 정권도 나라도 소멸되었다.

각 국가는 국민들의 흡연을 근절하기 위해 갖가지 방법을 동원하고 있는 중이다. 담뱃값을 올리기도 하고 담배 피우는 장소도 제한하고 있다. 그러나 이러한 소극적인 방법과 정책으로는 담배문화를 근절시킬 수 없다. 담배를 마약으로 지정하여 담배생산자나 담배 피우는 사람을 모두 처벌하는 정책으로 전환하지 않는 한 근절되지 않을 것이다.

담배 생산자에게는 이익을 남길 수 없도록 하고 흡연자에게는 자신뿐만 아니라 남의 건강을 해치는 원인제공자로서 일정한 책임을 물어야 한다. 많은 학자들은 폐암뿐만 아니라 거의 모든 종류의 암을 다 일으킬 수 있는 주범으로 흡연을 지목하고 있다. 이제 결론은 분명하다.

담배는 모든 국민이 반드시 끊어야 한다. 오늘 당장 하지 않으면 본인의 인생에서 땅을 치며 후회할 날이 올 것이다. 오늘의 금연은 당신의 인생에서 가장 잘한 일이 될 것이며 당신의 경쟁력을 한 단계 끌어 올릴 것이다. 담배를 끊자! 나를 위해 가족을 위해 나아가 인류 모두를 위해….

우선 시급한 금연정책은 우선 흡연 청소년을 구하는 일이다. 청소년기에 담배를 피우는 것은 다 자라지 못한 새싹에 독을 뿌리는 행위와 같다. 여리디여린 인간의 장기세포에 제초제를 뿌리는 것과 같은 행위이다. 이제 막 세포의 수를 늘리고 있는 성장기 인체의 장기에 독초의 연기와 악마의 진액을 넣을 수 있단 말인가? 그것은 신의 저주이고 자학의 극치이다. 그를 보고도 말리지 못하는 어른들이 있다면 어른들의 잘못이다. 자살하려는 자를 말리지 않는 것과 똑같은 행위이다.

청소년 흡연율이 높다는 것은 우리가 청소년들에게 관심을 덜 가졌기 때문이다. 정부는 담배를 피우고 있는 청소년들이 담배를 끊게 할 수 있는 모든 정책적 수단을 강구해 주기 바란다. 나도 금연전도사의 한 사람으로서 단 한 사람의 청소년이라도 담배를 끊게 할 수만 있다면 대한민국 어디라도 달려갈 것이다. 진정성을 가지고 설득하며 RBDM 금연법을 권하면 그들도 끊을 것이다.

니코틴청정국가를 만들기 위한 전 국민 금연교육의 강화가 실현되기를 소망한다. 대한민국 국민이라면 반강제적으로 받아야 하는 교육이었으면 좋겠다. 모든 건강과 관련한 교육에는 반드시 금연교육이 포함되어 누구에게나 이로워야 할 것이다. 유치원, 초등학교는 물론이고 중·고등학교와 성인들을 위한 금연교육을 확대하여 실시하여야 한다.

박근혜 정부가 창조경제를 성공적으로 수행하기 위해서는 현재 추진하고 있는 정책 외에 전 국민 금연프로젝트를 강력하게 추진해 나가야 한다.

니코틴과 타르에 울부짖는 당신의 폐와 허파꽈리의 비명소리에 귀를 기울일 때다. 이제는 흡연자들이 "금연을 결정할 시기가 되었다"는 말을 내일 다시 반복하지 않기를 바란다. 이제 모든 욕심을 내려놓고 RBDM 금연법으로 금연을 시작하기 바란다.

오늘 금연이라는 행운의 여신이 당신에게 가까이 다가와 함께 있게 되었다. 행운의 여신은 금연을 시작하면 당신이 이 세상에서 가장 행복한 사람이 될 수 있을 것이라고 말하고 있다. 행운의 여신이 먼 길에서 어렵게 당신의 옆에 와 있는데 어떻게 그를 외면할 수 있겠는가? 오늘 당장 금연을 시작하라!

이제 당신도 담배를 끊고 금연을 전도하는 '반전'의 당신이 될 수 있을 것임을 믿어 의심치 않는다. "GO COLD TURKEY(어느 날 갑자기 담배를 끊어)"로 "GO LUNG SAFE(병든 폐가 구사일생으로 되살아난)"의 대열에 합류하기 바란다. 금연으로 당신을 한 단계 업그레이드시켜 클린정상에서 다시 만나길 기대한다.

◆ 국내서적

강준만, 《담배의 사회문화사》, 인물과사상사, 2011.

고영복, 《한국인의 성격: 그 변화를 위한 과제》, 사회문화연구소, 2001.

고지마 시게노부 저, 이희원 역, 《당신은 그래도 아직 담배를 피웁니까》, 유일출판사, 2008.

겅타오 저, 곽선미 외 역, 《내 영혼 독소배출법》, 행복한 책장, 2012.

구보타 기소 저, 홍성민 역, 《담배는 끊을 수 있다》, 황금부엉이, 2008.

김관욱, 《굿바이 니코틴홀릭》, 도서출판문화홀릭, 2010.

김명식, 《청소년을 위한 금연프로그램의 효과》, 한국학술정보, 2005.

김성환, 《행복반신욕》, 도서출판 학영사, 2004.

김영국, 《담배 끊는 그림최면》, 정신세계사, 1999.

김정화, 《담배이야기》, 지호, 2000.

김현원, 《생명의 물》, (주)고려원북스, 2008.

김홍신, 《인생사용설명서》, 해냄출판사, 2011.

나오미 외 1 저, 유광은 역, 《의혹을 팝니다》, 미지북스, 2012.

다카노 야스키 저, 박혜정 역, 《건강목욕법》, 넥서스BOOKS, 2002.

린다 와스머 스미스 저, 박은숙 역, 《몸과 마음의 관계》, 김영사, 1999.

박민영, 《담배소송(Class Action)》, 한국학술정보, 2012.

박재갑 외, 《담배제조 및 매매금지─문제점과 대책》, 국립암센터, 2006.

배금자, 《담배소송의 역사와 전개과정》, 부산지방변호사회, 2012.

백승균, 《삶의 철학으로서 인문학》, 세창출판사, 2014.

벤 존슨 저, 이문영 역, 《힐링코드》, 시공사, 2011.

볼프강 쉬벨부쉬 저, 이병련 역, 《기호품의 역사》, 한마당, 2000.

신야 히로미 저, 윤혜림 역, 《생활속 독소배출법》, 전나무숲, 2010.
아리아나 허핑턴 저, 강주헌 역, 《제3의 성공》, 김영사, 2014.
양진, 《금연완전정복》, 한성출판기획, 2005.
이승원, 《우리몸은 거짓말하지 않는다》, 김영사, 2006.
이언 게이틀리 저, 정성묵 역, 《담배와 문명》, 몸과 마음, 2002.
이옥 저, 안재희 역, 《연경, 담배의 모든 것》, 휴머니스트, 2008.
이쿠타 사토시 저, 황소연 역, 《되살아나는 뇌의 비밀》, 2011.
이학로, 《근대 중국의 아편 금연운동》, 도서출판 세화, 2007.
이한규, 《단숨에 정리되는 그리스 철학이야기》, 좋은 날들, 2014.
임헌균, 《Aroma 금연 Therapy》, 도서출판 광야(미주본사), 2006.
이현우, 《금연 죽자사자 분투기》, 고래북스, 2008.
정시련, 《담배 오백년의 이야기》, 영남대학교출판부, 2003.
조영대, 《명상치료》, 세림출판, 2012.
팀 히와트 저, 김일순 역, 《죽음을 파는 회사》, 빛과소리, 1992.
피터 콜릿 저, 이윤식 역, 《습관의 역사》, 추수밭, 2002.
하루야마 시게오 저, 반광식 역, 《뇌내혁명》, 사람과 책, 2001.
한국담배인삼공사, 《생활속의 오랜 벗》, 중앙인쇄사, 2001.
한종수 편역, 《담배를 피우게 하라》, 다나기획, 2003.
허버트 벤슨 저, 정경호 역, 《마음으로 몸을 다스려라》, 동도원, 2006.
각 일간지 및 인터넷 매체, 각 시사주간지 및 정기·비정기학술지와 인터넷자료 등

◆ 외국서적

Barbara S. Lynch, 《PREVENTING NICOTINE ADDICTION in children and youths》, National Academy press, 1994.
Charles E. Dodgen PhD, 《Nicotine Dependence》, APA Books, 2013.
C. Tracy Orleans, John D. Slade, 《Nicotine Addiction: Principles and Management》, Oxford University Press, 1993.
Karen Farrington, 《This is Nicotine (Addiction)》, greattimebooks, 2002.
三德和子·川根博司 著, 《禁煙支援》, 騷人社(東京), 2005.

건국대학교(법학), 연세대학교 행정대학원(법학석사)을 거쳐 숭실대학교 대학원에서 법학박사학위를 받았다. 미 FBI Academy 폭발물과정, 청주대학교 고위정책관리자과정, 충북대학교 최고경영자과정, 충청대학교 CEO 과정을 수료하고, 현재도 한국방송통신대학교에서 공부하고 있다.

간부 29기로 경찰에 입문, 경정 때 국립과학수사연구원에 근무(1997~1999)하면서 수많은 시신의 부검현장을 보고 인간에게 있어 금연이 왜 필요한가에 대한 깊은 성찰의 시간을 가졌다. 범죄와 범인을 색출하기 위한 연구활동으로 법과학자, 법의학자들과 교류하면서 법과학과 법의학 관련지식을 습득하였으며, 부검·실험·표본연구 등의 과정을 통하여 흡연의 해독성을 알게 되었다. 이 시기에 폐·허파꽈리·뇌세포의 안전이 인간에게 얼마나 중요한지 체득하게 되었다.

그 후 경찰에 재직하는 동안 금연전도사를 자처하며 수백 명을 금연케 하였고, 특히 전·의경들의 금연에 관심이 많았다. 퇴직한 후에도 금연전도사로서의 활동은 계속되고 있다. 저자는 "모든 국민이 금연할 때까지 '전 국민 금연 프로젝트'를 실시해야 한다"고 주장한다.

저자는 정부중앙청사 경비대장, 충북 진천·청주 홍덕경찰서장 등을 거쳐 퇴직한 후 인도뉴델리 Sinwoo Pack Korea Co., Ltd. 법인장을 거쳐 지금은 한국교육문화재단 이사 겸 연구소장으로 국민의 안전을 위한 연구 활동에 전념하고 있다.

2002년 한·일 월드컵 개최 시 '훌리건' 안전에 기여한 공로로 녹조근정훈

장을 수여받았다. 저서 및 논문으로《한국의 자치경찰에 관한 공법적 연구》,《불법사행성오락실의 문제점과 법규개정 방향》,《청소년 범죄예방을 위한 지역공동체의 네트워크를 통한 선도전략》,《멘토를 통한 경영능력 향상방안》, 여자어린이 성폭력예방백서《어린 내 딸이 위험하다》등이 있다.